庫JA

耽美なわしら 1

森 奈津子

早川書房

6430

扉カット／シライシユウコ

目次

耽美なわしら1

第一話 黒百合お姉様 vs. 白薔薇兄貴

1

　可憐な白薔薇のごときナイーブな心に、矢野俊彦《やのとしひこ》は大きな悩みをかかえていた。ただし、彼は自分がゲイであることはまったく問題にしてはいなかった。

　俊彦の悩みは、まず、彼が男性の身長を次のように分類していたことに始まる。身長一七〇センチ未満は「美少年サイズ」、一七〇センチ以上一八〇センチ未満は「美青年サイズ」、一八〇センチ以上一九〇センチ未満は「兄貴サイズ」、そして、一九〇センチ以上は「超兄貴サイズ」。

　俊彦は美少年サイズに憧れていた。美少年になって美青年に愛されることが夢だった。なのに、十九歳の現在、彼は一九二センチもある超兄貴となっていた。しかも、全身は鎧のようにごつい筋肉で覆われているのだ。

（高校で空手なんてやるんじゃなかった。でも、先輩たちが強引に勧誘するんだもんなぁ。それに……山田《やまだ》先輩、ハンサムだったし……）

過去を悔いながらも、甘き青春に思いを馳せ、思わず頬を染める俊彦であった。

美しくなりたい――その思いは彼の心を苛《さいな》んだ。多感なミドルティーンの頃には、夜ごと枕を真珠の涙で濡らしたものだ。

彼の悩みとは、すなわち、おのれの姿がおのれの美意識を満足させるものでない、ということであった。これはもう、どうにも手のほどこしようのない問題だ。

だが、実際のところ、彼は決して醜くはなかった。凄みのある悪役顔をしているだけで、むしろ造りは整っていた。

それでも、自分のたくましさはひそかな劣等感となり、彼の繊細な心に深く突き刺さっていたのである。

せめてもの救いは、去年、大学一年のときに「小説家」という非マッチョな肩書きを得たことだろうか。

今のところ、彼は少年向けアクション小説を三作発表していた。

(こうなったら、やっぱり、いきなり衆人環視の中で吐血して軽井沢のサナトリウムで静かな余生を送るのが、作家としては美しいのかも……)

美というものにとことん執着する彼は、安易な想像に酔い痴れた。しかし、頭の中に描いた自分の姿は繊細そうな痩身の美青年で、すでに彼とは別人であった。

「ねえ、トシちゃん」

いきなり呼ばれ、俊彦は現実に引き戻された。

テーブルの向こうでは、どこか小悪魔的な魅力のある少女──美穂《みほ》が、じっと彼を見つめていた。彼女は漫画家・志木昴《しきすばる》のアシスタントである。

そして、ここは、マンション四階にある志木の自宅のリビングルームだ。主《あるじ》の趣味で、無機質的なモノトーンでお洒落《しゃれ》にまとめられているが、最近は、仲間たちのたまり場と化してしまっている。

「前から思ってたんだけど……ひょっとしたら、トシちゃん、志木先生のことが好き?」

言われて、気がついた。さきほどまで頭の中に描いていた結核美青年は、実は自分ではなく志木の姿であった、と。

俊彦は、あわてて首をブンブンと横に振った。

美穂はつりあがった大きな目を、ニマーッと細めた。

「でも、トシちゃん、時々、先生のこと、じっと見つめてるよね」

「……すみません。見とれているだけです。ただ、それだけです」

俊彦は、つっかえつっかえ白状する。

「でも、おれ、ちょっと、志木さん、苦手で……。あの人、口数少ないわりに、性格きついし……」

ついでにいえば、俊彦はこの少女がまた苦手だった。猫のような瞳になにもかも見透かされそうで、怖かった。

実際、美穂は十八歳という年齢にしては、鋭い洞察力を持っていた。

「ほんとは、志木先生、怖くないよ。無愛想だけど、優しいよ。トシちゃんのこと、気に入ってるみたいだし」

「そんな……。志木さん、完璧主義者だから、おれみたいに不器用な奴にはイライラしてるだけだと思います」

「そんなことないよ」

そのとき、玄関のドアの音がした。

二人は話を中断し、顔を見あわせた。

噂をすればなんとやら、志木が仕事場から戻ってきたのだろうか？

しかし、入ってきたのは、志木昴先生ではなく、ギャグ漫画家・田中《たなか》サイコ（本名・田中彩子《さいこ》）氏だった。

美女である。

すらりとした長身をシンプルな黒いワンピースで包み、艶やかな黒髪はそのまま背に流している。切れ長の目と紅い唇が、なんともいえない妖しい魅力を感じさせる。

だが、しかし——。

「くっそぉーっ！」

入ってくるなりの第一声が、これだった。

さわらぬ神にたたりなし。あまり刺激しないほうがよさそうだ。

俊彦はなに食わぬ顔でお茶を飲み、平静を装う。

「くそ、くそ、くそ、くそ、くそーっ！」

「糞便学《スカトロジー》は美しくはなくってよ、お姉様」

美穂の言葉に、俊彦は思わずゲホゲホとお茶にむせる。

一瞬、彩子は沈黙したが、

「くそーっ！　レズビアンをなめるんじゃねえっ！」

言い放つと同時に、一冊の雑誌をバシッと床に叩きつけた。

「月刊ヴィーナス」――結構、過激な性描写で知られるレディース・コミック誌だ。

表紙には頰を寄せあう美女二人のイラストと、「特集・レズビアン」の文字。

俊彦はそれを拾うと、なでなでしてやりながら、ひそかに思う。

(他人様の作品を批判するのはよくても、粗末に扱うのはよくないと思う)

しかし、口にする勇気はなかった。

彩子は俊彦の手から雑誌をとりあげると、ページを繰りながら解説を始める。

「見てよっ！　この『禁断の園』って漫画、もう、最低なのよっ！　まあ、タイトルからしてイッちゃってるけど、それよりも、ヒロインが女と愛しあうようになるまでの経緯がひどすぎるのよっ！　実父には棄てられるわ、養父には犯されるわ、男性教師にはセクハラされるわ、恋人には裏切られるわ、もう不幸のてんこ盛り人生なのよっ。で、ついに男性不信におちいって、男が愛せなくてレズになってしまいました――って話なのよっ！」

しかし、ちょっと見たところ、男性キャラの裸体がなかなか美しく描かれていたので、俊彦は心の奥底でその点をひそかに評価した。

「だいたい、どうして、レズになるのに言い訳じみた理由が必要なわけっ？　わたしはねぇ、生まれつきレズビアンなのよっ！」

だろうなぁ——と、俊彦は率直に思った。

彩子はいらだたしげに雑誌を閉じる。

「男に棄てられたり犯されたりセクハラされたり裏切られたりすることもなく女が大好きで悪かったわねぇっ」

俊彦は勇気を振りしぼって切り出す。

「で、でも、彩子先輩……」

「なによっ？」

「あの……レズ・キャラを自分とくらべるのはいいですけど、その……自分の過去の経験と違うからって批判するのは、変だと思います」

「バカねっ！　なにも、レズはみんなわたしみたいな人間に描けって言ってるわけじゃないわよっ！　この後ろ向きで屈辱的な描き方が気にくわないって言うのよっ！」

「そ、そうですか」

俊彦はすごすごと引き下がった。

彩子の言い分も、もっともである。

それに、時として反抗は「死」をも意味する。

彩子は性格が暴君だ。そして、彼女は俊彦が通う某私立大学の漫画研究会のOGだ。知りあったのは、俊彦が新入生の頃、入部を迫る空手部員と柔道部員とレスリング部員と相撲部員とラグビー部員に追われているところを、彩子に救ってもらったのがきっかけだった。

彼女は俊彦を漫研の部室にかくまってくれたのだ。そうして、邪魔者がいなくなってから、俊彦に入部を迫った。

いやと言えない性格の俊彦は、彩子の迫力に負け、入部届にサインをしてしまい、以来、彼は漫研のベタ塗り&トーン貼り要員なのである。第一印象は「地獄に仏」の彩子だったが、一難去れば、たちまちにして「天国に鬼」と化したわけだ。

ちなみに、俊彦が在籍しているのは文学部日本文学科、彩子がいたのは社会学部社会学科だ。

なお、運命的な出会いをした二人が、性別こそは違っていたが同性愛者であったことは、単なる偶然だった。

「ゲイはいいわよねっ」

いきなり言われ、俊彦の思考は一瞬停止する。

「……どこがです？」

「これがホモ漫画だと、主人公の美少年は男にレイプされて、それが快感になってゲイになっちゃうってパターンなのよね」

「それのどこがいいんですか？」

「ゲイの描かれ方は、前向きよっ！　禍《わざわい》を転じて福となす、ってやつ？　明日への希望があるわ！」

「でも……それは、主人公に最初からその気《け》があったっていうだけで、べつに『禍を転じて福となす』ではないと思うんですけど……」

「最初からその気があったなら、なお幸せじゃない！　犯《や》られて納得、おのれの性的指向！　どっちにしろ、彼は男に犯られてラッキーだったのよっ！　ゲイになって、めでたしめでたしなのよっ！」

なにやら、とってもハードな解釈だ。

（でも、それって……それって、その主人公、ちょっとパーなのかも……）

男にレイプされて「なるほどっ！」と、初めて自分のセクシュアリティに目覚め、それを「ラッキー！」と喜ぶおめでたい美少年なんて、実際にいたらお友達やおホモ達にはなりたくないものである。

それにしても、美穂は賢明だ。こういうときにはおとなしく口をつぐんでいるのが得策であると、ちゃんとわかっているのだ。

よって、彼女は俊彦ほど彩子にどやされる回数は多くない。

「でもねっ、メディアが描くレズビアン像に絶望するのは、まだまだ早くってよ！」

（だれも絶望なんてしてませんが……）

彩子のお姉様言葉での宣言に、俊彦はひそかにコメントする。

「これを見てちょうだいっ！」

彩子が取り出したのは、一冊の少女小説文庫だった。

愛原《あいはら》ちさと著『白百合の墓』。

表紙のイラストは、指を組みうっとりと宙を見つめるおさげ髪の少女と、そのバックに髪の長い上級生らしき少女の横顔、という構図。二人ともセーラー服を着用しているのは言うまでもない。

明らかに「お姉様」の世界である。つまり、女子校で繰り広げられる、美しい上級生の「お姉様」とかわいらしい下級生の「妹」のほのかな愛の物語。

嗚呼、美しき哉！　古来、日本では、女学校におけるこのような愛の形態を、ｓｉｓｔｅｒの頭文字をとって「エス」と呼ぶ。

「この迷文社《めいぶんしゃ》タンポポ文庫って、女の子向きの学園ラブロマンスのシリーズを出してる文庫なのよね。そんなところで、この愛原先生だけは果敢にも女の子同士のシスターな関係を一人で書きつづけていらっしゃるのよっ！」

「いまどき珍しいね、こりゃ……」

美穂は『白百合の墓』を手にとる。

眉をひそめているところを見ると、どうやらこの手の甘ったるい物語は苦手らしい。

ページを繰り、ますます眉間のシワシワを深くし、それから彼女は切なげな調子で朗読を始めた。

「ああ、麗子《れいこ》お姉様！　貴女を遠くから見つめることしかできないこの哀れな子に、ひとかけらの愛をお与えください。どうか……！　ただ微笑みかけていただければ、それだけで、佳奈子《かなこ》はもう、死んでもよろしゅうございます！」

そして、顔を上げると、冷ややかな声で、

「なに、これ？」

「なに、これ、じゃないわよっ！」

彩子は美穂をしかりつけてから、

「舞台は、もちろん女子高校。可憐な一年生・佳奈子ちゃんは、演劇部のスターである三年の麗子お姉様に憧れているって設定なのよっ。でも、麗子さんは、静江《しずえ》先生っていう二十四歳の英語教師をひそかに愛しているのよ」

その内容なら、すでに俊彦は読んで知っていた。そのうえ、彼は愛原ちさと先生のことも個人的に知っているのである。

（まさか、彩子先輩があの人のファンだったなんて……！）

さきほどからずっと彼は、作者本人と知り合いであることを告白しようかどうかひそかに迷っていたのだ。

だが、結局はやめておくことにした。もう少し愛原ちさと先生に対する彩子の評価を聞いてみようと思ったのだ。

彩子は熱っぽい口調で解説を続ける。

「でね、文化祭の打ち上げパーティで、麗子さんは酔った勢いで、自分の思いを静江先生に告白しちゃうの。けど、静江先生は、とっさに拒んじゃうわけ。本当は麗子さんを愛しているくせに。それで、麗子さんはかわいそうに、悲しみのあまり、学校の時計台から飛びおりて自殺してしまうの」

漫画でも小説でも、彩子はその作品が気に入ったら、とことんヨイショする。よって、その作品をけなす者は、思想・信仰を問わずおしなべて彼女の敵とみなされるのである。

彩子のストーリー説明は、まだまだ続く。

「それからすぐ、あとを追うように、静江先生は病死してしまうの。しかも、やがて時計台のまわりは白百合でいっぱいになるという、オカルティックな演出もついてるのよっ。美しいでしょっ？　それから数年後、佳奈子ちゃんは女子大に入って、やっと気持ちの整理ができて、麗子さんのお墓まいりに行くわけ。すると、そこもまた白百合でいっぱいで、佳奈子ちゃんは幼い青春の日々に思いを馳せ、泣きくずれ――ジ・エンド。悲しくも美しいお話でしょっ？」

ところが、美穂は冷ややかにコメントした。

「それって、半分はクリスタ・ウインスローエの『制服の処女』のパクリじゃない？」

「そ、そんなことないわよっ！　『制服の処女』では、自殺するのは主人公じゃないのっ！」

握り拳を作って、彩子は否定する。しかし、どうやら内心、否定しきってしまうことができないようだ。

おそらく本当に『白百合の墓』は『制服の処女』に似ているのだろうと、俊彦は見た。

(美穂ちゃん、あまり刺激しないでくれ……)

俊彦はひそかに祈る。

なにかと如才ない美穂ではあるが、ある面、我が強いところもある。以前から、いくらモーションかけても最後のところで落ちない彩子に対して、彼女はいらだちを感じてもいる。ゆえに、美穂は、愛する彩子が会ったこともない少女小説家にぞっこんなのが面白くないのだろう。

美穂はさらに攻撃する。

「おまけに、タイトルからして『野菊の墓』か『八つ墓村』のパクリだしさ」

(でも、『八つ墓村』は違うと思う)

俊彦が美穂にヒミツのツッコミを入れている一方で、彩子はなおも、愛原ちさとを弁護する。

「パクリだなんて、愛原先生に限って、そんなことをなさるわけないわっ！」

「彩子さん、この人、知ってるの？」

「知らないわ。だけど、この方は明らかに孤高の人よっ！」

「でも、作者の人格って、どれだけ作品から推測できるものなのかな？　お美しいことを書くだけなら、悪人にだってできることだよ」

彩子は反論できなくなった。けれども、引き下がりはしなかった。

「なによ、なによっ！　美穂だけはわかってくれると思ってたのにっ！　見損なったわ！」

「お姉様、ひどいっ！　どうして、あたしが見損なわれなくちゃならないのっ？」

まったくである。

彩子もまた、美穂には惹かれている。しかし、以前から彩子は彼女の魅力の虜《とりこ》にならぬよう、用心しているのだ。

それは、美穂がバイセクシュアルであるうえに、美少年のとりまきをかかえているからである。背後に男の影がチラチラの両性愛美少女に、そうやすやすと引っかかってなるものかという、真性レズビアンの意地なのだ。

かわいい女の子に「お姉様」と呼ばれただけでデレデレしてしまう彩子にしては、珍しく用心深いことだった。

おまけに、普段はこの二人、お互いに「美穂」「お姉様」と呼びあってイチャイチャしている。それが、なにかの拍子に、このように「コブラ対マングース」状態になるのだから、気の弱い俊彦はヒヤヒヤさせられ通しだった。

彩子は立ちあがると、美穂に向かって言い放つ。

「金輪際、わたしを『お姉様』と呼ぶのはやめてちょうだいっ！　やっぱり、バイセクは信用できないわっ！」

「ちょっと、それって、聞き捨てならないっ！」

（二人とも、やめてくださいよーっ）

俊彦は、おろおろおたおたするだけである。

「だいたい、わたし、あんたと志木の仲も怪しいと思っていたのよっ！」

「先生は違うもんっ！　あたし、先生みたいに醒めてる人はタイプじゃないもんっ。それに、先生だって、年下は趣味じゃないもんっ！」

「わかるものですかっ！　あいつだって、しょせんは男じゃないっ！　腹に一物あり、股に一物ありよっ！」

シーン……。

下品すぎるお姉様の発言にいかなる対処もできずに、二人のティーンエイジャーは沈黙してしまった。

玄関のほうで物音がした。いつの間にやら、だれかが来ていたらしい。

志木なのか？

三人は身をこわばらせる。

リビングに入ってきたのは、やはり、この部屋の主、志木昴だった。

古風な丸眼鏡の奥の涼しげな瞳で彩子を見つめ、志木は静かに言った。

「股に……なんだって？」

「ま、股に一物あり、よ！」

彩子は言い放った。が、すでに声にはさきほどの力強さはない。

美穂は長い睫毛《まつげ》に囲まれた大きな瞳をますます大きくして、硬直している。

一方、俊彦は、おろおろと彩子と志木を見くらべるばかり。

（彩子先輩、志木さんに謝ってくださいよぉ……）

「彩子……出ていってくれ」

低く、志木が言った。無表情ではあったが、怒りと嫌悪感で顔が蒼ざめている。

「おれは下品な言動が嫌いだ。それは、きみもわかっているはずだ」

「な、なによっ！　あんた、ほんとは色魔のくせにっ！　ベッドの上以外では潔癖だなんて、笑わせるんじゃないわよっ！」

すでに、俊彦の目は恐怖に潤んでいる。

（やめてくださいよぉ。彩子先輩ってば、いい歳して、下品な……）

確か、彩子は志木と歳は同じ、今年二十四になるはずだ。

「……出ていってくれ。顔も見たくない」

「なによ、偉そうにっ！　男とも女とも寝る男が！」

「でも、きみとは死んでも寝ない」

志木が本格的な反撃を開始した。

「仮に、田中彩子と寝ないと殺すと言われても、おれは断る。あるいは、仮に田中彩子と寝れば全世界を支配できるということになっても、おれは逃げる。もし、田中彩子本人がペコペコ頭を下げて『わたしと夜を共にしてください』と泣いて哀願したとしても、おれは拒絶する。なぜなら、きみみたいに下品なことを平気で口にする人間に欲情するつもりは毛頭ないからだ。なお、きみがレズビアンであるという事実は、理由には含まれない」

(志木さん、性格きつすぎる!)

仮に俊彦が人でなく猫であったなら、すでに恐怖で耳がペタンコになっていたところだろう。

「こっ、この男、言わせておけば……!」

志木にグオッとつかみかかろうとした彩子の腕を、俊彦はガシッとつかんだ。

「彩子先輩、落ち着いてくださいっ」

「ええい、お離しっ! この男、百発ぶん殴らないと、気がすまないわっ!」

「やめてくださいっ! 彩子先輩が本気出したら、志木さん、死んじゃいますよぉっ!」

「かまわないわっ! だいたい、こいつ、男のくせに生意気なのよっ!」

彩子は、中学時代、車内の痴漢を駅のホームに引きずりおろし、「男の分際で、畏《おそ》れ多くもこのわたしのナイスバディに手を触れた」と、当然のごとく相手を半殺しにした——という伝説があるほどだ。

怒らせるとなにをするか、わかったものでない。

だが、志木は冷ややかな観察者の目で、彩子をながめているだけだ。

そんな相手の態度が、よけいに彩子の癇《かん》にさわるらしい。

美穂は、どうすることもできず「先生」と「お姉様」のいさかいを見守るだけ。

俊彦は、彩子をズルズルと玄関のほうに引きずっていった。

「彩子先輩、おれ、急に二丁目行きたくなっちゃいました。ねえ、一緒に行きましょう」

二丁目といえば、もちろんゲイのメッカ、新宿二丁目のことである。

「ええい！ お離しっ！」

「さあさあ、幸せ探しに、二丁目に行きましょう。おれはボーイハント、あなたはガールハント」

無理に明るい声で言いながら、俊彦は心で泣いていた。

（バカ、バカ、バカ、彩子先輩のバカッ。また、志木さん、怒らせちゃったじゃないかっ。おれ、志木さんとは仲よくしたいのにっ）

しかし、これでも、バイの志木昴先生とレズの田中サイコ先生はお友達同士なのだ。

それがなぜ可能なのかは、だれも知らぬこと。この世には、まだまだ科学では解明できない不可思議なことが、数多く残っているのである。

結局、俊彦は、愛原ちさと先生と知り合いであることを彩子に告げられなかった。「紹介しなさい」なんてことになるのを、彼は恐れたのだ。

田中サイコ先生の毒舌は愛原ちさと先生には刺激が強すぎる、と俊彦なりに冷静に判断した結果であった。

ホームレスから億万長者まで——作家・漫画家の収入の個人差は、たとえれば、そんなところであろう。

2

作家・矢野俊彦氏は、デビュー二年目の今年、どれぐらいの収入があるのかは、自分ではまったく見当がついていなかった。まあ、大学生として親のすねをかじっている身ゆえ、経済的な心配はまったくなく、実は結構なご身分なのだ。

漫画家・田中サイコ氏は、同年代のサラリーマンよりはかなりのお大尽であった。

そして、志木昴氏はさらに数倍、お大尽だ。

だが、作家・愛原ちさと氏はデビュー以来「欲しがりません勝つまでは」な生活水準を保っていたのである。

お住まいは、一九六〇年代に建てられたとおぼしきボロい木造モルタル二階建てのアパートだ。

彩子が志木に暴力をふるいかけ、俊彦がただちに阻止した、その三日後、俊彦は当該アパートの前に立っていた。

（やっぱり留守かな？）

窓は閉まっているようである。

ちょっと迷ってから、アパートの裏にまわる。

ゴミバケツや洗濯機や自転車がじゃまっけな通路を通り、目指すは一階の一番奥の部屋である。

ドアの横の郵便受けには「愛原ちさと」と「相原千里《あいはらせんり》」という二つの名前。しかし、住人は一人。すなわち、愛原ちさとはペンネーム、相原千里が本名である。

ドア・チャイムはない。俊彦は、貧相なドアをドスドスとノックした。

返事はない。おそらく居留守だ。

「千里さん！　千里さん！　俊彦です！　矢野俊彦ですっ！　公共料金の集金じゃありませんっ！」

すると、警戒するように、ドアがソロソロと開いた。

隙間から、少女漫画めいた茶色の瞳がのぞく。

俊彦の姿を確認してから、住人はすねたような口調で言った。

「失礼な。今月はもう、電気料金もガス料金も水道料金も払い終わってるよ」

「す、すみません」

失言に赤面しながら俊彦が謝ると、相手はドアをさらに開いた。

現われたのは、背まで届く長い茶色の巻毛を無造作にうしろで束ねた青年だった。

少女小説家・愛原ちさと先生は、実は男だったのである。

失言にはムッとしたものの、千里は俊彦が訪ねてきてくれたのがうれしかったらしい。微笑みながら彼に言った。

「どうぞ」

相手の美しさにクラクラしながら、俊彦は部屋にあがる。

「突然、すみません。電話したんですけど、全然つながらなくて、おれ、心配になって……」

「ごめん、ごめん。料金未納で、NTTに電話切られちゃってさぁ、まいったよ」

電気・水道・ガス代は払い終えてはいたが、電話料金がまだだったのだ。

それにしても、電話が使えないということは、普通、作家にとっては致命的なはずだ。なのに平然としているということは、やはり仕事が少ない（つまり、売れてない）からか。

おそらく、さきほどの居留守は、NTTの取り立てをかわすためだったのであろう。

貧乏は人をしたたかにする。光の粒子をまとったような美青年も例外でないことを、千里は身をもって証明してくれていた。

そしてまた、彼の場合、本人は美しいが部屋が異様だった。

べつに汚いわけではない。特殊なだけだ。

まず、目に入るのは本箱だ。かろうじて人が通れるぐらいの間隔をあけて、本箱がズラーッと端から端まで並んでいるのだ。

そして、本箱の谷間のあっちこっちに、賽《さい》の河原の小石のごとく、本が積まれている。

六畳一間である。

約一畳分のスペースが残されているのは、布団を敷くためだろう。昼間はそこに、ちゃぶ台が置かれている。

「ちょっと待ってて。お茶、淹《い》れるから」

「すみません」

小さなちゃぶ台を前に、俊彦はちんまりと座った。自分の図体のでかさが、なにやら心苦しい。

流し台とガス台は、ふつうの家であれば「玄関」と呼ばれるべき狭い空間にくっついている。東京の安アパートなんて、だいたいこんなものだ。

千里はヤカンを火にかけると、たまっていた食器を洗いはじめる。

いつもの鼻歌が出ないところを見ると、疲れているのだろうか。

心配になってきて、「代わりにやりましょうか」と俊彦が申し出ようと思ったとき、皿が床に落ち派手に割れた。

「うーっ。めまいがーっ」

うめくような小声で言ってから、流し台のふちにつかまり、千里はズルズルとしゃがみ込んだ。

「千里さんっ！」

俊彦はあわてて立ちあがる。

「トシちゃん、お皿……踏まないように気をつけて……」

弱々しい声で注意されて、俊彦はまず、皿の破片を拾い集める。そうしながら、千里に訊く。

「大丈夫ですかっ？」

「ごめん。単なる貧血だから、平気……」

「平気じゃないじゃないですかっ」

「平気だってば」

千里はヨロヨロと立ちあがり、部屋に移った。が、すぐに畳の上にクターッと身を投げ出してしまった。

急いで皿の破片を片づけ、俊彦は千里に言う。

「布団、敷きますっ」

「いいよ。ここをどくの、めんどうだから。それに、すぐ治ると思うし」

千里はまぶたを閉じた。

（千里さん……）

ここぞとばかりに、俊彦は千里をじっくりながめ、その美しさを堪能する。

長い睫毛に、茶色の巻毛。色白の肌に、西洋的な彫りの深い顔立ち。

身長は一八〇センチ弱といったところか。平均より背は高いはずだが、やせているので、どこかはかなげな印象がつきまとう。

（ああ、なんて美しい人なんだろう。おれと同じ人間だとはとても思えない……）

実は、俊彦は現在、愛原ちさとこと相原千里にぞっこん惚れているのである。

千里が同性愛者であることを、俊彦はどんなに望んだことだろう。

しかし、恐るべきことに、千里は恋愛に対する意欲はまったくないのだ。いわゆるAセクシュアルとかノンセクシュアルとか呼ばれるやつだ。

だが、そんなところがまた、俊彦から見れば「天使のように清らかだ」「だれにも触れさせたくない」「この人を穢《けが》したくない」という評価に発展する。

「ああ、まいった、まいった」

千里はのろのろと身を起こした。

「大丈夫ですか？」

「うん。もう、平気。治ったよ」

千里はへらへら笑う。本当に治ったのかどうかは、怪しいものである。

俊彦は、先日から心に引っかかっていたことを尋ねることにした。

「あの、千里さん……。千里さんの最新刊のことなんですけど……」

「読んでくれたの？」

「はい」

俊彦の返事に、千里は心底うれしそうな顔をする。

よけいに言いにくくなりながら、俊彦はおずおずと続ける。

「あの、こんなこと言うのは失礼かもしれませんが……あの作品、実は『制服の処女』っていう話に似ているところがあるんです。それで――」

「ええーっ？　なに、それ？　まさか、アダルト・ビデオ？」

どうやら、本当に知らなかったらしい。盗作したわけではなかったのだ。

俊彦は安堵しながらも、千里の反応にドッと疲れを感じながらこたえる。

「いいえ、小説です。名作と呼ばれるたぐいの外国文学です」

あれから、俊彦は図書館でその本を借り、翌日には読み終えていたのである。

彼は千里に、両作品の似ている箇所を説明した。女生徒が若い女教師に拒まれて飛び降り自殺してしまうところが共通しているのだ、と。

「そ、それって……すごく似てる？」

「それほど似てないと思いますが……」

しかし、俊彦の口調には少々無理があったようだ。

「気休めはやめてくれっ！」

いきなり、千里は畳に両手をつき、激しく言い放ったのである。

「ああ、なんてものを書いてしまったんだっ！　ぼくは……ぼくは、もう、おしまいだっ！　盗作の疑いで、すぐに逮捕されるにちがいないっ！」

「それはないと思います」

いつもの癖で、つい、俊彦は冷静なツッコミを入れてしまう。

千里は顔を上げた。澄んだ目から涙がスッと落ちた。

「トシちゃん、なに、その冷たい言い方？」

「え？　冷たかったですか？」

「……わかったよ。ぼくみたいなマイナー作家が盗作したところで、だれも気がつきはしないって言いたいんだろっ？」

いきなり崇拝の対象が卑屈な態度に出てきたものだから、俊彦は動転しまくる。

「そ、そんなっ……おれ、そんなこと、言おうとしたんじゃ……」

「どうせ……どうせ、ぼくは売れてないし、超弩級の貧乏だよっ！」

超弩級の貧乏――なんだか、とっても強そうな貧乏である。

「それに……白状しちゃえば、実はぼくは生まれつき貧乏なんだっ！　今日まで人間やってきて、一度もお金持ちになったことがないんだよっ！　もう、ぼくなんて、仏様からもキリスト様からも見放されてるんだっ！　ぼくを見守ってくれてるのは貧乏神だけだっ！」

成人男子がわめきちらして、みっともないことこのうえない。が、俊彦は思う。

（ああ、なんて純粋な人なんだろう！　こんなふうに、弱いところをさらけ出すことができるなんて！）

あばたもエクボ、というやつである。

「なら、いいさ。こうなったら、もう貧乏神信仰に走ってやるっ！　今日からぼくはビンボー教の教祖様だからなっ！　ぼくが書いた本は聖典だぞっ！　信者はみんな、ぼくの本を買わないと、地獄に落ちるんだぞっ！　それに、信者はぼくに全財産をお布施《ふせ》して超貧乏にならなくちゃいけないんだからなっ！　こうなったら、ぼくは、一人で大金持ちになってやるぅっ！」

……壮大な計画を実に軽々しく立てる男である。

「で、でも、千里さん、貧乏は一生つきまとうとは限りませんよ。たとえば芸能人になっていれば、すごい人気が出て、今では大金持ちになっていたにちがいありませんよ」

俊彦は「貧乏」が生まれつきでないことを主張して慰めたつもりだったのだが——。

「トシちゃん、それって、ぼくが作家として成功することはないっていうこと？　ぼくには文学的才能がないってこと？」

「い、いや、そういうことではなくって……」

「いいよ、もう！　そんなこと、わかってるもんっ！　どうせ、ぼくには才能がないよっ！　どうせ……！」

そこまで言って、突然、千里は小さくうめき、額を押さえた。

「千里さんっ！　どうしましたっ？」

「だめだ……。もっと激しくわが身を嘆こうとしたら、貧血が……。もう、エネルギー切れだ。ぼくの年収では、嘆き悲しむのもここまでが限度らしいよ……」

そして、千里はズブズブと畳に沈み、横になると、弱々しく目を閉じた。

「ああ、エネルギーがもったいない。もう、やめた。省エネ、省エネ」

（千里さん……なんておいたわしい……）

俊彦は本気で同情している。

だが、地球人類約六十億人のうち相原千里に同情しているのは、矢野俊彦ただ一人だけであった。

千里は単細胞で子供っぽく、あまり物を考えていない。しかも、うるさい。

現在、彼は二十六歳。四半世紀以上も生きていながら、この落ち着きのない性格は、すでに社会の迷惑であり、それだけで充分、同情には値しない。

それでも、俊彦は、外見の美しさゆえに千里を崇拝していた。

美こそすべて——俊彦の価値基準をひとことで表わせば、こうである。

根本的なところで、俊彦は耽美主義者であった。見かけは耽美ではなかったが。

彼は、なおも思う。

（千里さんの本が売れないのは、決して才能がないからじゃない。千里さんは、孤高の人なんだ。読者に媚びることなく、わが道をゆく人なんだ。売れなくてもかまわず、おのれの理想に従って書いてゆく作家なんだ。ああ、なんて志の高い人なんだろう！　売れることばかり考えているおれとは違う……！）

すでに俊彦の心は、千里に対する尊敬の念でいっぱいである。

（でも、貧血の直接の原因は年収じゃなくて、千里さんが不精して適当なものしか食べて

ないのがいけないんだと思う）

尊敬の念で胸を熱くしながらも、しっかり心でチェックを入れている俊彦であった。

そのとき、なにげなく千里に目を移し、俊彦はギョッとした。

省エネを誓ったばかりだというのに、千里は涙でボロボロだったのである。

「どっ、どうしましたっ？」

焦って訊きながらも、彼の心のすみでは、あいかわらず感動の嵐が吹き荒れる。

（ああ、なんて静かに美しく泣く人なのだろう！）

「やっぱり、ぼくは、もう、だめだ」

千里はきっぱりと言い切る。

これはもう、落ち込んでいるというよりは、相手にからんでいるという状態である。

「なにが、だめなんですかっ？」

「編集者がぼくに、もう女子校ものは書くなって言うんだ。売れないからって」

「えぇーっ？」

実は俊彦は、千里の作品が好きだった。

ただし、あの甘ったるい女子校の世界に心酔していたわけではない。崇拝の対象である千里が綴った文章を目で追い、心で嚙みしめることに、フェティシズム的悦びを感じていたのである。

「じゃあ、タンポポ文庫からは注文が来なくなったっていうことですかっ？」

「そういうわけじゃなくて……」

力なくこたえ、千里はもじもじと続ける。

「女の子向きのホモ小説なら出せないこともないって言われたんだ。いわゆる『やおい小説』ってやつだよ」

「そ、そんな……！」

俊彦はめまいを感じた。

彼はゲイだ。が、愛する千里をおのれの手で穢してなるものかと、自制に自制を重ねてきた。

なのに、編集者（おそらくは異性愛者）は、ホモ小説を書けと千里に迫っているのだ。

（こんなに清らかな人に、いかがわしい小説を書けだなんて……。出版業界とは、なんて非情な世界なんだ！　編集者には血も涙もないのかっ？）

しかし、普通、その作家が清らかか穢れているかなんて、いちいち編集者は考えてはいない。作家も、べつにわが身の穢れ度に比例した作品を生み出しているわけではない。よって、作中における濡れ場の回数から作者の好色度が測れるわけではなく、また、主人公の性的指向と作者のセクシュアリティが一致するとは限らないのも、常である。

千里はふたたび身を起こすと手を握りしめ、訴える。

「書けっていったって、ホモの世界なんて、ぼくに想像つくわけないじゃないかっ」

しかし、エスの世界は想像ついているのだから、その点では、結構ナゾの男である。

俊彦は俊彦で、胸の中にふと「じゃあ、その世界、おれが教えてさしあげましょう」という台詞が浮かんだのを、あわててゲシゲシと打ち消していた。

千里は激しく言い放つ。

「ぼくは、絶対、やおい者なんかにはならないからなっ！」

やおい者――おそらく、やおい小説・やおい漫画を主に発表しているクリエイターのことを、千里は言っているのであろう。

「千里さん、その言葉、ちょっと差別的な響きがあるようですが……」

「じゃあ『やおい人《びと》』ってのは、どう？」

「あ。それ、いいですね。『世捨て人』みたいな響きがあってかっこいいですよ。それにしましょう、それに」

俊彦はうんうんとうなずいたが、言い出しっぺの千里は、

「やおい人でも、ぼくはいやだっ！」

つくづくわがままな二十六歳である。

「清らかな少女小説を書いてきたぼくが、売れないからって、いきなりホモ小説を書くだなんて、まるで、清純派アイドルが売れなくなってヌードになるようなものじゃないかっ！　そんなみじめなこと、できるかっ！」

おのれを清純派アイドルにたとえるとは、この男、見かけによらずあなどれないところがある。

それに、この人格、異様さでは、すでに彩子や志木や美穂に勝っている。

それでも、健気《けなげ》で一途で世間知らずの俊彦は思う。

(おれは……おれは、なんて不甲斐ない男なんだっ！　愛する人が作家としていわば貞操の危機にさらされていたというのに、それも知らず、のんきに彩子先輩と志木さんのレズ・バイ戦争に振りまわされていたなんて……！　男たるもの、愛する人が守れなくてどうするっ？)

すでにその熱血度は、彼が近づくまいとしている「兄貴」の世界でも通用するレベルだ。

それにも気づかず、彼は千里に申し出た。

「千里さん、おれが新しい仕事先を紹介しますっ」

「やおい、書かなくてもいいところ？」

「はいっ」

実は俊彦は、女の子向きの文庫シリーズ・斜陽社《しやようしや》ジャスミン文庫の編集部にコネがあったのだ。

彼のデビュー作は、斜陽社ミント文庫という男の子向けアクション小説の文庫から出ている。そのデビュー当時の担当編集者が、今年の人事異動でジャスミン文庫に移っていたのだ。

俊彦は千里に、その編集者を紹介すると申し出たのであった。

千里は俊彦の手をガシッと握った。

「トシちゃん！　きみはぼくの恩人だっ！　この恩は一生忘れないよっ！」

「千里さん……」

喜びのあまり、俊彦はめまいを感じた。

（一生忘れない、だなんて……）

はずみで出た言葉にも、すでに俊彦は舞いあがっている。

見かけは兄貴だが、見事なほどに純愛している俊彦であった。


その日のうちに俊彦はジャスミン文庫の編集者に連絡をとり、わたりをつけた。

そして、その夜、ベッドの中で彼は満足感を噛みしめつつ、千里のことを考えていた。

（やっぱり、千里さんを彩子先輩たちに紹介することなんてできない。あんなに好色な人たちには……！）

特に、彩子の下品な発言は、とても千里には聞かせられない。彩子はきっと、千里が百合族に対して持っている幻想をぶち壊してしまうだろう。

美穂もまた、危険だ。

バイセクシュアルである彼女は、気に入った女性は「お姉様」、気に入った男性は「家来」もしくは「奴隷」として扱うことを好む。しかも、彼女は美少年・美青年が大好きである。

千里を見せたら最後、彼女のことだ、なんとか彼を配下におこうと画策しはじめるにちがいない。

それから、俊彦は志木にも脅威を感じた。志木はバイセクシュアルであるうえ、和風美青年である。洋風美青年・千里とは、はっきり言ってお似合いだ。そしてまた、志木の名は「昴」——千里と同じく名前が耽美だ。

俊彦はひそかに苦悩する。

(ああ、おれが千里さんにふさわしい容姿だったら！　彩子先輩か志木さんか美穂ちゃんのようだったら、どんなによかったことか！　おれだって、耽美な容姿の人間に生まれたかった！)

それから、彼は大いなる存在に問うた。

(神様、なぜ、人には美しい者とそうでない者がいるのでしょう？　そして、なぜ、おれは美しく生まれることができなかったのでしょう？　教えてください、ビンボー教の神様……！)

すでに、俊彦は千里に合わせ、日蓮宗からビンボー教に改宗していたのである。

しかし、彼の祈りは完全に、貧乏神にとっては管轄外の問題であった。

3

田中サイコ先生の代表作は、青年誌「週刊トラッシュ」に連載中のギャグ漫画「花園劇場」だ。

舞台は、姫百合学園という女子高校と、蔓薔薇学院という男子高校。

姫百合学園では、麗しきエスの「お姉様」と「妹」が幸せな学園ライフを送っているという設定。一方、蔓薔薇学院では美しいゲイの少年と、彼に愛されひたすら苦労しているストレートのハンサム少年がいる。

最初、少女たちと少年たちは知らない同士だった。しかし、「百合薔薇戦争」という回で、お姉様と美少年は、道でバッタリ出会ってしまうのだ。

二人は互いを見たとたん、そろって「ハッ！　美しい人！」と身をこわばらせ、次の瞬間には、対抗意識の炎を背後でメラメラさせる。

そして、いきなり美少年が「薔薇っ！」と叫んで薔薇を背負い、ドーンとアップになると、お姉様は「百合っ！」と叫んで百合を背負って、もっと前に出てくる。

次に、女装した美少年が「オカマ！」と叫び、ガバッと豪快に釜を投げる。と、男装したお姉様が「オナベ！」と鍋を投げ返す。

このような激しい戦いが、数ページにわたって繰り広げられるのだ。

美少年が瞬時のうちに角刈りにし、筋肉をつけてムキムキさせ「兄貴ぃ！」と叫べば、お姉様がいつものセーラー服姿に戻って「お姉様っ！」と出る。

美少年が弁天小僧菊之助に扮し「歌舞伎っ！」とやれば、お姉様がオスカル様のコスチュームで「宝塚っ！」と応じる。

美少年がきわどい腰布ひとつで「ソドム！」とやれば、お姉様もケバい格好で「ゴモラ！」とやる。と、それまでおとなしく見物していたストレート少年が、ついに我慢できなくなって「モスラーっ！」と、南国生まれの芋虫型怪獣（註・のちには成虫になる）のぬいぐるみをかぶって割り込んでしまうのだ。

すると、美少年とお姉様が「小美人！　キャー！」と叫び、瞬時のうちに、小美人（註・映画『モスラ』の中で双子の歌手ザ・ピーナッツが扮した妖精）のコスチュームになって、「モスラの歌」を歌いはじめ、二人は意気投合、めでたしめでたし――という、まことにくだらない回だったのだが、内輪受けはした。

俊彦と彩子と、それから、志木のチーフ・アシスタントの青年とで、この「ソドム！」「ゴモラ！」「モスラ！」「小美人！　キャー！」を何度もやって楽しんだのである。

すなわち、ゲイの俊彦が美少年を演じ、レズビアンの彩子がお姉様役、異性愛者のアシスタント氏がストレート少年を演じたのだ。

普段はこのようなおふざけはしない俊彦も、美少年役は喜んで引き受け、「モスラの歌」もちゃんと覚えたのである。

そして俊彦は、この一連のギャグで、「兄貴」の対極に位置するのが「お姉様」であることを初めて知ったのであった。

その日、兄貴な俊彦とお姉様な彩子は、新宿二丁目のゲイ・バーにいた。〈ヘルメスの靴〉というのが、その店の名だ。

よく、この手の店で困るのは、店の主人を「マスター」と呼ぶべきか「ママ」と呼ぶべきか迷ってしまうということだ。

俊彦はいつも、ほかの客がどちらで呼んでいるか確認するまで「ママ」だの「マスター」だのは口にしないという優等生的気配りをしていた。

〈ヘルメスの靴〉の主人は、ラフな格好が素敵な三十代の男性で、外見にはいわゆるゲイっぽいところは特にない。

ただ、口を開けば、オネエ言葉である。よって、客からは「ママ」と呼ばれていた。

店はマンションを改装したとおぼしき、ちんまりとした造りで、席はカウンター席だけである。

その日は、まだ時間が早かったせいか、俊彦と彩子以外に客は四人だけ——奥のほうで一人グラスを傾けている小太りのおじさんと、ドアに近いほうの席で楽しげにお喋りしている若者三人組である。

カウンターの中にはママ一人。もう少し遅い時間になれば、さわやかスポーツマン・タイプの若い店員が、ママと一緒にカウンターに立つはずだ。

ママは青年三人組のお相手をしている。

「もう、わがままなんだからぁ。あなた、結局どういう人がタイプなのよ？　たとえば、芸能人でいえば、だれ？」

　ママの質問に、一人がうれしそうにこたえる。

「西田敏行と林家こぶ平！」

「まあ！　あなた、デブ専《せん》だったの？」

　すると、連れの青年が横から、

「そうそう。こいつ、大相撲にうっとりってクチでさ、しっかり録画してるんだぜ。しかも外人力士が出てるとこだけちゃんと編集して、保存版を作ってさ」

「おまえ、ばらすなよーっ」

「相撲となると、デブ専に外専《がいせん》がプラスされちゃうわけね。イカスじゃないのぉ」

〈用語解説〉
デブ専――太め男性を愛するゲイ。「デブ専門」の略。
外専――外国人男性を愛するゲイ。「外人専門」の略。

　俊彦はウーロン茶をちびちびやっていた。未成年であるうえに下戸《げこ》なのだ。

　その横で彩子は、世の中のことなんて知ったこっちゃないといった風に、物憂げにグラスを傾けている。中身はストレートのバーボンだ。

　きれいにルージュを引いた唇が、トパーズ色の液体に濡れて光る。

なかなかアンニュイでさまになってる。ただし、口を開かなければ、という条件つきだ。

ドンとグラスを置いたかと思ったら、彼女はいきなり吐き捨てるように言ったのだ。

「くそーっ。志木のヤローッ。腹に一物、股に一物のくせにーっ」

パワフルな彩子は、まだ怒りを持続させていたのである。

どうやら、志木に「欲情するつもりは毛頭ない」と言われたのが、かなりのショックだったらしい。

自分はレズビアンなのだから、男になんと言われようと超然としていればよいものを、性的魅力を否定されると怒る——一見単純そうに見えて、彼女はなかなか複雑なのであった。

「その台詞、やめてください。下品ですよ。いいかげん、失言だったって素直に認めてくださいよ」

「ふんっ。たとえ失言でも、何度も繰り返し言ってしまえば、もはやそれは失言ではなくなるものなのよっ」

「……何度も繰り返し言わないでほしいと思う」

俊彦が口にしたささやかな希望も、エキサイトした彩子には聞こえてはいなかった。

「だいたい、あいつは無表情なのよっ！　わたしはねぇ、表情の変わらない男が、いっちばん嫌いなのっ！」

確かに、志木はめったに表情を変えない。

「でも、べつに志木さんは好きで無表情なんじゃないと思います」

「んまーっ！　どこまで、あんたって、お人好しなのっ！　あいつは、わざと表情を変えないに決まってるじゃないのっ！　無表情で他人を不快にさせるのが、あの男の趣味なのよっ！」

（……そんなことはないと思う）

「まあ、そこは大目に見てやるとしてもねぇ、あいつには、許しがたいところが、たっくさんあるのよっ。もともと、わたしはねぇ、身長一七〇センチぐらいでやせてて和風顔で丸眼鏡をかけていて誕生日が十一月三日で蠍座のB型でバイで漫画家で現在二十三歳で『月刊トラッシュ』って雑誌に『拝み屋ケンさん』って漫画を連載してるってタイプの人間が、大っ嫌いだったのよっ！」

「さようでございますか」

志木に対する彩子の怒りは、すでに、いちゃもん同然だ。

それにしても、嫌いな相手の血液型や誕生日までよく覚えているものである。

「もう、バイとはかかわらないわ。美穂も志木もポイしてやるわっ。そうよっ。奴らなんて目じゃないわよっ。あんたとわたしは、同性愛者だから耽美なのよっ！　ソドムの男、ゴモラの女である限り、わたしたちは耽美なのよっ！」

「それはないと思う……」

「トシ、あんた、もっと自信持ちなさいよっ！　あんたは、はっきり言って、セクシーよっ！　男にも女にももてるはずよっ！」

「それはありません」

「バカねっ！　あんた、ちょっと鈍感よっ！　わたし、知ってるわ。よく、志木が物欲しそうな目であんたをじっと見つめてるのを！」

「えっ。志木さんが……？」

鼓動が大きくなり、たちまち期待と喜びで胸がいっぱいになった。しかし、俊彦はそれをかき消す。

（嘘だ。あんなにかっこよくてクールで頭がよくて才能ある志木さんが、おれなんかを……）

それは、過度な期待が大外れとなったときに受けるダメージからわが身を守るための、生活の知恵であった。

酔いのせいか、彩子の思考はおそろしく飛躍する。

「でね、愛原ちさとさんは、きっと『白百合の墓』の佳奈子ちゃんみたいな方なのよ」

俊彦は派手にウーロン茶にむせた。一瞬、鼻から出してしまうのではないかと思ったが、それは杞憂に終わった。

彩子はゲホゲホやっている俊彦にはかまわず、うっとりと続ける。

「ひかえめで純情可憐で、かわいくて、結構寂しがりやで、そのくせ、内には情熱を秘めていて……。ああ、彼女がここにいたら、抱きしめてあげたい。そんな気分だわ」

（ひえーっ）

すでに想像は妄想の域に達している。アルコールの力は偉大だ。

「ああ、彼女に『お姉様』って呼ばれたい……」

俊彦は、彩子の想像を少しでも現実に近づけようと、必死に思考する。

「でも、彩子先輩……」

「なによ？」

「この愛原さん、ひょっとしたら年上かもしれませんよ」

愛原ちさと先生の著者略歴には、誕生日と星座・血液型はあるが、生まれた年は書かれてはいない。年齢を隠そうとするところが、さすがは少女小説家である。

彩子は酔いのまわった目つきで宙を見すえ、それから反論した。

「少女小説家はデビューが早いわ。中には高校生でデビューする人がいるぐらいですもの。わたしより年下に決まってるわ」

こりゃ、だめだ。

すっとぼけて「男かもしれませんよ」なんて言ってみても、却下されるにちがいない。

「こうなったら、わたし、愛原さんのお姉様になるわっ。それが今年の目標よっ！」

心の中で、俊彦はのけぞる。

（千里さんが……おれの千里さんが、ついに恐怖の大王に目をつけられたっ！）

恐怖の大王――もちろん彩子のことである。

（だめだっ！　絶対にだめだっ！　こんな下品で横暴な百合族を、清らかな千里さんに見せたら、もう最後だ！　彩子先輩は千里さんの夢と理想をぶち壊すに決まってる！）

だいたい、自分だって、耽美系作家に対しては「ホンモノなのに耽美じゃなくてすみません」という気持ちでいっぱいで、業界のパーティでも、なるべくそのジャンルの先生方には接近しないよう配慮しているのである。

（もし、それで、デリケートな千里さんが挫折したら……！　それはみんな、おれのせいだっ！　おれが、千里さんの人生をメチャメチャにしてしまうんだーっ！）

「トシちゃん」

一人ひっそり、しかし内面では激しくシリアスしている最中に小声で呼ばれ、俊彦はハッとした。

若者三人組のうち一番遠い席にいる者が、ニコニコしながら小さく手を振っている。

よく見たら、知り合いだった。秋雄《あきお》という名の専門学校生だ。

俊彦も手を振った。

彼と俊彦は、ゲイの間でよく言う「兄弟」だった。つまり、間接的肉体関係とでも言うべき関係である。

以前、ちょいとかわいいジャニーズ系美少年がいて、秋雄は彼とつきあっていたが、やがてジャニーズ君（仮名）は秋雄をふって俊彦を選んだ、というわけであった。

だが、二ヵ月後、あっけなく俊彦も棄てられていた。去年の秋のことだ。

ジャニーズ君のことは、俊彦にとっては悲しい思い出だった。

秋雄には好感を持っていたが、彼はジャニーズ君のことを思い出させるので、一緒にいると胸が締めつけられた。それに、自分が彼からジャニーズ君を奪ったのだという負い目もあった。

彩子は、秋雄が俊彦に声をかけてきたことに気づいてはいない。

秋雄はちょいちょいと彩子を指さし、それから口許に手をななめに添えてみせる。

その人はオネエさんか？――と、彼は訊いているのだ。俗に「オネエ」とは、ゲイの中でもしぐさや言葉遣いが女っぽい者を指す。この酒場のママがいい例だ。

俊彦は両手の人さし指でバツを作り、否定する。

秋雄の連れの二人は「ほら、女じゃないか」「なんだー」などと言いあっている。

それから、秋雄はまた、サインを送ってきた。小指を立てて「おまえの彼女か？」と。

俊彦は、禍々《まがまが》しい疑いを振り切ろうとするかのように、ブンブンと激しく首を横に振った。

秋雄とデブ専君（仮名）は、真ん中の青年の肩をポンポンと叩き「よかったな」「まだ、チャンスあり」などと言っている。

俊彦はその意味を理解していなかったが、実は、真ん中の青年が、彼に興味を示していたのであった。

「ねえねえ」

いきなり中年女性の声が耳に入ってきたので、俊彦はギョッとして、そちらを見やる。さっきから一人で呑んでいたおじさん（？）が、いつのまにか彩子の隣に来ていた。

「おねえさん、レズ？」

「ええ。……おじさん、女？」

彩子が訊き返す。

俊彦もてっきりおじさんだとばかり思っていたこの人物、声は中年女性のものなのだ。姿おじさん声おばさんは、ニマーッと笑ってこたえる。

「わたしもレズ」

……女性であった。

おそらく、職業はフリーライター。しかも遣り手で収入も多い――と、俊彦は見た。

そして、どうやら、彼女は彩子に興味を覚えたらしい。

ズイズイッと彩子に顔を近づけると、

「で、あなた、ネコ？」

ネコとは、女同士が愛しあう場合の女役、つまり受け身のほうをそう呼ぶ。それに対し、男役はタチと呼ばれる。

彩子はめんどくさそうに首を横に振る。

おばさんは、ちんまりとしたかわいい目を、めいっぱい開くと、

「へええ。じゃあ、スカタチ？」

スカタチとは「スカートをはいてるタチ」のこと。つまり、見かけは女っぽいが、攻めにまわるほうをそう呼ぶ。タが濁ってスカダチとも言う。

このおばさん、彩子から見ればタイプでないことは明らかである。彩子は、かわいい系の女の子や同年代の美女を好む。このような包容力ありそうな中年女性（しかも見かけがおやじ）にはなんの興味もないだろう。

案の定、彩子は冷ややかに言った。

「わたしはタチでもネコでもない。『お姉様』よ」

「えっ？　あなた、オネエ？」

彩子の表情が、ピキッと凍りついた。

こういう場所では見かけと性別が一致しない人物がたまにいるとはいえ、男性に間違われたことは、いたく彩子のプライドを傷つけたらしい。

「失礼な。お姉様はオネエとは違っていてよ」

すでに言いまわしがお姉様言葉である。

「だいたい、男女雇用機会均等法の施行より十年以上が過ぎた現在、タチだのネコだのといった役割分担を決めるなんて、ナンセンスだわ」

（でも、『お姉様』と『妹』も役割分担だと思う）

偉そうなことを言うのであれば、せめてわが身をかえりみてから発言してほしいと、俊彦はひそかに思う。

感心なことに、おばさんはうんうんとうなずきながら、彩子の主張を聞いてやっている。

それから、彩子にニマーッと笑いかけると、

「わたし、タチなんだ」

「……あなた、けんか売る気？」

俊彦は焦った。

彩子は血の気が多くけんかっ早く、おまけに酒癖があまりよろしくない。すでに彼女は戦闘モードに入りつつあったのだ。

しかし、このおばさん、人間ができていた。微笑みを維持しつつ、平和的に応じたのである。

「やだなぁ、けんか売るだなんて。ただ、モーションかけてるだけ。あなた、どう？　わたしみたいなのは？」

平和主義者ではあったが、実はこの人、彩子の話を聞いてはいなかったらしい。しかも、かなり酔っているようだ。

そしてまた、酔っているのは彩子も同じであった。

彼女はバカにしたように、ふんと鼻で笑うと、

「あなたとは死んでも寝なくってよ。仮にあなたと寝ないと殺すと言われても、わたくし、断ってさしあげてよ」

どこかで聞いたような台詞である。

「仮にあなたと寝れば全世界を支配できるということになっても、わたくしは逃げますわ。もし、あなたがペコペコ頭を下げても、わたくし、拒絶してさしあげてよ」

（ひーっ！）

明らかに彩子はできあがっていた。

俊彦はあわてて割って入ると、相手の女性に頭を下げた。

「す、すみません、すみません、すみませんっ。この人、酔ってるんですっ」

「うん、うん。わかってるよ」

おばさんは酔ってはいたが大人だった。

なのに、好戦的な彩子は、俊彦につかみかかる。

「あたしゃ酔ってないぞぉー！」

「やめてくださいよぉ。もう、ろれつがまわらなくなっているじゃないですかっ」

「まわってるぞーっ！」

「まわってるのは酒のほうですっ！」

「反論するな、このぉ！」

酒場という場所は、酔っぱらいの怒声ひとつで、しらけたムードになるものである。

（このままじゃ、おれたち二人、社会の鼻つまみ者だ！）

俊彦はガシッと彩子の腕をつかむと、カウンターから引きずりおろした。

「ああっ！　こらっ、なにをするっ！　きさま、それでも軍人かぁ？」

酔っぱらいは無視し、俊彦は早口でママにささやく。

「すみませんっ。つけといてくださいっ。一週間以内に、また来ますからっ」

「OK」

苦笑いしながら、ママはこたえた。

俊彦は彩子をズルズル引きずるようにして、ドアに向かう。

秋雄が「お達者でー」と言いながら手をヒラヒラさせ、俊彦は情けない微笑みでこたえた。

(ううっ。彩子先輩のバカ、バカ、バカッ。あんな優しそうなレズのおばさんにまでけんか売ってっ)

心で泣きながら、俊彦は店を出た。

基本的に彩子はけんか好きなのだ。敵を倒すことに快感を覚えるたちなのだ。

(もう、大人なんて、嫌いだっ。酔っぱらって他人を傷つけて、なのに次の日にはケロッとして『酒の席だったから』なんて言い訳して、勝手に水に流しちゃうんだっ。もう、彩子先輩とは二度と呑まないからなっ)

彩子は一人でフニャフニャ言っている。

「わたし、ちさとちゃんの『お姉様』になるわ。絶対、落とすわ。ものにするわ」

すでに「ちゃん」づけである。

背筋がサーッと冷たくなっていった。

どこまで彩子は本気なのだろう？

……この様子では、おそらく、どこまでも彼女は本気だ。酒のせいで、本音が出てしまっているのだ。

ならば、彩子が千里に接近するのを、なんとしても阻止せねばなるまい。

新宿二丁目仲通り、午後八時、俊彦は彩子を引きずりながら、愛する男を守ろうと心に誓った。

4

それから数日後、一通の招待状が、俊彦を地獄の底に突き落とした。

斜陽社、春の謝恩パーティ。

出版社が、作家や漫画家を招いて開くパーティである。

どうやら、招待されるのは、漫画家とジュヴナイル作家らしい。

招待状には、主催者側である編集部がズラッと印刷されている。

俊彦はそれを見て、かつてない衝撃を受けた。事実それは、彼が小学校四年生のとき、母が作ったグリーンサラダのレタスに青虫が這っているのを見つけてしまったという経験から十年目にして初めて、瞬間的ショック記録を塗りかえてしまったのである。

招待状には、まず、俊彦が書いているミント文庫の名があった。

そして、俊彦が千里を紹介したジャスミン文庫。

加えて、志木が連載を持つ「月刊トラッシュ」に、彩子の「週刊トラッシュ」。

つまり、招待されているのは、俊彦、千里、志木、それに彩子であるということで――。

(千里さんと彩子先輩が出会ってしまう！　ああ、なんてことだ！)

運命の歯車が狂いつつあるのか、はたまた運命の神のいたずらか。

どちらにしろ、根本的には、業界の狭さを考えていなかった俊彦がいけないのである。

こうなったら、あとはもう、運命に身をまかせつつもビンボー教の神様に祈ることぐらいしかできないだろう。

俊彦は招待状を手に、自室の窓から天をあおぎ、ギュッと目をつぶった。

(もう、おしまいだ！　この世の終わりだ！)

ちょっぴりハルマゲドン気分の俊彦、十九の春であった。


業界のパーティについてよく言われることのひとつに、「アニメ関係のパーティだと、料理がすぐになくなってしまう」というのがある。

これは、当のアニメ業界の人々も自嘲ぎみに語っていることであり、つまり、アニメ業界には腹をすかせている者が多いので、いざ立食パーティとなるとみんなピラニアのごとくがっついてしまう、ということらしい。

戦後、めざましい経済成長をとげた日本国ではあるが、これからはアニメ業界の方々の賃金の上昇&生活の改善が望まれるところだ。

そして、斜陽社の謝恩パーティ。

これは決してアニメ業界のパーティではなかったが、ここにもやはり、きわめて腹をすかせている者が約一名いた。

愛原ちさとこと、相原千里である。

だが、彼はピラニアにはなっていなかった。

ごちそうを前にして、彼はおなかを押さえてつぶやいたのだ。

「おなかすきすぎて、気持ち悪い……」

それが理由であった。

窓の夜景が美しい大都会のホテルで言うべき台詞ではない（が、実際、このように、パーティできれいなおべべ着ていながらこの手の台詞を吐く貧乏作家は少なくない）。

「せっかく、パーティにそなえて、朝食と昼食抜いてきたのに……」

「酒はやめといたほうがいいんじゃないですか？　一応、なにか食べてからにしたほうがいいですよ」

「やっぱり、そうだよねぇ」

言った舌の根も乾かぬうちに、千里はうわのそらで、手にしていた水割りに口をつける。

（千里さん、おれの忠告なんて、なんとも思ってないんだから……）

心の中でグチをこぼし、それから、俊彦は千里に訊いてみる。

「ジャスミン文庫の仕事は、どうですか？」

「おかげさまで、順調だよ。宮沢《みやざわ》さんも、いい人だし」

宮沢というのは、俊彦が紹介した編集者である。去年、入社したばかりの、知的でかわいらしい感じの女性だ。

（あ……！）

俊彦は今さらながら宮沢の魅力に気づき、即、危機感の底なし沼にはまってしまった。

（もしかしたら、宮沢さんは、千里さんのことを好きになってしまうかもしれない！　そうだ。宮沢さんみたいに仕事のできる女性は、結構、千里さんみたいに無邪気な男性に惹かれるものじゃないか。結局おれは、恋敵を作ってしまったのかっ？）

恋をすると、時々、まわりの異性がすべて敵に見えてしまう――俊彦の悪い癖であった。

（ああ、宮沢さんみたいにチャーミングで頭がよくて仕事ができてきれいな女性に、おれがかなうわけがない……！　きっと、千里さんは、宮沢さんと恋に落ちて、おれのことなんてかえりみなくなるんだっ！　おれは、なんて馬鹿なことをしてしまったんだっ！　あああああ……）

心は「強大な恋敵におののく少女漫画の主人公」の状態だが、顔ではしっかり無表情。長年の訓練の賜物《たまもの》である。

俊彦は注意深く会場に目を走らせる。

今日はまだ、宮沢には一度も会っていない。

志木の姿も、まだ見ていない。売れっ子で顔も広いゆえ、どこかの人の輪の中心にいるのではないかと思われる。

美穂も、おそらくその近辺にいるのだろう。

それから、本日最大の脅威・彩子はといえば、今では単なる目ざわりな奴と化していた。黒いスーツをビシッと決めてはいるが、さきほどから落ち着きなく、コウモリのようにヒラヒラフラフラ飛びまわっている。顔の広さをフルに活用して、愛原ちさとを探しているのだろう。

しかし、俊彦にとっては幸いなことに、彩子は宮沢を知らない。千里につながる糸をつかむことはできないはずだ。

一度、彼女は俊彦に気づいたが、片手を挙げてサインを送ってきただけで、すぐに立ち去っていった。俊彦に連れがいたので、遠慮したらしい。当の連れが愛原ちさとだとは、夢にも思わずに……。

千里もまた、俊彦と同じく業界に友達は少ないらしい。今のところ、彼に声をかけてきた者はいない。

あるいは、実は友達は一人もいないのかもしれない。

しかし、俊彦は思う。

(もしかしたら、千里さんの友達はいっぱいいるのに、みんな、おれを怖がって近づいて

こないのかもしれない)

自分で不吉なことを想像しておきながら、思わず俊彦は泣きたい気分になってしまった。

(やっぱり、おれは、千里さんにはふさわしくないんだ!)

ブルーな気分で、俊彦は千里に「料理、とってきます」とだけ言い残し、そのテーブルを離れた。

ロースト・ビーフのサンドイッチに、チーズとソーセージを何種類か取り皿に載せたところで、声をかけられた。

「トーシちゃんっ」

すぐ横で、桜色のワンピース姿の美穂がニヤニヤしながら、俊彦を見あげていた。

ベリーショートの髪に、ピンクの口紅が愛らしい。

「美穂ちゃん、すごくきれいだ……」

「トシちゃんも、すっごくかっこいいよ」

「そんな……おれなんて、美穂ちゃんにくらべたら、北極熊みたいなもんですよ」

自分で言っておいて、そのあまりに具体的で的確なたとえに、俊彦は傷ついた。

「ねえ、トシちゃん、今日はすっごい美青年と一緒じゃない? 紹介してほしいなぁ」

ピキーンと頬のあたりが凍りつくのが、自分でもわかった。

鋭い美穂は、その表情が意味することを覚《さと》ったらしい。いたぶるような調子で、先を続ける。

「彼、好みだなぁ。あたし、アタックしちゃおうかなぁ」

「あの人は、だめです。そういうことに免疫ないんです」

断言してしまってから俊彦は、千里が免疫ないのかどうか本当のところは自分はまったく知らないことに気づき、少しばかりショックを受けた。

なぜか今日は、自分で自分を傷つけてしまうことが多い。

「ふーん。やっぱり、そっか」

猫のように目を細め、美穂はうれしそうに言う。

「トシちゃん、彼に想いを寄せてるんだね？」

美穂がきれいな言いまわしをしてくれたので、俊彦は素直にうなずいた。これで「さては惚れてるな？」などとやられていたら、恥じらいのあまり、即、首を横に振っていたことだろう。

「じゃあ、あたしはおじゃまだよね」

気をきかせて、美穂は去っていった。こんなところは、結構いい子である。

俊彦はホッとひと安心し、元のテーブルに戻った。が、千里の姿が見当たらない。

よくよく見れば、千里はテーブルの陰にしゃがみ込んでいた。

「千里さんっ。どうしたんですかっ？　気分でも悪いんですかっ？」

「シーッ」

千里は人指し指を立てて、俊彦の言葉をさえぎる。

このコソコソした態度は、まさか——。

(NTTが放った工作員が招待客の中にまぎれ込んでいるとか?)

ちなみに、彼らの任務はユーザーから未納料金を取り立てることである——と、俊彦は一瞬だけ、勝手な想像を楽しんだ。

「トシちゃん、こっち見ないで。知らんぷりして。怪しまれるから」

「は、はいっ」

緊張ぎみにこたえ、俊彦はあさっての方向を向く。

千里が情けないささやき声で、事情を話す。

「会いたくない奴が、いたんだよぉ」

「だ、だれです?」

「昔、友達だった奴。今は漫画家やってる」

「どの人ですか?」

「このテーブルと、あの真ん中のテーブルのロースト・チキンを結んだ延長線上にいるよ。丸眼鏡かけてて、深緑のスーツを着てる男だよ」

(あれって……志木さんじゃないかっ!)

とたんに、俊彦の頭の中で疑惑の黒雲がムクムク湧いてきた。

(千里さんと志木さんが元友達? けど、千里さんのこのおびえようは、一体、なぜ?)

志木は禁欲的なお人柄とは裏腹に、相手が男でも女でもいけるクチだ。そして、千里は輝くばかりの美青年。

そこまで考え、俊彦の頭には、時代劇の「悪代官と町娘」的シーンができあがってしまった。

千里「ご、後生でございますっ。どうか……どうか、堪忍してくださいっ」
志木「ふっふっふ。よいではないか、よいではないか」
千里「あ～れ～、ご無体な～っ」

（ああっ。志木さんのケダモノっ！）

想像の中、思わず俊彦は志木を罵倒していた。志木にとっては、さぞかし迷惑なことであろう。

と、そのとき。

不覚にも、俊彦は志木と目を合わせてしまった。

「トシちゃん」

なにも知らない志木は片手を挙げてちょっと微笑み、それから、こっちにスタスタ向かってきた。

足許で、千里が「げっ。知り合い？」と訊いてきたので、俊彦は小声で「はい」とこたえ、続けた。

「でも、おれ、最後まであなたをお守りしますっ」

これだけ言うのに、心臓がバコバコ躍り、声が震えた。

志木は、すぐ目の前に来ていた。

彼は俊彦のこわばった表情をジッと観察し、それから、丸テーブルの向こうにしゃがみ込んでいる千里の頭に目を移した。

「トシちゃん、その人……」

「み、見逃してくださいっ」

思わず俊彦は切羽詰まった声を出していた。

しかし、志木は容赦なかった。

「この毛並み、覚えがある。すごくなつかしい……」

そう言うと、テーブルの向こうから手を伸ばし、千里の茶色い巻毛をなでなでしはじめたのである。

(ああっ、もうっ！　志木さん、性格が変なんだからっ)

千里は観念したのか、テーブルの下から海坊主のように浮上して目をのぞかせた。

「おまえなんか、嫌いだ」

白くなめらかな眉間に、見事なシワシワができている。

(やっぱり、この二人、『あ〜れ〜、ご無体な〜っ』の関係？)

志木は当惑したように笑った。

「久しぶりだな、千里」

「…………」

「おまえ、なんで、こんなところにいるんだ？」

どうやら志木は、相原千里イコール愛原ちさとだと知らないばかりか、彼が作家であることも知らないらしい。

「い、今さらっ……今さら友達づらするなよっ」

「……あの頃のことは、悪かったと思っている。おれも、後悔してるんだ。許してくれ」

志木の言葉に、一瞬、千里は毒気を抜かれたようだった。が、立ちあがると、クルリと背を向けて駆け出した。

「待ってくれっ！」

あわてて志木が追い、千里の腕をつかむ。

（やっぱり、過去には『あ～れ～、ご無体な～っ』？）

疑惑はますます巨大化する。

「離せよっ！　しつこいなぁ、もうっ！」

「違うんだっ」

「なにが、違うんだよっ？」

「許してもらえないなら、それでもいい。ただ、ただ……」

「ただ、なんだよ？」

「たのむっ。こたえてくれ、千里っ。——世界三大珍味とは、キャビア、トリュフ、そして、あとひとつは？　ヒント、フで始まる」

「フ……フ……フェラガモ！」

ブーッ。

正解はフォアグラ。

フェラガモはイタリアの高級ブランドである。

「アホが」

志木は冷ややかな声で宣告した。下手に出ておいて、いきなり崖っぷちから突き落とすも同然の台詞であった。

許してもらえぬとわかったとたん、トラップを張り、相手をおとしいれる——俊敏な志木ならではの対応の早さだった。

（乗せられてこたえて、しかも間違っているなんて、千里さん、それはあまりにも悲しすぎる……）

すでにまわりは水を打ったように静まりかえっている。悲しいほどに異様で非日常的な空間ができあがってしまった。

しばらくしてから、人々はヒソヒソと言葉を交わしはじめた。

「……フォアグラですよね」

「そうよ、フォアグラよ」

「フェラガモはブランドだよ」

人々の冷たい視線に、ついに千里は耐えられなくなったらしい。

「な、なんだいっ！　志木の変態っ！」

とたんに、人々の冷たい視線はザザッと志木に移った。大衆は常にスキャンダルを求める。

千里にしては、見事な反撃であった。

「悪いけど、ぼくはおまえみたいな変態が大っ嫌いなんだよっ！」

志木の表情が珍しく翳りを帯びた。

（あああ……耳が痛い……）

変態——その言葉は、俊彦をも傷つける言葉だったのだ。

だが、そのとき、突如現われた変態側弁護人！

「ちょいと、お兄さん」

千里に向かって、いちゃもんつけ口調で声をかけた人物。それは彩子であった。

（あああっ！　ついに、彩子先輩と千里さんが接触してしまった！）

しかし、俊彦の当初の懸念とは別の次元で、事態は悪化しつつあったのである。彩子は柳眉《りゅうび》を逆立て、威圧的に続けたのだ。

「『変態』の定義にバイも含むという前近代的解釈をすれば、確かに志木が変態だということは否定しようのない事実だし、業界でもその手の噂はささやかれているし、おまけに、この男は底意地が悪いわ。だけど、なにも、こんなところでわざわざ暴露することもないのではなくって？」

相手が愛原ちさと先生だとはつゆ知らず、すっかり彩子は高飛車モードである。面識のない相手とけんかするときには、いつもこの調子なのだ。

しかも、現在、アルコールで気が大きくなってしまっているのは明らかだ。

（彩子先輩、それでも志木さんをかばっているつもりですか？　それとも、さりげなく志木さんにけんか売ってるとか？）

当の志木は無表情でたたずんではいたが、どうやら彩子の失礼な弁護のせいで気分を害しつつあるようである。

「だいたい、どれだけご自分は清らかだとおっしゃるの？　ふんっ。笑わせないでいただきたいわ」

「あ、あんたが、なにを知ってるっていうんだよっ！」

「あら、わたくしは志木の変態友達ですわ。こやつの後ろ暗い過去は、いろいろと存じておりましてよ。わたくし、それを承知で志木の友達をしておりますの。ごめんあそばせ」

「友達だかなんだか知らないけど、第三者が偉そうなことを言わないでほしいね」

千里の口調は、グンと冷ややかになっている。

（ひょっとして、千里さんも、性格きつい？）

いつものことながら、俊彦はこのような緊迫した人間関係に割って入る勇気がない。今はただ、人々の視線の痛さに耐えるだけだ。

彩子はフンと鼻で笑う。

「志木をいじめてもいいのは、おととし知りあってからずっとこいつにムカムカさせられ通しのこのわたくしだけですわ。志木をいじめるのであれば、わたくしの許可をとってからにしていただけませんこと？」

「な、なんだいっ！　ぼくのほうが志木のことは古くから知ってるぞ！」

やはり、単純な者同士、だんだんと争いの次元が低くなってきた。

「ぼくは、四年前には志木の友達だったんだぞ！　だから、ぼくのほうが、昔から志木がいかにいやな奴だったか知ってるぞ！」

「四年前？　あなたのデータは古すぎましてよ。わたくしは、最新データを持っておりますわ。なんなら、この場で公開してさしあげてもよろしくってよ！」

（ま、まずいっ）

このままでは、志木のやばい過去の暴露合戦に発展するおそれがある。

しかし、思いのほか千里は賢明で、志木に対する思い遣りも持っていた。なんと、共通の話題をネタに、彩子に歩み寄る姿勢を見せはじめたのである。

「あのさ、ちょっと訊くけど……」

「なによ？」

「やっぱり、こいつ、今でも性格悪いままなの？」

「ええ。もう、最悪。好色なくせに性格が重々しくて、おまけに意地悪。最低よっ」

「へーえ。変わってないや」

べつに、彼は、志木のためを思って彩子に歩み寄ったわけではなかったようだ。

彩子は完全に、いつもの調子に戻ってしまっている。

「でね、こいつ、おとなしいふりしながらも、恋愛に関しちゃ、やりたい放題なのよ。欲望のままに突っ走っちゃって、いやよねぇ」

「で、そのことをこっちが責めると、こいつ、開き直らない?」

「そうそう。でも、最初のうちはひたすら、その件には触れないようにするわね。開き直るのは、それが無駄に終わった後よ。わりと潔癖よ、こいつ。好色なくせにさ。笑っちゃうわよね」

「潔癖？　四年前には、それはなかったなぁ。だいたい、あの頃、志木ったら、ヤクザとできちゃってさぁ——」

ガッシャーン！

「ひっ！」

千里は身をこわばらせた。

突然、志木がビール瓶をテーブルに叩きつけ、割ったのだ。

（ヤクザとできちゃって……ヤクザとできちゃって……）

千里の台詞が、俊彦の頭の中でグルグルまわる。

台詞の内容もさることながら、それが千里の口から出たということが、俊彦にとってはショッキングなことであった。

「出てけ。二人ともだ」

重々しい口調で、志木は千里と彩子に言った。

「な、なんで、おまえが怒るんだよっ！　おまえがヤーさんといい仲になって迷惑したのは、ぼくのほうなんだぞ！」

「わたしだって、このお兄さんがあんたをいじめてたから、かばってあげたのにっ！　偉そうにかんしゃく起こせる立場なのっ？」

こたえる代わりに、志木は手に残った瓶を二人に向けた。無言、そして無表情で。

ギザギザに割れたガラスを突きつけられ、二人は息を呑む。

すでに全会場注目の的である。

俊彦はまわりの視線を感じつつ、こわばっていた。

「出てってくれ」

志木は低く言った。

だが、千里も彩子も、迫力の志木を前にすでに石と化している。

俊彦は二人の腕をつかみ、ダダダッと出口目指して駆け出した。

（ううっ。好色で厳格なうえ、凶暴だなんて……志木さんの変人っ！）

「両手に花」状態でホテルの非常階段を駆けおりつつ、彼は心で泣いていた。

「ちょいと、トシ、どこまで行くつもりよっ？」

彩子の声で我に返ったときには、すでにホテルの外だった。

ピタリと停止し、しばらくは三人そろってゼエゼエ息をしていた。

「こ、怖かったーっ」

千里がしぼり出すような声で言うと、彩子がいきなり笑い出した。

「志木の奴、これまでかぶってた猫を、ついに人前で脱ぎ捨てたわね」

「あれって、まずかったんじゃないかなぁ？　あいつ、わりと売れっ子だろ？」

「平気よ、平気。ああいう天才タイプは、ちょっとばかしエキセントリックなほうが、ハクがついていいのよ」

「あ。そっか」

どうやら、彩子も千里も、志木の才能には一目おいているようである。

おまけに、いつの間にやら和気あいあい。

(彩子先輩と千里さんがお友達になりつつある……。ど、どうしようっ)

もう、二人を引き裂くことはできそうにない。

俊彦は、一人ひそかにおろおろするだけだ。

彩子はバッグを探り、シガレット・ケースを取り出すと、千里にさし出した。

「一本、いかが？」

「ありがと」

(ああっ！　大人のつきあいが始まってしまった！)

俊彦の心配をよそに、二人はますます親密度を深めてゆく。

彩子は銀色のライターで、千里の煙草に火をつけてやる。

さすがは美男美女。絵になるシーンである。

「煙草、久しぶりだな……」

「禁煙してたの？」

「うん。長いこと」

「意志が強いのね。わたしは、だめ。本当はやめたいんだけど」

彩子も煙草をくわえ、火をつける。

(ああ……どんどんいいムードになっていくっ)

彩子は幸せそうにフウッと長く煙を吐き出すと、千里に訊く。

「あなた、トシのお友達？」

「うん」

「じゃ、わたしの友達よ。友達の友達はみな友達だ、って格言にもあることだし」

「そうだね。あんたはぼくに、煙草をくれたことだし」

実は、千里には、物をくれる人によくなつくという習性がある。てなずけるには、高崎山のサル以上にチョロイ相手なのだ。

哀れ俊彦はムンクの「叫び」的心境である。

（ついに……ついに友達になってしまったーっ！）

くわえ煙草で、二人は名刺交換をする。

「わたし、田中と申します。漫画家です」

「愛原と申します。小説書いてます」

ところが、というか、案の定、というべきか。

もらった名刺を一瞥して、彩子はゲホゲホと激しくせきこんだ。

（ひぃーっ！　ついに事実を知られたっ！）

ところが、なにも知らない千里は、ひたすら愛想よく、

「あーっ！　あんた、田中サイコさんだったんだ！　ぼく、すっごく好きなんだよ、あの感覚！『花園劇場』とか『不気味ＯＬホラーさん』とか『ひみつのマッポちゃん』とか、単行本持ってるし。でも、ぼく、田中さんって男かと思ってた」

ゴッホ、ゴホゴホ、ゲホゲホ、ゴホゴホゴホ……。

返事はない。

彩子はいまいましげに煙草を地面に捨てると、パンプスでグリグリと踏みつけた。そうしながら、息を整える。

「大丈夫ですか？」

俊彦の問いにはこたえず、彩子は千里にニッコリと笑いかけ、言った。

「ちょっと、待っててくださる？　わたくし、俊彦さんにお話がありますので」

（ひぃーっ！）

いきなり、耳をつかまれた。

そのまま、彩子は俊彦を五十メートルほど引きずっていった。

そして、千里の名刺を俊彦に突きつけ、冷ややかな声で訊いた。

「トシ。これは、なんなの？」

「あ、あ、愛原ちさと先生の名刺ですっ」

それから、彩子は千里のほうをチラと見やってから、

「人類を大きく二種類に分けたとき、わたしがなんら欲望を感じることができないグループのほうに、彼は属してるわよね？」

「は、はい。男です」

「彼、本名は？」

「相原千里さんです」

「トシ。あんた、愛原ちさとがあの人だって、すでに知ってたのね？」

「はい」

「知ってて、黙ってたのね？」

「……はい」

「許さんっ」

ふたたび、耳をぐいっとつかまれた。

「いたた……すみません。反省してます。二度としませんっ」

「二度としませんじゃないわよっ！　こっちは、すでに『白百合の墓』を一人Hのオカズにしちゃった後よっ！　どう責任とってくれるつもりよっ？　ええ？」

俊彦は絶句した。「えっ？　女の人でもそういうことするのか？」という新鮮な驚きがあったわけではなく、彼の場合は——。

「さ、彩子先輩っ……よ、よりによって、千里さんの作品に欲情するなんてっ！　あなたに常識はないんですかっ？　だいたい、どうすれば、そんな邪《よこしま》な利用法ができるんですかっ？　彩子先輩のケダモノ！　あなたは少女たちの夢を穢した！　そして、清らかな千里さんを穢した！　もう、嫌いだっ！」

「ほーう、そうかい。やっぱり、そういうことかい」

醒めきった彩子の声に、我に返った。

「なるほど、よくわかったわよ。要するに、あんたはあのお兄さんに懸想《けそう》してたわけね。彼を独り占めしたかったわけね」

そうだ。

自分の心の奥底には、ただ単に千里を独り占めしたいという思いもあったにちがいない。あたかも、美しい小鳥をカゴに閉じ込めて自分のものにしたいと願うかのように……。

そう気づいたとたんに、顔がカーッと熱くなっていった。

その反応だけで、もう「はい」と正直にこたえてしまったも同じだった。

「一人Hうんぬんは、冗談よ」

「ええっ！」

「あんたにいちゃもんつけてみたかったから言っただけ。真に受けるとは、あんたも相当のたわけだわ。考えてもみなさいよ。あんな清らかなお話に欲情するぐらいだったら、小学校一年生の国語の教科書一ページ目『あさ、あさ、あかるい、あさ』で、もうヌレヌレってやつよ」

……この女のそばにいると、下品な言葉を聞きすぎて、耳がどうかなってしまいそうだ。

本人は、美しき「お姉様」の世界を目指して日々暮らしているようだが、身の程知らずもいいところである。

「そういう下品なことは、千里さんの前では言わないでくださいね」

彩子にじっと見つめられ、俊彦はおどおどと続ける。

「あの人の夢を、壊さないでください」

「へーえ」

彩子はニヤニヤする。

「トシの弱点は、あのお兄さんか。こりゃ、面白いわ」

もう、おしまいだ。

俊彦はガックリとうなだれた。

「ところで、わたし、ひとつだけ、どうしても訊いておきたいことがあるの」

「なんですか？」

ズイッと迫られ、俊彦は身がまえる。

「男のくせにあんな小説書いてるなんて、彼、何者？」

「おれに訊かないでください」

「彼、ああ見えて、単なる変な人なんじゃないの？」

俊彦は、できることなら反論したかった。

だが、反論の根拠がどうしても見つからなかった。たとえ世界中探しても、見つかりそうにもなかった。

それから、もひとつ──。

四年前に千里と志木がけんか別れしたいきさつは、いまだ明らかにされてはいない。

だが、残念ながら、現在、俊彦も彩子もそこまで気がまわらない状態なのであった。

5

最初、千里に対する美穂の評価は、きわめて高かった。

興奮ぎみに、彼女は俊彦に訴えたのだ。

「ねえ、やっぱりあの人、すぐ近くで見てもピッカピカの美青年だよっ。トシちゃんが、彼を彩子さんや志木先生から守ろうとしたのも、わかるよ（註・俊彦は美穂の魔手からも千里を守ろうとしていたのだが、その事実を美穂は知らない）。ああ、なんて美しい男なんだろ。できることなら、彼のすべてを支配したいよぉ。トシちゃん、許可して！　お願い！」

とんでもない娘である。

しかし、その評価は、それから一時間もしないうちに急降下していた。

「ねえ、トシちゃん。千里さんってさぁ、なんだかオネエっぽくない？　あれでゲイじゃないなんて、サギだよぉ。あたし、やっぱり、いくら美しくてもオネエっぽい男にはちょっとそそられないなぁ。残念だけどさー。やっぱり、千里さんはトシちゃんのものね」

そしてまた、彩子はといえば、愛原ちさとが女性ではないとわかってからは、完全に興味を失っていた。

おそらく彼女は今でも彼の作品を愛してはいるのだろうが、それをおくびにも出そうとしない。どうやら、すっかり彼を女だと思っていたことが悔しかったので、意地になっているのではないかと思われた。

そんなわけで、志木の家のリビングルームで、彩子と美穂はテーブルを間に見つめあい、甘い時を過ごしていた。

「彩子お姉様」

「なぁに、美穂？」

「あたし、お姉様のこと、誤解してたみたい。ごめんなさい」

「いいえ。わたしが男か女かようわからんものに惑わされていたのが悪いのよ」

「お姉様……」

「美穂……」

見つめあう二人。

こうして、キツネとタヌキの化かしあいが再開されたわけだ。

キッチンでは、男三人のうち俊彦をのぞく二人がキッチン・ドランカーと化していた。床の上に一升瓶をドーンと置いて、コップ酒をちびちびやっているのである。

(この人たち、見かけが耽美なのに、実は中身は全然耽美じゃないのかも……)

俊彦はグレープフルーツ・ジュースでつきあいながら、心で嘆く。

三十分ほど前、たまたまそこにあった安酒を志木が料理酒として使うつもりだと言ったところ、千里がもったいないと反対し、「じゃあ、おまえが呑め」ということになり、千里が昼間から呑み出し、志木もそれを見たら呑みたくなったらしく千里につきあいはじめ、それまでリビングルームにいた俊彦は彩子と美穂が二人の世界を作りはじめたのでキッチンに移動し、しかし酒はダメなのでジュースをちびちびやっている——というわけだ。

「千里……何度言えばわかってくれるんだ?」

キッチンの床の上、志木にシリアスな目でひたと見つめられ、千里は長い睫毛を伏せる。

「だって、そんなこと言われたって、ぼく……」

「千里、いいか？　フェラガモはブランド、フォアグラが珍味なんだっ！　おまえは、四年前から間違ってるんだぞ！　恥ずかしいとは思わないのかっ？」

「ど、どっちだっていいじゃないかっ！　しつこいなぁ、もうっ！」

「どっちだっていいわけじゃないっ！　そもそも、おまえは、いいかげんすぎるんだっ！」

（やっぱり、この人たち、会話が少しも耽美じゃない……）

ずぼらな千里と、完璧主義者の志木。フォアグラに関してこの二人が歩み寄ることは、まず、ないであろう。

「だって、しょうがないじゃないかっ！　フォアグラって、カモの肝臓だろっ。つい、フェラガモだって言いたくなっちゃうんだよっ！」

「なるほど」

志木は大きくうなずくと、壁にぶらさがっているお買い物メモ用のホワイトボードになにやら書きつけ、千里に見せた。

そこには、こうあった――フェラ鴨。

「ねっ？　間違えやすいだろ？」

千里は志木の同意を得られたと思ったらしい。が、志木はそう甘くはなかった。

「アホ」

冷ややかな声で宣告しておいてから、残酷にも言ったのである。

「フォアグラはカモの肝臓じゃなくて、ガチョウの肝臓だ」

「ええーっ！」

「四年前にも、おれは教えてやったはずだ。おまえはどうして、そう物覚えが悪いんだ？　そのうえ、間違った知識は頭から離れない。ものを知らないどころか、単なるアホだ。作家だとは思えん」

（ああっ！　千里さんに言ってはならないことを……！）

たちまち、感じやすい千里の目にジワーッと涙が浮かんできた。

あわてて、俊彦はフォローする。

「千里さんがカモの肝臓だとおっしゃるのであれば、おれはカモで一向《いっこう》にかまいませんっ。ほかの人すべてがガチョウだと言っても、おれはカモを支持しますっ」

「気休めはやめてくれっ！　どうせ、トシちゃんだって心の奥底では『フェラガモはガチョウの肝臓だ』って思ってるんだろっ？」

「フェラガモじゃなくてフォアグラです」

つい冷静に訂正してしまってから、俊彦は非常に後悔した。

千里はひどく傷ついた顔で立ちあがると、キッチンを飛び出したのだ。

「千里さんっ！」

俊彦は千里を追う。

彼を追いつめた張本人である志木は、あきれ顔で酒をグビリとあおっただけだった。

リビングルームで、彩子と美穂の横、千里はテーブルに突っ伏すとシクシク始めた。立派な泣き上戸だ。

「千里さん、どうしたの？　ねえ？」

美穂が優しく訊き、彩子は、

「まさか志木とトシにやらしいことされたんじゃないでしょうねっ？」

「ち、違いますっ」

俊彦があわてて否定すると、彩子はズイズイッと迫ってきて、

「じゃあ、どうやって、千里泣かしたのよっ？　ええ？　この兄貴は？」

「トシちゃんが悪いんじゃないんだっ」

今度は、千里がしゃくりあげながら否定する。

「いけないのは、みんな、ぼくなんだっ。ぼくに国語能力と文学的才能がないのがいけないんだっ」

彩子と美穂は、俊彦に非難の視線を向ける。二人とも、千里の行動には特に違和感を感じてはいないようだ。

いい歳した男がみっともなくエグエグと泣いても、ちっとも不自然ではない。恐るべきキャラクター、相原千里！

美穂は彼を慰めにかかる。

「千里さん。作家や漫画家は、だいたいそうだよ。自分には才能がないんじゃないかって、

よく心配になるものなんだよ」

彩子は「わたしは自分の才能に不安はない」と言いたげな顔をしたが、なにも言わなかった。

「あたしなんかね、高校二年でデビューできたのはよかったけど、雑誌に載せてもらえる作品を生み出すことが全然できなくてね……。でも、今は楽しいよ。志木先生のアシスタントになれたしね」

千里はおとなしく美穂の言葉を聞いている。

「あたしにとってアシスタントはね、仕事でもあるし、修行でもあるんだ」

千里は顔を上げ、ひたと美穂を見つめた。

美穂は聖母の微笑みで、優しくうなずく。

「あたし、いつかはきっと自分の作品が発表できるようになろうって心に決めて、がんばってるんだ。志木先生と彩子さんとトシちゃんと千里さんに早く追いつこう、って」

美穂のおかげで、ようやく千里は立ち直れたらしい。

「美穂ちゃん、ありがとう……。ぼくは、意気地なしだったよ」

しゃくりあげながら、彼はハンカチで涙を拭った。

彩子は腕組みをして言う。

「ったく、志木は思い遣りゼロの冷血漢だし、トシは平気で他人を傷つけるツッコミをするし、ここにはろくな男がいないわよね。千里は免疫ないんだから、もっと優しくしなさいよね。あんたら二人、まるで転校生をいじめる意地悪グループよ。このままじゃ、デリケートな千里なんか、すぐにボロボロになるわ」

女たちは、すでに癒しの役割にまわっている。

（ああああ……なんてことだ！　いつのまにか、おれは悪者に……！）

俊彦の当初の懸念とはまったく違う展開である。

変なところで、千里は女たちに受けがいいらしい。このタイプ、小学校では、必ずクラスに一人はいたものだ。

まったく男らしくない男の子なのだが、かえってそれが女子に親しみをいだかせ、妙に信望を集めている。そして、たとえ乱暴者にいじめられても、女子が結束してかばってくれるのだ。

彼らは大抵女の子みたいに優しい顔立ちをしており、簡単に女子に同化でき、おまけに女の子に「かーわいい」などと頭を撫でられても、プライドが傷つくどころか大喜び。それがそのまま成長してしまうと、こうなるにちがいなかった。

やがて、志木がキッチンから出てきた。千里が落ち着くまで、安酒をちびちびやっていたのだろう。

彩子は千里に訊く。

「ねえ、千里。四年前には、どういうわけで、志木とけんかしたのよ？　こいつがヤーさんとできてどうのこうのって……。まさか、こいつ、ヤクザとつるんであんたをいじめたんじゃないでしょうねっ?」

「違うよ」

千里は否定し、チラと志木のほうをうかがう。

ここで、志木が顔色ひとつ変えなかったのが、千里には気にくわなかったらしい。彼は不機嫌な口調で続ける。

「あの頃、ぼくはカードで失敗して、借金取りに追われていたんだ」

なにげない告白に、俊彦と女二人は「どひーっ」という顔になる。

若さゆえの無計画なクレジットカード利用により借金地獄に落ちる若者は、跡を絶たない。しばしば彼らは自己破産というゴールを選択することにより、自殺への道から逃れるのである。

千里が、そんなカード地獄からの生還者だったとは!

「あのとき、うちに取り立てにきていたヤクザがいてさ……まあ、ヤクザっていうよりは、チンピラっていったほうがいいかな。そいつに、志木はちょっかい出したんだ。うまいことモーションかけてさ」

志木は聞こえないふりをして、部屋の隅で酒をあおっている。

「でも、ぼくはお人好しだったから、さんざん悩んだんだ。志木がヤクザなんかと変な関係になっちゃってどうしよう、とか。それは出会うきっかけを作ったぼくの責任だ、とか。これから志木の人生はメチャメチャになるんじゃないか、とか」

その頃、千里は二十二歳、志木は二十歳。なかなかハードな青春である。

「それで、さんざん悩んで、ぼくは志木に奴とは手を切るように言ったんだ。そしたら、こいつ、なんて言ったと思う？」

志木は千里を無視している。

それでよけいに千里はムッときてしまったらしい。まことしまいましげに、彼は続ける。

「おれは人間として当然のことをしているだけだから、ほっといてくれ――って言うんだぜっ！　偉そうにっ！」

どうやら、この台詞が千里を怒らせ、けんかの原因となったらしい。

「どうしてそれが『人間として当然のこと』なのよ？」

彩子に訊かれ、千里は冷ややかに言い捨てる。

「志木に訊いてやってほしいね」

すると、志木がボソッとこたえる。

「魅力的な人だと思ったから、モーションかけて落とした」

「それが人間として当然のことかっ？」

「おのれの欲望に従ったということだ」

「それで、飽きたらポイ？　あの後、ヤーさんにはおまえのことでさんざんグチこぼされてさぁ、うっとうしいったらなかったんだよっ！」

「話しあった結果、別れようっていうことになったんだ。彼には奥さんと子供もいて、それでおれは、いつも罪悪感があったし」

横から彩子が口をはさむ。

「お人好しね、あんた。普通、ヤクザの愛人は罪悪感なんか持たないわよ」

「いや。持つと思う」

きっぱり言いきってしまってから、志木は彩子に、

「だれがヤクザの愛人だ」

「あんたよ」

「………」

怒るかと思いきや、志木は静かに告白した。

「一緒にいてもお互い傷つけあうばかりになっていたから、彼とは別れた。それっきりだ。もう、この話は終わりにするぞ」

お互い傷つけあうばかりになっていたから、彼とは別れた――なんとまあ、青くデリケートな理由だろう。しかも、よりによって、ヤクザ相手に。

(志木さんとヤクザが、お互い傷つけあうばかりになっていたから別れた……)

心で反芻《はんすう》し、俊彦はふいに笑いがこみあげてくるのを感じた。

別れた理由がデリケートであるばかりではない。加えて、その事実は、いかなヤクザでも志木が相手では傷つくことがしばしばだったということも示しているのだ。

そこまで考えたら、さらに本格的に笑いがこみあげてきた。

見たら、彩子も美穂も必死で笑いをこらえているらしく、表情を奇妙にゆがめていた。

だが、千里は沈んだ表情で沈黙している。どうやら、彼だけは志木に同情しているらしい。

志木は背を向けると、うつむいた。ほっそりした肩が、かすかに震えているように見えた。

（まさか、志木さん、泣いてる？）

その許されざる恋は、志木にとっては悲しい思い出だったのだ。

室内が重い沈黙に支配され、気まずい雰囲気になってしまった。

彩子は立ちあがると志木のそばまで行き、そっと彼の肩に手を置いた。そして、限りなく優しく、慰めるような調子で訊いたのだ。

「彼、真珠入りだったの？」

グワッシャーン！

なにが起こったのか、とっさに俊彦には把握できなかった。

彩子の下品な問いと同時に、テーブルが派手にひっくりかえったのだ。

「出ていけっ」

志木の吐き捨てるような台詞。

そして、俊彦は見た。いつもは無表情の志木が、目に涙をためながらも、鬼の形相となっているのを。

「出てけぇっ！」

（ひーっ！）

俊彦はあわてて彩子と千里の腕をつかむと、玄関に向かってダッシュした。

美穂もあたふたとついてくる。

（バカ、バカ、バカッ。彩子先輩のバカッ。よりによって志木さんにあんなお下劣な質問するなんてっ）

マンションの外に出てからしばらく、四人は輪になって互いの蒼ざめた顔を見つめつつ、ゼエゼエやっていた。

それから、千里はだれにともなく訊いた。

「志木、泣いてたよね」

「そのようでしたね」

俊彦は息を整えつつ、こたえる。

千里の場合は、あれだけ派手に泣いても、たいして違和感はなかったし、まわりは「だれが泣かしたんだよー」「おれじゃねえよー」ぐらいの反応しか示さなかった。なのに、志木がちょっと見せた涙は、まわりに大きな衝撃をもたらしたのである。

「ぼく、あいつが泣くの、初めて見たよ」

「おれもです」

「わたしもよ」

「あたしも」

恐るべき大発見をしてしまったかのように、四人は顔を見あわせる。

志木の涙は、千里の涙の一万倍は重い。それは当の千里も自覚しているようだ。

ふいに千里が笑い出し、そして彩子に言った。

「あんたさぁ、あのままじゃ志木が気まずいだろうと思って、奴に、ぼくたちを追い出す口実を作ってあげたんだよね？　そうだよね？」

「べ、べつに。わたしが、そこまで気がまわるわけないじゃないっ」

彩子はぶっきらぼうに言った。

照れているのは明らかだ。やはり千里の言う通り、彩子はさりげなく（というには、あまりにも下品かつ危険だったが）志木を助けていたのだ。

（そうだったのか……）

少しばかり、俊彦は感動した。

横暴で自分勝手で短気でけんか好きではあるが、彩子は基本的には気風《きっぷ》がいいのだ。

「あんた、意外といい人だよねぇ」

千里にからかうような調子で言われ、彩子は頬を紅潮させる。あまりほめられることのない性格であることを考えれば、当然の反応だろう。

だが、ついに彩子は開き直った。

「いい人なのは、当たり前よ。これでも、わたしは志木の親友よ。あの陰険で嫌味な男と仲よくしているってだけで、この人格は聖者にも等しいとみなされるのよ」

「ただの友達じゃなくて、親友なの？」

「そうよ」

彩子は誇らしげにこたえる。

彼女と志木が親友だったとは、俊彦も初耳だった。

(彩子先輩の親友やっていられるなんて、志木さん、まさに人格者だ。おれにはとてもできない……)

俊彦はしみじみ思った。

「ずるいや。元はぼくが志木の親友だったのに……」

「あんたは志木を棄てたから、もう、失格よ。ホホホ。残念だったわねぇ。あのいやな性格の男と親友でいられるってことは、一種のステータスなのにねぇ。あんた、志木とけんか別れしたなんて、ダイヤをドブに捨てたも同然のことをしたのよ。この愚か者」

「いいもんっ。そのうち、あんたから、志木の親友の座を取り返してやるからっ」

「ホホホ。できるものなら、やってごらんなさい」

やはり、幼稚な対立になってきた。彩子は本気で誇らしげだし、千里は本気で悔しがっている。

美穂は俊彦に小声で言う。

「トシちゃん。ボヤボヤしてると、千里さん、志木先生にとられちゃうよ」

背筋がスーッと冷たくなるのを感じつつ、俊彦は話題を微妙にそらす。

「美穂ちゃんは、よかったですよね。愛原ちさと先生が男だったから、今では彩子先輩もあの通り」

美穂はニンマリと笑った。まるで猫が目を細めたような、幸せそうなしかし油断できないと感じさせる笑顔だった。

結局、『白百合の墓』が『制服の処女』に似ているということは、世間ではちっとも問題にされなかった。

きっと、ビンボー教の貧乏神が千里をお守りくださったのであろう。

貧乏神も、神のはしくれ。それなりに偉大であった。

第二話
同性愛者解放戦線の陰謀

1

世界で一番美しい男とは、はたして一体だれなのか？

（それは千里《せんり》さんだ）

と、ゲイで作家で大学生で彼氏いない歴ヶ月の矢野《やの》俊彦《としひこ》は、本気で考えていた。

（世界で一番美しい人は千里さんにちがいないんだから、世界で一番美しい男も千里さんに決まってる）

大変わかりやすい論理ではあるが、説得力には著しく欠ける新説である。

俊彦がこの美青年少女小説家・愛原《あいはら》ちさと（本名・相原《あいはら》千里）先生にひとめぼれしてから、すでに半年が経っていた。

俊彦は十九歳、千里は二十六歳。片恋ではあったが、今では千里のいない世界など考えられなかった。

彼のそばにいられるだけで幸せだった。言葉を交わせれば、さらに幸せだった。

そのうえ、俊彦の日常においてはもっとラッキーなことがてんこ盛りだったのだ。

たとえば、

「トシちゃーん、おなかすいたよー」

と、悲しげな声で千里に空腹を訴えられたり、

「やっぱり……やっぱり、ぼくには才能がないんだーっ！」

と、酔っぱらって涙ながらに弱音を吐かれたり、

「ほんっとに、志木《しき》って、意地悪だよねっ」

と、共通の友達に関するグチを聞かされたり、

「見て、見て、見てーっ。上から下までイタリアン・ブランドでそろえちゃった。でも、志木が怒るんだよ。収入があったとたんに金遣いが荒くなっておまえはバカか、って。ほんと、志木って、怒りっぽいよね。きっとカルシウム不足だよ、あれは」

と、買った服を見せびらかされたり、

「お金がなくなっちゃったよーっ。やっぱり、ぼくはバカだったよーっ」

と、すぐ目の前で深く反省されたりするのである。これが幸せでなくてなんと言おう？

まあ、第三者から見れば、ただ単に「世間知らずで純情な兄貴系ゲイが、ちょっとおバカな年増の美青年に振りまわされている」という状況でしかないのだが。

それでも、俊彦の気持ちをまったく知らない千里に悪気はないし、一方、俊彦は千里のかたわらで幸せの絶頂なのだから、すべては丸くおさまるわけだ。

とにかく、だれがなんと言おうと、世界で一番美しいのは相原千里、二番目に美しいのは映画『ベニスに死す』の永遠の美少年ビョルン・アンドレセン。

その独自の男性観を、ギャグ漫画家・田中《たなか》サイコ（本名・田中彩子《さいこ》）先生に告白したところ、彼女曰く、

「あんた、男を見るときは、目より下半身で見てない？　見た目そのものよりも、やらせてくれるかどうかが評価に影響してるのよ。ビョルンを押し倒すことはできないけど、千里ならまだ望みあり、ってね」

この下品な発言に俊彦はいたく気分を害したし、また、千里よりビョルンのほうが美しいという彩子の審美眼にも疑問を感じた。

しかし、彼は「ちゃんと目で見てます」と月並みな反論しかできなかったうえに、反対に「だったら、あんたの目はおかしいわ」と納得のいかない診断を下されたというのに文句も言えなかった。

腕っぷしは強いが、平和主義者。それが、俊彦という人間であった。

彩子には、ちょくちょくアシスタントをたのんでいた少女漫画家の友人がいた。

しかし、それはすでに過去のこと。彩子は人間関係におけるちょっとしたミスで、その助っ人を失っていたのだ。

とは言っても、べつに悪いことをしたわけではない。酔った勢いで、自分が同性愛者で

あることを告白してしまっただけである。

いきなり襲いかかったならまだしも、カミングアウトしただけで、相手が怖がって近づかなくなってしまったのだ。まことに不幸な出来事であった。

おかげで、今現在、俊彦は彩子の仕事を手伝う羽目になっていた。こちらも、つくづく不幸なことであった。

かくして、うら若き女性の独り暮らしのマンションに、真夜中、男があがりこんでいるわけだが、そこで繰り広げられている光景はこのシチュエーションにあるまじきもの。彩子は仕事部屋の机で、俊彦は隣のダイニングキッチンのテーブルで、ひたすら漫画描きの作業。締め切りは明日。

人はそれを修羅場と呼ぶ。

ベタ塗りとトーン貼りと枠線引きが、俊彦の仕事だった。効果線も簡単なものならまかされていた。

田中サイコ作「花園劇場」。今回のストーリーは、題して「鬼軍曹、愛欲の日々」である。

ペン入れの最中、仕事に飽きてしまったのか、いきなり彩子は猛々しく吠えた。

「自意識過剰のノンケって、ほんっと、いやよねっ!」

〈用語解説〉

ノンケ——ヘテロセクシュアル（異性愛者）のこと。「同性愛の気《け》がない」という意味で、主に同性愛者の側から異性愛者を見たときに使われる。同義語／ストレート。

「奴ら、相手が同性愛者と知ったとたん、襲われるって思い込むらしいのよっ。失礼な話だわ！」

「そういう人、多いみたいですね」

俊彦はベタ塗りをしながら、静かに同意する。

彩子がこんな状態にあるときには、気のすむまで怒らせておくのが一番だ。いかに激しい嵐でも、いつかはおさまるものである。

「ええい、冗談じゃないわよっ！　わたしは面食いよっ！　あんなブスは、こっちが願いさげ！」

どうやら、傷ついてはいるらしい。彩子はどんどん怒りを高めてゆく。

俊彦は手を休め、ため息をつくと、原稿を見つめた。

学園ギャグ漫画なのに、なぜ「鬼軍曹、愛欲の日々」なのか？

それは、姫百合学園（女子校）と蔓薔薇学院（男子校）の間で、なぜか戦争が始まっていたからである。

今回は、蔓薔薇学院の二人の少年の話だ。晶《あきら》&涼《りょう》という、やおい漫画にありがちなお耽美ネームが、少年たちの名前である。

美少年の晶に迫られて苦労する涼、というのがいつもの図式だが、今回ばかりは、涼は蔓薔薇学院陸軍の鬼軍曹として、新兵の晶をいびりまくっていた。

「涼ではないっ！　軍曹殿と呼べっ！」

「おまえみたいな男を、女の腐ったのというのだ！」

「きさま、それでも軍人かっ？」

と、ネチネチ、ビシバシ、それはもう、常日頃の報復であるかのように、涼は晶をいじめるのである。

しかし、二人を乗せた輸送艦〈アドニス〉が姫百合学園の戦闘機〈サッフォー〉に撃沈され、二人が無人島に漂着してから、形勢は一変する。

無人島に涼と二人きり。それだけでもう、晶にとってはパラダイス。

ジワジワ迫る晶と、おびえながらも相手を突き放すことができないお人好しの涼――というう、いつもの図式のできあがり。

波間に陽光きらめく海岸で、晶は青空をあおぎ、〈アドニス〉を撃沈した姫百合学園空軍のエスのお姉様&妹に感謝の祈りを捧げる。

「園子《そのこ》さん、舞《まい》ちゃん、素敵なヴァカンスをありがとう」

こうして、晶は涼と幸せに（？）暮らしましたとさ。めでたし、めでたし。

俊彦はしみじみ思う。

（晶君がうらやましい……。いつもやりたい放題で、気分いいだろうなぁ）

「花園劇場」は田中サイコ先生の代表作だ。数十回の連載を重ねながらも、カルト的な人気はいまだ衰える気配がない。

それにしても、まさか作者が怒りながら描いているとは、だれも思うまい。

「わたしはべつに、すべての女に欲情するわけじゃないわ。美女もしくは美少女に欲情するだけなのよっ！　世の中の女がブスばっかりだったら、わたしはノンセクシュアルになってたわ！」

ノンセクシュアルとは、だれに対しても恋愛感情や性的欲望をいだくことがない者のことである。実は、千里がこれであり、俊彦の恋は九十九パーセントむくわれないものだった。

それにしても、ここで「男に走ってた」と言わずに「ノンセクシュアルになってた」と言うところが、さすがは真性レズビアンを自称するだけのことはある。

「世の中のブス女がみんないなくなったって、わたしは全然困らないわよっ！」

俊彦は耳をふさぎたくなってきた。

いつもの下品な発言なら、不本意ながらもすでに慣れてしまっていたが、他人の身体的特徴に対する罵詈雑言《ばりぞうごん》だけは、俊彦の道徳観の許さぬところだったのである。

よって、彼は勇気を振りしぼって言った。

「あまりブスブス言わないでください。普通、自分の顔なんてものは選べないんです。選べるんだったら、おれだって……」

ちゃんと美しく生まれていました――と続けようとしたが、あまりにも虚しいので、やめておいた。

一瞬、彩子は沈黙してから、言った。

「べつに、あんた、醜くなんかないわよ」

彼女の声は、すっかり落ち着きを取り戻していた。

それだけに、俊彦はおのれのコンプレックスの深さを見透かされたような気がして、悲しくなってきた。

こうして、すっかり、しらけた雰囲気になってしまい、しばし二人は黙って仕事を続けた。

やがて、おおまかなペン入れを終えた原稿を手に、彩子はキッチンにやって来た。これが最後の一枚らしい。

今の彼女は、ジーンズにTシャツというラフな格好だ。

素顔の彼女は久々だった。いつもは化粧バッチリなのだ。

たまに気まぐれでノーメイクだと、白い肌に紅い唇が映え、それがまた妙に妖艶である。メイクをしてもしなくても、迫力の美女なのだ。

彩子は俊彦の向かいにドカッと座った。

いやな予感がする。

そして、案の定、彩子は俊彦を見すえ、真剣な口調で宣言したのだ。

「こうなったら、わたし、同性愛者解放戦線を結成して、とことん戦ってやるわ」

「ええっ？」

頭の中が真っ白になった。

「いつか武力でもって政権をとって、世界征服をして、異性愛を禁止してやるのよっ！」

どうやら「同性愛者解放戦線」とはレズビアン＆ゲイによる一種の武装革命集団らしい。

俊彦は、とっさに返す言葉が出なかった。ただ、ベタ塗り用の筆を手に、彩子が次になにを言い出すかと、身を堅くするだけである。

「そうしたら、ヘテロとバイはすべて強制収容所送りよっ。でも、ノンセクシュアルは見逃してあげてもいいわね。まず、わたしに続く党員第二号はあんたね」

「え……？」

寝耳に水とは、このことである。

俊彦としては、いくら同じ同性愛者とはいえ、彩子と共同戦線を張ることなど考えたくもない。

彼はあわてて反対した。

「でも、ストレートやバイセクシュアルを迫害しては、赤ん坊が生まれなくなります。いずれ人類は滅びてしまいますよ」

「バカねっ。地球では今や爆発的な人口増加が大問題となっているのよっ。人類が滅びるとしたら、人口爆発と食糧不足が原因よっ。これは、人類を滅亡から救うための一大プロジェクトなのよっ！」

（……個人的な恨みから一大プロジェクトを始めないでほしいと思う）

俊彦は心の中で冷静なコメントをつけ、作業を再開した。

筆に墨汁を含ませながら、彼は考える。

（どうでもいいから、仕事、早く終わらせたい……）

しかし、その願いも虚しく、彩子はふたたびエキサイティング。

「だいたい、ヘテロの奴ら、セックスのしすぎよ！　まあ、奴らがセックスをやめられるわけがないけどねっ！」

（やめられないのは、おれも彩子先輩も同じです）

俊彦は思ったが、下品なので口には出さなかった。

「いいことっ？　この人口増加をくい止めるには、一人でも多くの人間を同性愛者にするしかないのよっ！」

……怖い。

目が本気である。

「そうだわ。やっぱり、ノンセクシュアルは特別天然記念物として保護してあげましょう。これで、千里の身に危険は及ばないわ。安心おし！」

（でも……特別天然記念物って、一体……？）

いくら彩子のアホな計画の上でとはいえ、ノンセクシュアルの千里が人間扱いされていないのは、俊彦にしては非常に不満だった。

「まず、志木はバイだから収容所送りね」

彩子はこともなげに言う。同業の友達をなんだと思っているのだろう。

「美穂《みほ》は、わたしの愛人になるっていうなら、許してあげてもいいわ」

同じバイセクシュアルでも、男か女かで、彩子の扱いは違ってくる。

俊彦は訊いてみた。

「東《あずま》さんとジュリーさんは、どうなるんです？」

「奴らは志木と一緒に収容所よ」

（ひどい……）

東義男《よしお》（本名）と、国分寺《こくぶんじ》ジュリー（ペンネーム）——二人とも、美穂と同じく、志木のアシスタントである。

読み切りの作品をちょぼちょぼ発表しているという点では、同じような地点にいる駆け出しの漫画家だ。

彼らの運命に思いを馳せ、俊彦は悲しい気分になってきた。こんな計画、単なるたわごとだとわかってはいたが。

一方、彩子はおのれの計画にすっかり酔い痴れてしまっている。

「ああ、異性愛が禁止された世界！　まるで天国だわ！」

「でも、そんな社会になったとしても、彩子先輩にとってはなんの変わりもないのではないでしょうか。今だって、やりたい放題なんだから」

「ええい、お黙りっ！　現状に満足していては、なにも変わらなくってよ！」

驚きを禁じえないとは、このことだ。もはや彼女には、ここまであからさまな皮肉も通じなくなっているとは。

（なんで、こんなに短気で横暴な人が、面白いギャグを思いつくんだろう。不思議だ……）

作品が美しいからといって、作者が美しいとは限らない。

作品が愛と希望に満ちあふれているからといって、作者が愛と希望に満ちあふれているとは限らない。

作品が人気があるからといって、作者が人気者だとは限らない。

この世界、作品と作者のギャップについては、似たような例はいくらだってあるものだ。

2

とにかく神経質なほど細かいくせに変なところでいいかげんな人というのは、実際、いるものだ。俊彦の身近な例では、志木がそれだった。

まず、彼の特にきちっとしている面としては、締め切りは一度たりとも破ったことがないという点があげられる。

彼の日頃の言動も合わせて考えると、これは立派というよりはむしろ怖いものがあった。少なくとも仕事に関していえば、自分に厳しい分、他人にも厳しいことは明らかだったからだ。

（この人の担当編集者やアシスタントに生まれなくて本当によかった……）

それが、俊彦の率直な感想だった。

また、志木の厳格な性格は、ちりひとつ落ちてないその住居にも表われていた。

俊彦が不思議に思うのは、そのように几帳面な志木が、なぜ、いつも自宅の鍵を開けっぱなしにしていて平気なのかということだ。

さすがに外出時には施錠しているようだが、在宅時には確実に開いているし、同じ階の仕事場にいるときにも、だいたいは開けっぱなしだ。大都会のマンションで不用心なことこのうえない。

だいたい、このマンション、洒落《しゃれ》た造りではあるがさほど戸数があるわけでもなく、入り口はオートロックでもない。よって、自然と志木の家がたまり場になっていったのも無理ない話だった。

ちなみに、最寄り駅はJR山手線目白駅である。

それにしても、このマンションの中途半端な高級感を、完璧主義かつ高所得の志木がよく許しているものだ——と、俊彦は常々思っているのだが、口に出したことはなかった。

その日、俊彦は自分の新刊を持参して、志木の家を訪ねた。

計四冊。志木、千里、彩子、美穂の分である。この家に置いておけば、すぐに全員に渡るはずだ。

実際、俊彦が着いたときには、すでに彩子がベランダでプカプカと煙草をふかしていた。

締め切りが終わってしまえば、同性愛者解放戦線はどうでもよくなってしまったらしい。

ただし「花園劇場」は隔週の掲載なので、締め切りは二週間後にまたやってくる。そのときに彩子がどうなっているかは、俊彦は考えたくなかった。

志木は俊彦の著書を手に、帯のあおり文句を無表情に読みあげた。

「あこぎでなければ生きていけない、優しくなければ生きる資格はない！　電脳空間という名の巨大市場、商人たちの戦いが始まった！」

俊彦は赤くなった。

(志木さん、やっぱり、あきれてる？)

矢野俊彦著〈電脳商人越後屋《えちごや》①〉『帝国のお代官様』。

表紙のイラストは、未来都市をバックに、ソロバン片手に着物姿でポーズをとる美青年と、困惑しきった顔で寄り添う少年、という構図。主人公・越後屋と、丁稚《でっち》の定吉《さだきち》だ。

イラストを描いているのは東龍児《りゅうじ》。志木のチーフ・アシスタント、東義男のペンネームである。

恥じらいの俊彦は、とっさに話題をイラストのほうに向ける。

「東さんって、センスいいですよね。中の挿し絵もすごくかっこよく描いてくれたんですよ」

志木はパラパラとめくり、挿し絵を確認する。

そうして、何度か彼はしみじみとうなずいてから、俊彦に訊いた。

「これ、コメディ？」

俊彦はうつむき、モゴモゴとこたえる。

「一応、そうらしいです。最初、おれはシリアスのつもりだったんですけど……」

確かに、最初はシリアスのつもりだった。

しかし、妙なキャラクター設定と、時々入る変なギャグがいけなかった。すなわち、ハイテク・ソロバンなるものを武器とする電脳商人越後屋に、随所で見られる定吉の冷静なツッコミ——これが元凶だったのだ。

完成した原稿を編集者に見せたところ「もっとはっきりコメディだとわかるように書いてください」と注文をつけられ、書き直したら完全にコメディになっていたのである。

よって、俊彦はしかたなく、おちゃらけたタイトルをつけたのだった。

「これが主人公？」

志木は表紙の着物姿の青年を指さした。

「そうです」

「なんだか、千里に似ているな」

「や、やっぱり、そう思います？　おれも、東さんのイラスト見たら、髪型がそっくりなんで驚いて……」

俊彦はヘラヘラごまかし笑いをしながらこたえたが、千里に対して特別な気持ちをいだいていることがここからばれてしまうのではないかと、内心ではドキドキだった。

実は、主人公の越後屋、第一稿では冷徹な商人だったのが、リライトしたら単なるアホになり、おまけに性格や言葉遣いまで千里そっくりになってしまったのである。

しかも、イラストを見たら容姿まで似ていたので、俊彦は蒼くなったのだ。

「東さん、千里さんのこと、ご存じなんですか？」

「いや、会ったことはないはずだ」

志木はこたえると、ふたたび本を開いた。

俊彦は身を堅くする。心の中をのぞかれているような、なんとも気恥ずかしい妙な気分だった。

(読むのは後にしてください……)

俊彦の祈りが天に届いたのか、数ページ目で志木はいきなり丸眼鏡を外し、子供のように目をゴシゴシこすった。

「なんだか、目が疲れてる」

「大丈夫ですか？」

「そうひどくないんだけど……」

そこに、煙草を吸い終えた彩子が入ってきた。

「志木、あんた、さっきから眠そうよね。仕事、大変なの？」

「いや。ここ何日かは、全然」

すると、彩子はニヤリとして言った。

「さては昨日、セックスしたでしょ？　しかも、相手は男」

（ああっ。彩子先輩、なんて不躾《ぶしつけ》なっ）

志木の怒りが爆発するのではないかと、俊彦は恐怖し、身を縮ませた。が、志木は静かに受け流した。

「想像にまかせる」

ところが、そんな志木に彩子は冷ややかに告げた。

「胸のあたりにキスマークついてるわよ」

「………………！」

言われて、志木は自分の開襟シャツの襟をつかみ、あわててのぞいた。

しかし――。

「バーカがぁー見るぅーっ」

彩子は調子をつけて宣告した。キスマークなど、どこにもついてはいなかったのだ。

「やっぱり、昨日はお楽しみだったのねぇ」

見事志木を引っかけることができ、彩子は満足そうだ。

志木はゆっくりと顔を上げた。すでに怒りで顔面蒼白だった。

（ひーっ！）

俊彦はふたたび、恐怖に身を縮ませる。

「彩子……おまえ……」

おどろおどろしい調子で志木が言葉をしぼり出したそのとき、玄関でドアの音。

三人そろって、そちらに気がそれて、緊迫した空気が一気にほぐれた。

続いて、パタンパタンというよろめきぎみの足音。入ってきたのは、千里である。

彼はガクガクと床に座り込んだ。

肩を大きく上下させ、息も絶え絶え。床に両手をついたまま、顔を上げる力も残ってない様子だ。

「千里さんっ、どうしたんですかっ？」

俊彦はあたふたと駆け寄り、千里の横に膝をつく。

千里は苦しげに声をしぼり出す。

「激情に駆られて……駅からずっと走ってきて……エレベーター使うの忘れて……ここまで、一気に駆けのぼってきて……」

ドラマチックに入ってきたにしては、つまらない理由だった。

千里は顔を上げた。ひどく思いつめた表情だ。

「トシちゃん、ぼく、もう、死にたい……」

「なにがあったんですかっ？」

「すごく……すごくつまらない小説、書いちゃったんだ」

すると、すかさず彩子がしかりとばす。

「バカ言うんじゃないわよっ！」

実は、彼女は、愛原ちさとこと相原千里の作品をこよなく愛しているのである。

しかし、これまで、彩子は千里のファンであることを本人にはひたすら隠してきた。

（もしかしたら、彩子先輩、ファンであることを告白するつもりじゃ……？）

ところがどっこい、そこまで彩子は甘くはなかった。

「世の中、駄作なんて、掃いて捨てるほどあるのよっ。買って読んでから作者に『金返せ』って言いたくなったことが、何億回あったかわかりゃしない！　だから、あんたが駄作を生み出したところで、そんなことは世界の駄作がひとつ増えたってことでしかないんだから、くよくよするんじゃないわよっ！　もっと視野を広く持ちなさい！」

（ああ……。彩子先輩、素直じゃないんだから……）

「だいたい、あんたが新たにつまらない作品を世に送り出したところで、世界が滅びるわけじゃなし！　これからも安心して、つまらない小説をどしどし書くことね！」

「どしどし書きたくないんだよぉ……」

彩子の無神経な励ましのせいで、千里の瞳にジワーッと涙がにじんできた。

志木が横から冷静な口調で千里をたしなめる。

「いい歳した男がこれ見よがしに泣くな。最初のうちは珍しがられるが、すぐに飽きられるぞ」

「ぼくは、珍しがられたいわけじゃないっ」

「珍しいんだから、しかたないだろうが」

「うっ……」

(どうして彩子先輩も志木さんも、千里さんを傷つけるようなことばかり言ってくれるんだろう)

だが、確かに志木の言葉通り、千里の奇異な性格もすでに彩子には飽きられていた。もはや彼女は甘い顔をしてはくれない。

「なによ、それ？　原稿？」

彩子が指さしたのは、千里が床の上に放り出していた大型の茶封筒だ。

あわてて千里はそれを拾いあげると、抱きしめ、子供のようにこくりとうなずいた。

「没になったの？」

「ううん。今日、担当さんに渡すことになっている。斜陽社《しやようしや》ジャスミン文庫だよ」

それは、俊彦が千里に紹介した仕事だった。

「せっかく、トシちゃんにチャンスをもらったのに……。ぼくは、なんてだめな奴なんだっ」

そして、千里はふたたび床に両手をつくと、なんの芸もない決め台詞を吐いた。

「もう、ぼくはおしまいだっ」

「ありがちな弱音だわ」

あいかわらず、彩子は隠れファンのくせに素直になれない。

千里はムッとしたようだったが、すぐに悲しげな顔に戻ってつぶやいた。

「もう、作家なんてやめて、いっそ自衛隊に入っちゃおうかな……」

「えぇっ！」

俊彦は蒼くなった。

（自衛隊っていえば、パブリックスクール、ギムナジウム、旧制中学、アメリカ海軍と並んで、構成員のゲイの比率がきわめて高いとされている組織じゃないかっ！）

ちなみに、この五つの組織を、俊彦は大きく二つに分類していた。

耽美……パブリックスクール、ギムナジウム。

硬派……旧制中学、アメリカ海軍、自衛隊。

（あぁっ、だめだっ！　そんな危険な組織に千里さんのように美しく清らかな人を入れては、取り返しのつかないことになってしまう！）

いけない想像に、俊彦はひそかに激しく苦悩する。

ついでに彼は、この五つの組織を構成員により二つに分類していた。

美少年……パブリックスクール、ギムナジウム、旧制中学。

兄貴……アメリカ海軍、自衛隊。

——と、このように、男子校と軍隊は、ゲイにとってはいわば桃源郷なのである。

「どうせなら、自衛隊よりもホストクラブにしなさいよ。ちょっとは姿のよさを生かそうとしたらどうなの？」

しょうもないアドバイスをしたのは、やはり彩子だった。

（絶対反対っ！　千里さんが、金持ちのスケベなオバサンたちの餌食にされてしまうっ！）

俊彦は心の中で大反対を叫ぶ。

だが、当の千里はのんびりと、

「ホストか……。うーん。あんまり気がすすまないなぁ、水商売は」

「作家だって漫画家だって、水商売よ」

「うーん……。バーテンダーなら、やってたけどなぁ、ホストはちょっとなぁ……」

「え？」

千里の台詞に、彩子と俊彦はそろって訊き返した。千里のそんな職歴など、聞いたのは初めてだったのだ。

彩子は身を乗り出して訊く。

「バーテンダーって、それ、本当？」

「うん」

「でも……でもよ、バーテンダーって、普通、大人の男ってイメージよね。あんたみたいなお子様な男につとまるもの？」

「お子様とは、なんだよ。お子様とは」

千里がムッとしたとき、ドアの音と共に、元気な声。

「ただいまーっ」

そして、スーパーの袋をガサガサさせながら美穂が入ってきた。買い物に行ってきたのだろう。

「あっれー。皆さん、来てたの？」

うれしそうに目を丸くする美穂に、彩子が声をかける。

「美穂」

どうしたわけか、妙に冷ややかな声だ。

「なぁに？　彩子お姉様」

「今、帰ってきたとき、あなた、なんて言った？」

「え？」

たちまち美穂の笑顔はしぼんでゆく。

「『ただいま』って、どういうこと？　ここ、あなたの家？」

「志木先生のうちだけど……」

「志木の家で、どうして『ただいま』なのよ？」

「ただ、なんとなく……」

「ふーん。なんとなくで『ただいま』なんて台詞が出るとは、相当のものだわね」

とげとげしい彩子の口調に刺激され、美穂の声も不穏な響きを帯びる。

「なにが言いたいわけ？　彩子さん」

「まるで通い妻だ、って言いたいのよ」

「そういう言い方、やめてよっ！　お食事の支度はねぇ、あたしがちゃんと先生からお給料もらって、やってることなんだからっ！　これは、あたしの仕事なのっ！」

俊彦はまたかと思う。

彩子が志木と美穂の仲を疑いチクチク始めるのは、これまでにもたびたびあったことだ。そんなにこの二人の間に愛が芽生えるのが心配なら、さっさと美穂といい仲になってしまえばいいのにと、俊彦は思う。美穂のほうも彩子を憎からず思っていることは確かなのだから。

志木はなにも言わなかったが、美穂に対する彩子の言いがかりを不快に感じていることは明らかだ。

そんな険悪な雰囲気の中、千里は美穂と志木を弁護しようとしてか、力を込めて言い放った。

「美穂ちゃんが通い妻なら、ぼくなんて『通いお兄様』だぞ！」

一同、沈黙。

（ああ、千里さん……それって、なんだか、すごくきわどい台詞のような気がします……）

しかし、千里には特別な意味を持たせるつもりなどあろうはずもない。

「だれがだれの通いお兄様だ？」

沈黙を破ったのは、志木だった。声がきわめて不機嫌な響きを含んでいる。

千里は堂々とこたえる。

「ぼくがおまえの通いお兄様」

「なにがお兄様だ。なんの役にも立たないくせに、メシだけは食って帰っていく奴が。おまえなどは、せいぜい『通い赤子』だ」

「通い赤子……それって、なんだか、怖い。妖怪の名前みたい」

「なるほど。今にも取り憑かれそうだ」

しみじみとうなずきあう志木と千里を、彩子はどやしつける。

「ええい！　いきなり『ゲゲゲの鬼太郎』の世界にひたるんじゃないわよっ！」

そのとき、玄関のチャイムが鳴った。

志木が壁のインターホンをとる。

「はい。……はい、来てますよ。……どうぞ。鍵は開いてますから、あがってください」

そして、応対を終えると、

「千里、斜陽社ジャスミン文庫の宮沢《みやざわ》さんが来たが……」

「あー、そうそう。ここ、原稿の受け渡し場所にしてたんだ」

「そういうことは、先に言え」

「ごめん。忘れてたよ。自分の原稿の出来具合ばかり気になってて……」

千里の声が、だんだんとしぼんでいった。彼が駄作だと信じ絶望していた作品が、それなのだ。

「おじゃましますー」

明るい声で言いながら、宮沢が入ってきた。

去年の春、大学を卒業して斜陽社に入社したばかりの若い編集者だ。確か志木と彩子とは同い年のはずだ。

ほっそりとした体に、ボブカットの髪がよく似合う、知的でかわいらしい感じの女性である。

「あらあら、矢野さん、お久しぶりです」

「どうも、こんにちは」

俊彦も頭を下げる。

去年、宮沢は男の子向けの文庫「ミント文庫」の編集部に所属していた。彼女は俊彦の担当であり、また、よくよく聞けば、志木にも文庫イラストを依頼したこともあったということで、彼とも顔なじみだった。

志木は美穂を呼び寄せ、宮沢に紹介する。

「新しく入ったアシスタントです」

「林《はやし》美穂と申します」

深々と頭を下げた美穂に、志木は横から口をはさむ。

「美穂ちゃん、ペンネーム、ペンネーム」

「あ。そうだ。清原鈴子《きよはらすずこ》と申します」

美穂は言い直した。

高校時代、そのペンネームで美穂は読み切りの短編を何本か発表していたのだった。名刺に刷られているのも、その名前である。

宮沢と美穂が名刺を交換している間に、志木は彩子に、宮沢を知っているかと尋ねた。

彩子は「いいえ」とこたえる。

その口調が妙にうきうきしていることに、俊彦は気づいた。

おそらく彩子はひとめ見た瞬間に、宮沢によろめいたのであろう。

「漫画家の田中サイコさんです」

志木に紹介されて、彩子はきれいな微笑みであいさつする。

「はじめまして。田中サイコです」

完全に猫をかぶっている。

ちょっとチャーミングな女性の前に出ると、すぐこれだ。現金なものである。

美穂はそんな彩子の様子に、明らかにむくれていた。

一方、千里は原稿の入った大型茶封筒を胸に抱きしめたまま、じっと座っている。いや、硬直しているといったほうが正しいかもしれない。

やはり、出来の悪い原稿を渡したくないらしい。

「愛原さん、お原稿いただけます？」

宮沢は単刀直入に切り出した。

千里はエヘラエヘラと笑いながら、茶封筒をさし出した。しかし、完全に動作がこわばっている。体は正直だ、とはよく言ったものだ（しばしば別のシチュエーションで使われる表現だということは、さておいて）。

「ありがとうございます。お疲れさまでした」

宮沢は心底うれしそうに千里の原稿を受け取る。落ち着かなげな千里の様子にも気づいてはいない。

「すごく楽しみです。わたし、愛原さんの作品読んでると、結構グッとくるものがあるんですよ」

「え……？」

千里はキョトンとする。あまり作品をほめられたことがないのが、こういうところではれてしまう。

「ほら、いつも女子校が舞台ですよね。わたしも、中学高校と女子校だったんです。そうすると、やっぱり、憧れの先輩がいたりするんですよね」

彩子の目がキラリと光ったのを、俊彦は見逃さなかった。

当の千里はといえば、どう反応すればいいのかわからないらしく、喜びと困惑と不安がないまぜになった情けない顔をしている。

「わたし、バスケ部の部長さんに憧れてたんです。背が高くて凛々しくて、まるで宝塚の男役みたいな人だったんです。バレンタインデーにはチョコ贈ったり、一応お礼の手紙ももらったりしたんですけど……今考えると、幼いものですよね」

宮沢の背後で、彩子はブンブンと首を横に振る。

志木はそれをクールな目で観察し、美穂はますます不機嫌そうな顔になってゆく。

宮沢は続ける。

「わたし、愛原さんって、本当に女性かと思っていたんです。女の子の気持ちをここまで細やかに描写することなんて、男性には無理だと思っていたんです。偏見でしたよね」

宮沢は千里を見つめた。理知的な輝きの底に情熱を秘めた瞳で。

「この作品、一冊でも多く売れるように、こちらも最善を尽くしますね。イラストの方は、決まり次第お知らせします」

「はい……」

千里はかすかに潤んだ茶色の瞳で宮沢を見つめてこたえる。

(ま、まさか、これは、愛?)

俊彦は焦りを感じた。

滅多に評価されない者はおだてに乗りやすくなるか、あるいは反対に、猜疑心が強くなり簡単に称賛を信じなくなるかだ。

おそらく、千里は前者であろう。それも、きわめてその傾向が強く表われた。

(このままでは、宮沢さんと千里さんはいい仲に発展してしまうかもしれない!)

そうだ。斜陽社の謝恩パーティのときから、それを懸念していたのだ。

(だったら、いっそ、千里さんを自衛隊に入隊させてしまったほうが、まだましか?)

一瞬だけ、俊彦の心に悪魔が入り込んだ。

そして、彩子は彩子で、握り拳を震わせていた。

その理由はズバリ、ジェラシー。宮沢が千里なんぞに瞳キラキラさせていたからである。

ただし、宮沢が千里の女子校エス小説の支持者だということは、彩子にとってはまだまだ望みありということでもある。これで彩子が燃えないわけがない。

そしてまた、美穂はやはり非常に不機嫌そうな顔をしていた。鉢植えのベンジャミン・ゴムの脇に座り込み、鉢に生えた小さな雑草をぶちぶち抜いている。

どうやら、彩子と美穂は、またもや冷戦期に入ったようだ。一波乱ありそうな雰囲気だった。

3

同性愛者解放戦線——それは、真性レズビアンを自称する田中彩子を中心として結成された武装革命集団である。

党員はレズビアンかゲイに限られる。その頂点に立つ田中党首の最終目標は、ありがちなことではあるが、ズバリ、世界征服だ。

人類を人口爆発と食糧難による滅亡から救うという大義名分の許、異性愛を禁止し、世界中の美女・美少女を集めてハーレムを作ることが、田中党首の野望なのである（にちがいないと、俊彦は見ている）。

世界征服が実現した日には、哀れヘテロセクシュアルとバイセクシュアルは収容所送りの運命だ。その一方で、ノンセクシュアルは天然記念物として保護されるという、寛大な措置もとられることになった。

しかし、悲しい哉。

現在、党員はたったの二名。言い出しっぺの田中党首と、いやと言えなかった矢野俊彦だった。

それでも、いやと言えない性格の者はなくてはならない存在だ。なぜなら、社会にいやと言えない性格の人が多ければ、それだけ独裁も容易になるからである。

新宿二丁目のゲイ・バーで呑もうというとき、彩子は決まって俊彦を誘った。

どうやら、俊彦を子分ぐらいには思ってくれているらしい。しかし、俊彦としては、パワフルな親分に振りまわされ、苦労が絶えない日々を送っていた。

二人の行きつけの店は、ゲイ・バー〈ヘルメスの靴〉である。

ちょっと見た限りでは、客の構成は八割五分のゲイ、一割のレズビアン、五分のオコゲといったところだろう。なお、このゲイ&レズビアンの中にバイセクシュアルがどれだけ含まれているかは、不明である。

カウンター席の一番奥に二人並んで、彩子は水割り、俊彦はアップル・ジュースをちびちびやっていた。

「宮沢響子《きょうこ》さん……美しい名だわ」

彩子はカウンターに肘をつき、ホウと悩ましげなため息をついた。

「知的なのにどこか愛らしい。不思議な人……。きれいな目をしていたわ。それに、あの眉、意外とキリッとしていて……。芯の強そうな人だったわ」

その横で俊彦は、不機嫌な美穂の顔を思い出し、しみじみと同情していた。

（美穂ちゃんも苦労するなぁ）

彼女は、知的美人の宮沢とはまた対照的に、小悪魔的な魅力の持ち主である。猫のように大きな目に、小柄でめりはりのあるキュートなプロポーション。そして、少年のように短い髪がまた愛らしい。

なのに、彼女の「お姉様」である彩子は、すでに宮沢の魅力の虜《とりこ》だ。

「あの頼りなげな腰のあたりのラインと、細い足首が最高だったわ。思わず、ふるいつきたくなるほど」

（それ、ぜひとも実行しないでほしいと思う）

カウンターの中には、オネエ言葉のママと「リョウ君」と呼ばれる若い店員がいる。古くからの常連客はママの人柄と話術に惹かれて集まっているようだが、新参の客は、さわやかマリンスポーツ青年のリョウがお目当ての者も多いようだ。

さきほどまでリョウは俊彦と彩子のお相手をしていたのだが、ほかの客に呼ばれて向こうに行ってしまっていた。

彩子と二人きりにされ、俊彦は内心ヒヤヒヤしていた。聞き上手であるリョウがいなくなり、彩子の酒の消費ピッチが急速に上がってきたのだ。

彼女はあまり酒癖がよくない。酒乱とまではいかなくとも、怒り上戸《じょうご》であることは確かだった。

「ねえ、トシ」

すでに声音に酔いが表われている。

「なんですか？」

「千里の奴さぁ、宮沢さんによろめいてない？」

「そうでしょうか」

俊彦は触れてほしくない話題をうまくかわそうとしたが、彩子はしつこくねばる。

「なんか、妙にいいムードだったのよね。宮沢さんのほうも、まんざらでもないって感じだったし」

（あああぁ……。やめてください。もう、聞きたくありませんっ）

こんな話題は、辛いだけだ。

「わたしが目をつけた女にモーションかけるなんて、千里の分際で生意気だわ。だいたい、能天気なお子様男のくせに、あの美貌はなんなのよ？　あんなにいい顔に生まれて、なにがやりたいわけ？　腹立たしいったらありゃしないわ」

（でも、千里さんだって、自分の意志で美しく生まれてきたわけじゃないと思う）

俊彦は心の中で必死の抵抗を試みるが、どうもいつもの調子が出ない。

「まあ、あそこまでいい女を前にしても動じないあのふてぶてしさは、自分の容姿に対する自信から来てるんでしょうけど」

というよりは、宮沢を恋愛対象として見ていないからなのではないだろうか？

しかし、その点については、俊彦にはヒミツのツッコミを入れる余裕はない。

（ああ……おれだってできることなら、宮沢さんみたいに千里さんにふさわしい容姿に生まれたかった。なのに、なんで、おれはこんな姿に……！）

俊彦の悩みは、やはり、突きつめればここに行き着く。

「やっぱり、異性愛は禁止しなくちゃいけないわ。千里と宮沢さんは引き裂かれるべきよ。で、千里はあんたがとって、宮沢さんはわたしがとるの。いい考えでしょ？」

あやうくうなずきかけて、俊彦はブンブンと首を振る。

「そんなこと……そんなこと、しちゃいけませんっ！」

思わず本気で反対してしまってから、ハッと我に返り、自分の心に言い聞かせる。

（なに焦ってるんだ。そんなこと、実現するわけないじゃないか）

しかし、すでに俊彦は、自信満々の彩子の気迫に圧倒されつつあったのである。

「まったくもう、変なところで道徳的よねっ。この兄貴はっ」

兄貴――その言葉は、俊彦を最も深く傷つける言葉であった。

彩子はドンとグラスを置くと、声を張りあげる。

「リョウ君！　もう一杯ちょうだい！」

「はいっ」

リョウが元気よく応じる。

そのとき、カウンターの向こう端が、ドッとわいた。

「またまたぁー。秋君ったら、いいかげんなこと言うんだからー」

ママの声に続き、俊彦にも聞き覚えのある声が、

「本当っ！　本当だって！　ちゃんと二丁目に出入りしてる女から聞いたんだって！」

しかし、彼の連れらしい青年が、

「んな言葉、聞いたことねえよー」

「本当なんだよっ！」

ママとまわりの客に不信の目を向けられつつも懸命に主張しているのは、ゲイの間では「ノンケっぽい」と表現されるであろう適度な男らしさを持ちあわせている青年——秋雄《あきお》だった。

「二丁目友達」と呼ぶほどまで親しくなってはいないのだが、俊彦は彼に対しては好感をいだいていた。

「秋、おまえさぁ、それ、絶対だまされたんだぜ」

「そんなことでだます奴がいるかよっ？」

秋雄は連れに反論する。以前、俊彦も見かけたことのある、デブ専《せん》の青年である。

「じゃあ、ほかのお客さんに訊いてみるわよ」

ママは宣言すると、

「ちょいと、店内の皆さん、いいかしらぁ？」

俊彦も含め十人ほどの客は、一斉にママを見る。

「この中で『人知れず』って言葉、知ってる人、いたら手を挙げてちょうだい！」

俊彦の辞書にはない言葉だった。

その横で、彩子は無言でスッと手を挙げた。

「はい、彩子さん、どうぞ」

「隠れレズのことよ」

彩子はクールにこたえた。

人知レズ――これが正しい表記であろう。

店内はどよめきに包まれた。

秋雄は両手を合わせて彩子に謝意を示してから、連れに向かっていばりちらす。

「ほらっ。ちゃんとそういう言葉があるだろっ。おのれの無知を棚に上げて、おまえは友人をアホ呼ばわりして、恥ずかしいとは思わないのかっ？　ええ？」

「なにが『人知レズ』だよ。そんな駄洒落みたいな言葉、普通、知るかよ」

「この期に及んで、普通のふりをするなっ。デブ専がっ」

「デブ専のどこが悪い？　ええ？　言ってみろっ！」

あわててママが割って入る。

「二人とも、やめてちょうだいっ。おとなしくしないとキスしちゃうわよ」

秋雄とデブ専君（仮名）は、とたんに静かになった。

一方、秋雄を助けた彩子はといえば、すでに自分の世界に入ってしまっている。

「そうだわ！　世界各国の軍隊のゲイとレズビアンに呼びかけて、一斉にクーデターを起こせば、世界征服なんて簡単だわ！」

「……簡単に簡単だなんて言わないでください」

「でも、この作戦、勝算はかなりあるわよ。まず、身近な例として自衛隊を考えてみなさいよ。自衛隊におけるゲイの割合はかなり高いわよ。ゲイ雑誌の文通コーナーにだって、よくあるでしょ？　『J官の兄貴、募集中！』って」

J官とは、そのたぐいの文通コーナーでは自衛官を表わす略語だ。マッチョな男が好みの男にとっては、自衛官は憧れの兄貴なのである。

ちなみに、K官という略語もあるが、これは警察官を表わしている。

「自衛隊に限らず、軍隊なんて、まあ、みんなそうよね」

俊彦は、なんとか彩子の言う一大プロジェクトを挫折させようと、疑問点を洗い出してみる。

「でも、女の人の場合は、どうなんでしょうか？」

「女兵士だって、同じよ。婦人自衛官の六割は真性レズビアン、二割は真性とまではいかなくともレズ経験あり、残りの二割も入隊後に上官に奪われてるのよっ。そうに決まってるわ！」

となると、婦人自衛官は百パーセント彩子のお仲間ということだが……。

(それは、彩子先輩の希望的観測です)

しかし、彩子は自信満々で力説する。

「はっきり言って、世界中どこでも、軍隊は同性愛者だらけなのよっ。世界の国々は同性愛者に守ってもらっているも同然なのよっ。だから、国家はもっと同性愛者の権利を保護するべきなのよっ！」

同性愛者の権利――この主張そのものは、俊彦自身もよく耳にするものではあったが、その根拠を軍隊に求めるというのは、斬新としか言いようがない。

「国防はゲイとレズビアンに押しつけておきながら、ヘテロの奴ら、わたしらをさんざん迫害したうえに、異性愛を必要以上に奨励してるのよっ。おかげで、見なさいよ！　人口の爆発的増加で、ついに人類滅亡の危機！　ああ、馬鹿馬鹿しい！」

（なんだか、すごい世界観だ……）

もはや、俊彦にはなすすべもない。

早くも彩子は具体的な計画を立てはじめる。

「そうね。まず、我々は、自衛隊のゲイ＆レズビアンを味方につけなくちゃだわ」

なぜかそこでフフッと含み笑いをしてから、彼女は言ってのけた。

「それには、うってつけの人材があるわ」

「だれです？」

「千里よ」

「ええっ？」

「ほら、あの子、このまえ挫折しかけたとき、自衛隊に入るって洩らしてたじゃない」

これはまた、千里もまずい奴に弱音を聞かれたものである。

「で、でも、千里さんは、もう、持ち直しましたよっ」

焦る俊彦に、彩子は真顔で迫る。

「トシ、ここは心を鬼にして、千里を完全に挫折させるのよ。で、宮沢さんの許を去らせて、自衛隊に入るように仕向けて、ゲイに転向させてしまうの。それから、わたしたちが彼をそそのかして、クーデターを起こさせるのよ。これで、同性愛者解放戦線は政権をとれるわ！」

「で、でも、普通、自衛隊に入隊したぐらいで、人はゲイになってしまうものでしょうか？」

「そりゃ、千里が醜男《ぶおとこ》だったら、だれにも相手にされないでしょうよ。けど、あの美貌よ。ゲイが放っておくわけがないわ。今だって、すでにあんたに目をつけられているし。まあ、自衛隊っていえば、あんたと違って行動力抜群の兄貴がうようよしてることでしょうからね。千里なんて、よってたかって食われちゃうこと、間違いなし」

「そ、そんなっ……」

思わず俊彦は情けない声をあげたが、彩子は冷酷に続ける。

「とにかく、まずは千里を自衛隊に潜入させて、ノンセクシュアルからゲイに転向させることね。朱に交われば赤くなるっていうじゃない。これは〈ゲイに交わればホモになる〉計画と名づけるわ」

これはまた、きわめてぞんざいなプロジェクト名ができたものである。

だが、すでに俊彦にはヒミツのツッコミを入れる精神的余裕はなかった。千里の名を出されると、彼はとことん弱かったのだ。

「彩子先輩っ。おれには、そんなむごいこと、できませんっ！　あんなに清らかで純粋な人を、そんな目に遭わせて、無理やりゲイに染めてしまうなんてっ！」

「お黙りっ。人口爆発と食糧不足を解決して人類を滅亡から救うには、この方法しかないのよっ。とにかく、ヘテロの奴ら、セックスのしすぎよっ。無計画な生殖が、この愁《うれ》うべき状況を作り出してしまったのよっ！」

「で、でも、彩子先輩っ……」

「もう、わたしは決めたの。〈ゲイに交わればホモになる〉計画が成功したら、千里に同性愛者解放戦線の党首のポジションを明け渡すって！」

（そ、そんなっ……！）

ショックで目の前がクラクラした。

（そんなことになったら、千里さんは、おれの手の届かない人になってしまう！）

すでに俊彦は完全に、彩子のペースに巻き込まれてしまっていた。

このように、俊彦がいくら常識的な判断ができる人だとはいっても、人生経験の浅さと若さが常に彼の足を引っぱる。

そう。

この社会、正義が勝つとは限らない。愛も勝つとは限らない。

純情兄貴は横暴お姉様に翻弄され、新宿二丁目の夜は今日もふけゆく。

その夜は、げっそりとやつれた気分をかかえて終電で帰り、シャワーを浴び、髪を乾かす気力もなく、俊彦はベッドにもぐり込んだ。

明け方には、ひどい悪夢を見た。

ふと気がついたら、廃墟と化したどこかの街で、一人の青年を追っていたのである。

どうやら、自分は兵士らしい。着ているものは戦闘服。手にはどっしりとした銃がある。

夜だったが、月明かりが彼を助けていた。必死で走る青年のほっそりとした後ろ姿が、建物の残骸の間を見え隠れする。

俊彦は思う。

(奴らを殺さなくては！　でないと、こっちが殺される！)

殺るか、殺られるか。それは、恐怖にもとづく憎しみをかき立てた。

やがて俊彦は、袋小路に相手を追いつめた。

行く手をはばむ塀の前、青年は絶望してか、なかばくずれるようにうずくまった。

隙を見て反撃されるのではないかと、俊彦は警戒した。

しかし、青年は地面を見つめたまま肩で大きく息をするだけだ。明らかに彼は消耗しきっている。

「動くなよっ！」

俊彦は引き金に指をかけ、鋭い声で相手を制した。そうしながら、彼は安堵していた。

（これで、おれは殺されずにすむ）

彼は獲物に近づく。

青年は顔を上げ、かすれ声でつぶやいた。

「トシちゃん……」

俊彦はギクリと身を堅くした。

月明かりの許、よくよく見れば……それは志木ではないか！

彼は真っ蒼だった。眼鏡はかけていない。髪は乱れ、額には汗が浮かんでいる。

白いシャツは土に汚れ、おまけに、ところどころ裂けて血がにじんでいた。

突然、俊彦は疑問を感じた。なぜ、自分は彼を追っていたのだろう？

志木は弱々しく言った。

「殺すなら、さっさとやってくれ」

そうだ。現政権は、相原千里を総統とあおぐ同性愛者解放戦線の独裁。ここは、異性愛が禁じられた社会なのだ。

自分は、政府軍特殊部隊の兵士だった。ヘテロセクシュアル、バイセクシュアルを捕え、強制収容所に送り込むのが、その任務だった。

俊彦は、志木の背後の壁に一枚のポスターが貼られているのに気づいた。それは、千里
――いや、相原総統の肖像だった。

今や千里は、俊彦にとっては完全に手の届かぬ人だった。

俊彦は銃を持つ手を下ろした。

「志木さん、逃げてくださいっ」

一瞬、志木はあっけにとられたような顔をしたが、すぐに、あきらめの表情で首を振った。

「だめだ。逃げきれるわけがない。それに、おれを逃がしたことがばれたら、トシちゃんが罪を問われることになる」

「逃げてくださいっ！　お願いですっ！　おれ……ずっと、志木さんのこと、尊敬してたんですっ！」

俊彦が激しく言い放ったそのとき、あたりは暴力的なほど強い光に照らし出された。サーチライトだ。

まぶしさに、二人は顔をそむけた。

オーッホホホホホ……。

勝利に酔った高飛車な笑い声に続き、

「とうとう追いつめたわよ、志木ぃ！」

彩子の声である。

「矢野二等兵、よくやったわ！　相原総統もさぞかしお喜びになることでしょうね！　白薔薇勲章ものよっ！」

そうだ。彼女は上官だったのだ。

全身の血がサーッと引いてゆくのを感じた。

サーチライトが消えた。

顔を上げれば、なぜかそこは群馬県前橋市内の商店街と化していた。店のシャッターはすべて閉まり、あたりにまったく人気はない。

なぜ、そこが前橋市だとわかったのかというと、俊彦の実家がここにあるからだ。

夢ならではの無理な場面転換があったわけだが、夢見る人の常として、俊彦はまったく気づいてはいない。

彩子は黒い軍服に身をかためていた。銃を手に、含み笑いをしながら近づいてくる。

映画『ジョーズ』のテーマがBGMとして流れはじめた。この旋律に合わせて人食いザメが旺盛な食欲を見せるという、あれだ。

「さ、彩子先輩っ……」

「わたしはもう、あんたの先輩じゃなくってよっ！　軍曹殿とお呼びっ！」

ピシャリと俊彦を制してから、彩子は志木のほうを向いた。

志木の背後には、千里のポスターがある。ただし、それが貼られているのは袋小路の壁ではなく、靴屋のシャッターだ。

彩子は、ブーツを履いた足で、志木の右手を踏みつけた。

「バイセクどもの中でも、特にこの男は好色だったのよ」

言いながら、彼女は銃で乱暴に志木の顎を上げさせると、サディスティックに唇の端を上げて笑った。

志木はそのまま彩子を見つめていた。かつて彼がよく見せていたクールな観察者の目だった。

「よくも今までノンケと結託して同性愛者をいじめてくれたわねぇ。ええ？」

（いつ、あなたがいじめられてましたっ？　彩子先輩は、人生においては、常にいじめる側だったじゃないですかっ！）

心で激しく突っ込みながらも、俊彦は思慮深く穏便な態度に出た。

「軍曹殿、やめてくださいっ。志木さん、ひどい怪我してるんですっ」

しかし、志木はぶっきらぼうな口調で制した。

「トシちゃん。おれのことは、もう、かまうな」

「バイの分際で、畏《おそ》れ多くもゲイにタメ口きくんじゃないわよっ」

彩子は銃の台尻で志木を殴りつけた。

短くうめき、志木は地面に倒れ伏した。

彼は気を失っていた。髪の間から血が流れ出て、額を伝った。

俊彦は心で悲鳴をあげた。そうしながらも、彩子に詰め寄る。

「軍曹殿っ。この人は同性を愛することができますっ。仲間と認めてくださいっ」

「冗談じゃないわよっ。こいつらバイが異性愛禁止令以前はどうしてたと思ってるのっ？

いつもはわたしらの仲間のふりしてたくせに、都合が悪くなると保身のために異性とイチャついてたのよっ。許せないわ！」

同性愛者と両性愛者の間には、昔なつかしベルリンの壁がある（こともある）。

おそらく、これは彩子の個人的な恨みも関与しているのではないかと、俊彦は見た。たとえば、心から愛していた恋人が男に走ってしまい、そのとき初めて彼女がバイセクシュアルだと知った、等の。

「美穂はわたしの愛人になったわ。よって、収容所送りは免除。けど、東とジュリーは、まだ逃げまくってる。あいつら、絶対にとっつかまえてやるわ」

冷たい口調で言い捨ててから、彩子は嫣然《えんぜん》と笑い、俊彦に訊く。

「トシ、この男がほしい？　あんた、こういう細っこい男が好きだったわよねぇ？」

「お、おれは……」

口ごもりつつ、俊彦はあわただしく思考する。

（おれに囲われるなんて、志木さんはいやがるかもしれない。けど、志木さんの命を助けるためなら、しかたがない。あとで志木さんには指一本触れないと約束して、ここはうまいこと、志木さんを引き受けておいて……）

だが、彩子は意地悪な口調で続けた。

「でも、おあいにくさま。こいつは収容所送りよ。野放しにしておくには、好色すぎるわ」

「そんなっ……！」

「あら。なにか文句がおあり？　あるなら、軍法会議にかけてさしあげてよ！」

軍曹殿というよりは、意地悪お嬢様である。

それでも、怖いことに変わりはない。俊彦は、彩子の気迫に押し黙ってしまった。

気を失っている志木の後ろ、プロパガンダ用ポスターの中では、千里がわざとらしくも慈悲深い笑みをたたえている。

彩子はパンパンと手を打った。

「はいっ」

「へーい」

返事と共に現われたのは、軍服姿のリョウと秋雄だった。

礼儀正しい返事がリョウ、不満気な返事が秋雄である。

「おまえたち、この男を練馬区にある漫画家専用の強制収容所にぶち込んでおやりっ！」

今度は、意地悪お嬢様からSMの女王様になった。

秋雄とリョウは、志木に後ろ手に手錠をかけると、彼を立たせ、連行していった。

志木は一度も俊彦のほうを見なかった。俊彦の立場を考えてのことにちがいなかった。

限りない喪失感をいだいて、俊彦はポスターの中の千里を見つめた。

（おれは、清らかなノンセクシュアルで自由気ままな千里さんが好きだったのにっ）

そこにいるのは、俊彦の知っている千里ではなかった。笑みを浮かべながらも、どこか妖しく淫らな印象を隠せない、美貌の青年。

（志木さんをひどい目に遭わせる千里さんなんて、嫌いだっ！）

嫌いだ、嫌いだ、嫌いだ――。

心の叫びにエコーがかかり、そして、暗転。

気がついたら、ベッドの上。独り暮らしのワンルーム・マンションの室内だった。

彼はのろのろと身を起こした。

さんざんうなされていたらしい。ひどい疲労感があった。

頭の中で現実を確認する。

（彩子先輩と志木さんは、友達同士だ。千里さんと志木さんも、友達同士だ。よかった……）

悪夢は、彩子のアホな計画の影響を露骨に受けていた。時として、夢は現実のパロディの様相を帯びるが、それにしても、あまりにもグロテスクな夢だった。

俊彦は強く思う。

（千里さんを自衛隊に入れちゃいけない！　そんなことになったら、この世界は、同性愛者解放戦線の独裁下におかれることになる！）

そのようなことが実現すると少しでも考えるとは、やはり世間知らずな学生である。いや、純粋というべきか。

どちらにしろ、俊彦の苦労が絶えないことに変わりはないのであった。

4

俊彦の夢の中、志木は彩子に迫害されまくってその命も風前の灯火だったが、現実ではあいかわらず、この二人は親友同士には見えない親友同士だった。

志木宅のリビングルームで、俊彦は男性ファッション誌を読むふりをしながら、彩子と志木を観察していた。

(今日は、この二人、わりと仲がいいように見えるじゃないか)

俊彦は、なんとかおのれを安堵させようと試みる。あれから、あの悪夢が不吉な予兆のように心にこびりついて離れないのだ。

(やっぱりあの夜は、彩子先輩、酔っぱらってただけなんだ。そうに決まってる)

俊彦はおのれに強く言い聞かせ、ひとまずは安堵することにした。

部屋は黒のモノトーンでまとめられている。いつぞやは、千里が「この部屋、なんだか暗いよね。志木の性格そのもの。こっちは病気になりそうだよ」と評し、志木を怒らせたこともあった。

志木と彩子は、窓辺でアシスタントの人事について協議している。

「だから、忙しいときだけでいいから、東かジュリーを貸してほしいのよ」

「貸すもなにも、彩子の仕事を手伝うかどうかは、あいつらが決めることだ。こっちの仕事にさしつかえない限り、おれはかまわないよ。あいつらと直接、交渉してくれ。まあ、奴らも最近は忙しそうだけど」

(美しい……)

志木を見つめて、俊彦は思う。彼は常日頃から、ひそかに志木のすっきりと細いうなじを愛《め》でていたのである。

「できれば、東がいいわ。あいつのほうが要領よさそうだし、仕事が速そうだし」

「美穂ちゃんは？」

「美穂はいいわよ。あんた、あの子がいないと困るでしょ」

「なんで？」

「食事の支度よ」

すっとぼけたように訊いてきた志木に、彩子はイライラとこたえる。

「べつに、おれは困らないよ。『花園劇場』だけなら、アシスタント使うのは多くとも二週間に一度なんだろ？」

志木はすました顔でこたえたが、彩子はまだ美穂とはギクシャクしているらしく、かたくなに拒否する。

「でも、美穂はいらないわ」

「美穂ちゃんはなかなか器用だよ。効果線がとてもうまい。特におどろ線がね」

おどろ線――おどろおどろしいシーンを演出するために使う効果線のことだ。

ところで、俊彦は、実生活でおどろ線が最も似合う人は志木にちがいないと考えていた。特に、彼が怒りを爆発させる直前の雰囲気には、ぴったりだった。

志木はなおもすっとぼけて彩子に美穂を薦める。

「それに、美穂ちゃんなら、東よりは自由になる時間が多いだろうし」

「しつこいわねっ！　もう、美穂のことはいいのよっ！」

（ああっ！　今日は志木さんのほうが先に彩子先輩を怒らせたっ！）

実は、彩子と志木は、お互いの逆鱗《げきりん》に触れることをとっても得意としているのである。

「なに、むきになってるんだか」

「なんですってっ？」

気色ばんだ彩子にはかまわず、志木は無言で立ちあがると、窓の外をながめる。

（あっ！　あれは……！）

俊彦は、志木の後ろ姿を見てギョッとした。

すっきりとしたうなじに、なにか虫刺されのようにも見える跡が三つ。それは、キスマークにちがいなかった。

志木本人は気づいてないらしい。

俊彦は、ギュッと目を閉じた。

（どうか、彩子先輩に気づかれませんように！）

窓の外を見つめながら、志木は静かに言う。

「素直じゃないな、彩子は。もっと美穂ちゃんに優しくしたらどうなんだ？」

「志木……」

彩子の目は、志木のうなじに釘づけになった。

（ああっ！　見つかってしまった！）

そして、彩子は醒めた口調で志木に告げた。

「志木、友達として忠告するけど、あんた、うなじにキスマークつけてるわよ」

「ほう……」

志木はあわてず、ゆっくりと振り返る。

「それは、おれにとっては非常にゆゆしき事態だな」

彩子の言葉を信じてないことは明らかだった。

（あああああ……。本当についてるのにっ！）

俊彦は、すかさず彩子がはやし立てるのではないかと予想し、ヒヤリとした。

だが、彼女は、ただ冷ややかな口調で言っただけだった。

「なるほどね。羊飼いの少年が『狼が出た』って村人をだまして面白がったために、本当に狼が出たときにはだれも彼の言葉を信じてくれませんでした、ってわけか」

志木はいぶかしげな顔になり、そして、俊彦に目を移した。

おのれの顔が赤くなってゆくのを感じつつ、俊彦は志木に婉曲的表現で告げた。

「今度は本当に狼が出たんです」

とたんに志木は顔をこわばらせ、バタバタと洗面所のほうに去っていった。鏡で確認するつもりだろう。

「あいつ、変なところで抜けてるのよね」

彩子はあきれたように言い、俊彦は志木に対する認識を新たにした。

やがて、志木は戻ってきた。気の毒なほど蒼ざめ、引きつった表情をしている。

しかも壁に背中をつけるようにして移動し、ほとんど壁の花状態だ。件《くだん》のマークを二度と他人の目にさらしてなるかという、強い意志が感じられた。

彩子は人の悪い笑いを口許にきざみ、志木に訊く。

「ね？　あったでしょ？」

「……あった」

蒼ざめたまま、志木はボソリとこたえる。

「あんた、事の後、うつぶせになって寝てたでしょ。きっと、その間にこっそりつけられたのよ。不覚だったわね」

みるみるうちに、志木は赤面した。

もはや、どう反応したらいいのか自分でもわからないらしい。彼はただ、惚《ほう》けたように突っ立っているだけだ。

彩子は面白がっていることは確かだが、あいかわらず、はやし立てたりはしない。彼女にしては、妙におとなしく不気味ですらある。

「おっじゃまーっしまーすっ」

いきなり、能天気な声が玄関のほうで響いた。千里である。

「あらあら。志木君、大ピンチ」

彩子がすました顔で言う。

その意味を計りかね、志木はいぶかしげに彩子を見た。表情にわずかなおびえの色が見える。

彩子の真意はすぐに明らかになった。うれしそうに彼女は千里に報告したのだ。

「いいところに来たわねぇ、千里。志木ったらね、今日は首の後ろにキスマークつけてるのよ」

「えーっ！」

とたんに、千里は子供のように目を輝かせた。

（ああ……なにも、ばらすことないじゃないですか……）

やはり彩子と志木の間には友情など存在しないのではないかと、俊彦は不安になった。

異性愛禁止令が施行されたら、彩子は大喜びで志木を迫害するにちがいない。

好奇心剝き出しで、千里は志木に迫る。

「ぼくにも見せてーっ！」

「断る」

志木は壁に背中をくっつけたまま渋くこたえた。が、同性愛者解放戦線の党首候補は引き下がらなかった。

「えーっ。見せてよーっ。ぼく、キスマークって見たことないんだよーっ。見せてってばーっ」

「おまえはガキか？」

志木が言い終えないうちに、千里はバンと両手を壁について、彼の逃げ道をふさいだ。

志木の表情が少しばかりこわばる。

（こ、これって、なんだか危険な位置関係だ……）

見つめあう、いや、にらみあう目と目。

「見せてよぉ。ちょっとだけでいいからさぁ」

「いやだって言ってるだろうがっ」

「志木のけちーっ！　彩子やトシちゃんには見せたくせにぃ！　なんで、ぼくにだけ見せてくれないんだよーっ！」

だだこね口調で訴える千里に、彩子がニヤニヤしながら言う。

「子供の見るもんじゃないからよ」

「やめろ、彩子」

志木がさえぎる。千里を刺激してほしくないのは、当の志木なのである。

彩子の言葉にムッとしている千里に、志木は弁解するように言う。

「二人には見せようと思って見せたわけじゃない」

「そんなの、言い訳にはならないからなっ！　……ねえ、たのむよ。見せてよ。この通りっ！」

千里は手を合わせる。

しかし、志木の反応は冷ややかだった。

「おまえ、バカか？」

たちまち千里はムッとした顔になった。かと思ったら、いきなり志木につかみかかった。

「見せろよーっ！　見せろってばーっ！」

「お、おまえっ……。な、なんで、人のいやがることを平気でするんだっ？」

しばらく、二人はもみあっていた。

（ああ……厳格な志木さん相手に、千里さん、なんてことを……）

やがて、決着がついた。

千里が志木の右腕を背中のほうにねじりあげ、彼を壁に押しつけたのである。

（嘘……）

信じられない気分だった。

なんと、志木は軟弱な千里よりも非力だったのだ。両者とも細いほうだが、千里のほうが背が高い分、有利だったようだ。

（厳格で性格きつい志木さんが、千里さんよりも弱かったなんて……）

常識派・志木の敗北は、まるで暗い未来社会を暗示しているかのようだった。

しかし、あきらめるのはまだ早い。志木は左手で首を隠し、いまだ抵抗を続けているのだ。

俊彦は迷う。

（志木さんを助けるべき？）

しかし、プライドの高い志木は、助けてほしいと望んでいるだろうか？

（それに、ここで、千里さんの楽しみを奪ってもいいものか？）

恋する相手にはとことん甘くなってしまう俊彦であった。

志木は必死だ。なんとか逃れようと、身をよじる。

「はなせっ！　痛いだろうがっ！」

「抵抗するからだよ。おとなしくしてたほうがいいよ。右手痛めて仕事できなくなったら大変だもんね」

千里はケロッとして言う。漫画家相手に残酷なことをする小説家だ。

志木と同業である彩子は、さすがに顔をこわばらせた。せめて志木のアシスタント連中がここにいれば、千里を止めていたことだろう。

観念したらしく、志木は抵抗をやめた。が、今にもおどろ線が彼のまわりに現われそうな雰囲気である。

（こっ……怖いっ）

俊彦は本格的な恐怖を感じた。

なのに、千里は余裕で、媚《こび》を売るような調子で志木に訊く。

「見せてくれるよね？」

返事の代わりに、志木は首を隠していた左手を下ろした。

誇り高い彼のことだ。今さら抵抗するのは見苦しいと判断したのだろう。

しかも、彼は最後まで、俊彦と彩子に助けを求めたりはしなかった。

このように、プライドが高すぎるのも、時に、あまり当人のためにはならなかったりもする。

「へーっ。これがキスマークかー。すごーいっ。くっきりじゃないかー」

千里がうれしそうな声をあげる。

志木の背中がワナワナ震え出した。これは相当怒っている。

「一、二、三。みっつもあるよ」

そして、千里はひとつをツンツンつっついた。

(千里さん、あんまりひどいことしないでくださいよぉ)

しかし、俊彦の願いも虚しく、千里はさらにそれを指でグイグイ押して、

「うーん、落ちない、落ちない。見事についてる。これ、いつごろまで持つかなぁ？」

デリカシーのかけらもない。誇り高い志木に対し、あんまりな仕打ちである。

俊彦は後悔した。

(やっぱり、最初から千里さんを止めておくべきだったんだ)

哀れ志木は、千里にさわられ放題。けれども、じっと耐えている。

その姿は、乱暴な子供につかまった猫を思わせた。しっかと子供に押さえつけられ、ベタベタしつこく撫でまわされながらも、解放されるまでじっと耐えているかわいそうな猫を。

やがて、千里は満足したらしい。無邪気な残酷さでもって、ケロリと言った。

「あー、面白かった。志木、ありがとね」

おそらくは、そこで千里は志木を解放するつもりだったのだろう。が、横から彩子が余計なことを言ってしまった。

「きっと、背中もキスマークだらけよ」

「えっ？　ほんと？」

押さえつけられたまま志木がギクリと身をこわばらせたのが、俊彦にはわかった。

「服、めくってごらんなさいよ」

「うん」

千里の手が、志木のTシャツのすそに伸びた。

「やめろっ！　馬鹿っ！」

「やめてくださいっ！」

志木の必死の声と、俊彦のシリアス声が、重なった。

一瞬、躊躇した千里を、俊彦は志木の背中から引きはがした。あやういところだった。影の黒幕・彩子は、残念そうに舌打ちする。

「おしかったわ」

驚きの表情で見あげる千里に、俊彦は真剣に訴える。

「もう、やめてくださいっ。こんなことで面白がるなんて、志木さんがかわいそうじゃないですかっ」

「……トシちゃんって、優しいよなー」

千里はあきれたような、感心したような、しかし明らかに不満げな声で言う。

「優しい優しくないの問題じゃありませんっ。普通、こういうことは、面白がっちゃいけないことなんですっ」

俊彦は根気強く千里に言いふくめようとしたが、その一方で、被害者である志木はもっと手っ取り早い方法をとった。ずり落ちた眼鏡を直すと、俊彦と千里の間に割り込み、千里の頬を思いきり張ったのだ。

千里はよろめき、ドタッと床に手をついた。

「い、痛いなーっ！　志木の乱暴者っ！」

千里は頬を押さえ、目を潤ませて抗議する。

志木は肩で大きく息をしていた。

怒りで顔が真っ赤だった。彼は怒ったときには蒼ざめるのが常だったが、今回ばかりは赤くなっていた。

「なにも、ぶつことないじゃないかーっ」

しかし、志木は千里の抗議にはこたえず、そばにあったワープロをかかえ、彼に向かって振りあげた。かなりの旧型らしく、どっしりしたタイプのものだ。

「わーっ！　壊すなら、ぼくにくれよーっ！」

ブンと飛んできたワープロを、千里はよけたりはせずに、抱きかかえるように受けとめた。

俊彦の背筋に、冷たいものが走る。

志木もかなり無謀だが、千里も志木と対等に無謀である。

「もう、これはもらったからな！」

ワープロをかかえ、千里は勝ち誇ったように宣言した。

その間に、志木はそばにあった分厚い本をまとめて三冊つかむと、ふたたび千里に投げつけた。

戦利品を意地汚く抱きかかえていた千里の顔に、それらはドカドカぶつかった。

「なっ、なにすんだよーっ！　バカーッ！　痛いじゃないかーっ！」

「ワープロのマニュアルだっ！　とっとと持って帰れっ！」

怒鳴りつけた志木を、彩子はたしなめる。

「志木、落ち着きなさいよ。童貞のやったことじゃないの。大目に見てあげなさいよ」

（でも、そういう問題じゃないと思う）

俊彦が彩子の台詞に赤面しながらも心で冷静なコメントをつける一方で、当の千里は、「そういう言い方ってひどくないっ？」

だが、童貞と言われてもたいして気にすることもなく「ひどくないっ？」ですませてしまう千里の感覚も、かなりのものである。

彩子は千里の抗議を適当にかわし、志木をなだめる。

「海千山千のあんたが怒るようなことでもないじゃない。ね？」

志木は彩子の言葉を無視し、俊彦に目を移した。

「トシちゃん」

「は、はいっ」

なにを言われるかと俊彦は恐怖に身をこわばらせたが、ただ単に志木はボソリと、

「ありがと。助かったよ」

「あ……。は、はい」

どぎまぎしつつ、俊彦は返事をする。

彩子は千里をそそのかしておきながら、今度は反対に千里をたしなめている。

「いい？　首の後ろなんてね、人によっては性感帯があるんだから、ベタベタさわるもんじゃないのよ」

「えーっ。ほんと？」

あいかわらずお子様な反応をしてから、千里は志木に手を合わせる。

「志木、ごめんねー」

相手にひどい恥をかかせたにしては、おざなりな謝り方だ。

「まあ、志木なら平気よ。鈍感だから。だいたい、キスマークつけられても気がつかないぐらいですもの」

「あ、そっか」

千里は彩子の分析に納得する。

しかし、納得できないのは当の志木である。

「おまえら、いいかげんにしろ」

おどろおどろしい声で言ったが、すでに怒りのピークは過ぎ去ったようだ。

俊彦は、一人ひそかに、虚しい思いを噛みしめる。

（千里さん……お望みであれば、キスマークぐらい、おれがつけてさしあげるのに……）

そこまで考え、おのれのけしからぬ想像にハッとした。

（ああっ！　いけないっ！　清らかな千里さんに対し、おれは、なんという不埒《ふらち》な想像を……！）

彩子と千里は、志木にはかまわず、和気あいあい。

「千里、今日は勉強になってよかったわねぇ」

「うんっ」

千里は幼児のようにうなずき、志木は無言のまま額に青筋を立てた。

「おまけに、ワープロもらっちゃったし」

うれしそうにつけ加えてから、千里は声をひそめてもっともらしく告白する。

「実は今、ぼくのワープロ、カメの呪いがかかっちゃって、まいってたんだ。このままじゃ、次の締め切り、かなりヤバそうでさぁ」

ワープロにカメの呪いがかかった――これすなわち、仕事の進み具合がカメのようにのろいということだ。要するに、ちょっとしたスランプというわけである。

しかし、志木は非情にも、この冗談にケチをつけた。

「カメの呪いがかかったのは、おまえの脳味噌だろうが」

確かに、それは、ワープロの問題ではなく本人の能力の問題だ。

千里はむくれて言い返す。

「なに、怒ってるんだよ」

「おれは、のろまな人間が嫌いだ。特に、仕事の遅い人間が嫌いだ」

「ほっといてくれよっ」

「締め切りに間に合わせることができない仕事など、最初から引き受けるな」

（ああああ……。耳が痛い……）

実は俊彦は、このまえの締め切りを守ることができなかった。

「しょうがないじゃないかっ。引き受けたときには、ちゃんとできると思ったんだもんっ」

「なら、おまえは自分の能力を把握してないということだ。もっと、おのれを見つめたらどうだ。だいたい、出版社に迷惑をかけるぐらいだったら、作家などやめてしまえ」

（やっぱり、志木さん、怒らせると怖い）

「わ、わかったよっ。もう、いいよ。どうせ、ぼくはおまえとは違って、才能ないよ！こんな仕事、今すぐやめてやるっ！」

これはまた、ずいぶんと簡単に「やめる」を口にする作家である。

そんな千里に、志木は容赦なくさらに斬り込む。

「作品を仕上げる自信がないからやめるというのは、いただけないな。どうせやめるなら、引き受けた仕事を終えてからにしろ」

「うるさいなっ！　もう、作家なんて……作家なんてっ……。こんな不安定で割に合わない仕事、やめたってどうってことないやっ！　もう、ぼくは、決めたんだっ。このままカメの呪いが解けなかったら、自衛隊に入るってね！」

その台詞に彩子は無言でニヤリとし、俊彦をおののかせる。

（千里さん、自衛隊のことは言っちゃだめですっ！）

志木の攻撃は、まだまだ続く。

「千里……よく考えてから、ものを言ってくれ。おまえのような軟弱者に国防をまかせるようでは、日本国は終わりだ。国際的非難が集中するだけならまだしも、全世界的嘲笑をあびることは必至だろう」

「なっ……」

「たのむ、千里。おれたち日本国民の身にもなって、あきらめてくれ」

相手にダメージを与えるためであれば、志木は惜し気もなく下手《したて》に出る。

「だいたい、おまえなんかを自衛隊に入れたら、サミットで首相がいじめに遭うおそれがある」

すると、すかさず彩子が尻馬に乗る。

「やーい。おまえの国、相原千里なんかで国土を防衛してやんのーっ。はっずかしーっ」

これでは、すでに〈ゲイに交わればホモになる〉計画は挫折したも同じである。

俊彦の頭の中には、先進七ヵ国のうち日本をのぞいた各国首脳とロシア大統領がよってたかって日本国総理大臣をいじめている光景ができあがっていた。

千里はムッとした顔で彩子に訴える。

「こう見えてもねぇ、ぼくの父親は軍人だったんだからねっ」

「え？　あんたのお父さんって、まさか大正生まれ？」

「大日本帝国じゃないよ。アメリカだよ」

「それって、敵国じゃないのっ！」

「太平洋戦争の頃の話じゃないんだけど……」

要領を得ないやりとりに、見かねた志木が横から一言、

「在日米軍だ」

「え？」

彩子の笑顔が固まった。それは俊彦も同じだった。

「それって……本当なの？」

「母親は日本人だけど、父親は横須賀の在日米軍の軍人だったんだ。海軍だよ」

千里はむっつりと告白する。

俊彦は声をうわずらせ、千里に訊く。

「じゃあ、千里さん、ハーフですか？」

「うん」

「ええーっ！」

彩子が派手に驚きの声をあげる。

すると、それに対し、千里も似たような調子で、

「やだーっ。ほんとに百パーセント日本人だと思ってたの？　言わなくても見りゃわかると思ってたのにー」

「そう言われてみれば、あんたって、まごうかたなきハーフ顔よね。髪も目も、あからさまに色が薄いし」

「あのさ……あんまりジロジロ見るなよ」

千里は赤くなってうつむいた。

「でも、ハーフの男って普通、もっとかっこよくない？　雑誌のモデルとかやってたりして」

「そんな人は、ごく一部だよ」

「あんた、容姿は充分、基準をクリアしてるけど、職業が見事に外してるのよ。少女小説家だなんて、ハーフとしてはもぐりよ、あんた」

「その『ハーフとしてはもぐり』って、一体なんだよ？」

　さすがの千里も、あきれた様子である。

　彩子はさらに力説する。

「あと、やおい漫画とかやおい小説だと、ハーフの美少年っていうと私立の全寮制男子高校に通っているのが相場なのよね。で、上級生に襲われそうになったところを、和風顔のスポーツ万能少年に助けられるのよ。それで、結局、主人公はその和風顔少年といい仲になるんだけど、世の中そううまくはいかないもので、そこに女顔でねちっこい性格の下級生が割り込んできて、和風顔少年を主人公から奪おうとするわけ。で、ついには、その下級生の陰謀で、二人はくだらない痴話喧嘩をしちゃって、それがきっかけで、二人の仲はギクシャクしてしまうのよ。でも、あるとき主人公は、彼をお稚児《ちご》さんにしようと狙っていた上級生に襲われかけて、そこにまた和風顔少年が現われて、一撃のもとに敵を倒して彼を助け、二人は抱擁を交わし、めでたしめでたし。その次にひとつ、最後の濡れ場を入れて、ラスト・シーンは、二人で笑いながら学校裏の雑木林で追いかけっこでもしてから、ジ・エンド。――完璧だわ」

シーンとしてしまった中、最初に声を発したのは、彼女にここまで語らせてしまった千里だった。

「なんだよ、それ」

「学園物やおいの王道を行くハーフの美少年のお話よ。このネタ、あんたに譲るから、自伝として発表しなさい。お耽美な著者近影をつければ、結構売れると思うわよ」

（でも、自伝のネタを他人から譲ってもらうなんて、すごく変なことだと思う）

千里は最後の「結構売れる」の一言にはピクリと反応したものの、すぐに思い直したらしい。

「ぼくが通ってたのは、神奈川の県立高校だよ」

「だから、あんたはもぐりだって言うのよ！　神奈川なら、海が一望できる丘の上の私立男子校ぐらいには行かなくちゃ！」

「県立ですみませんねぇ」

もはやどうこたえたらいいのかわからないらしく、千里はヘラヘラ笑う。

そのおめでたい笑顔を見ているうちに、さすがの彩子も少しは妥協する気になったらしい。

「まあ、これ見よがしにおのれの出生を悲観して『ぼくは望まれない子だったんだ』とかそのたぐいの台詞を吐いて涙にくれてみせるんだったら、認めてあげてもいいわ」

「え……」

どうしたわけか、千里の笑顔が凍りついた。

「や、やだなぁ。そんなこと、言わないよぉ。そんなこと……」

だが、その口調には無理があった。しかも、みるみるうちに千里の瞳は潤んできたのである。

(千里さん、まさか本当にそう思っているんじゃ……?)

千里はギクシャクと立ちあがる。

「ご、ごめん。ぼく、帰るよ。用事思い出した」

この場を去る口実であることは明らかだった。

そのまま、彼は逃げるように出ていってしまった。だれも千里に声をかけることができなかった。

(千里さん、傷ついてた……?)

俊彦は彼を追ってそばに行きたいという衝動を、グッと抑える。

「あの子、どうしたのよ?」

いぶかしげな顔の彩子に、志木は言う。

「あいつに、その『望まれない子だった』というのは言わないでやってくれ」

「じゃあ、本当に、千里は親から望まれずに生まれてきたってこと?」

「少なくとも千里本人がそう思っていることは確かだ」

志木の言葉に、彩子は表情を曇らせる。

「やだ……。なんでよ？」

「千里のおふくろさんは、横須賀でバーを営んでいる。父親は、あいつが生まれる前に、日本を去っている」

「じゃあ、親父さんが千里を望んではいなかったってことは、明らかなわけ？」

おそらくは、父親に棄てられたのが、千里の心の傷になっていたのだろう。

俊彦は胸が締めつけられるような思いを感じた。

（千里さん……。美しくて自由で、あんなに明るく生きてる人なのに……生まれのことで、そんなふうに傷ついていたなんて……）

おそらくは、ハーフだということを自分から語ろうとしなかった理由も、そこにあるのだろう。

彩子は珍しく沈んだ声で言った。

「悪いことしたわね。千里ったら、あんなにおめでたい性格なんだもの。自分のことをそんなふうに考えているなんて思ってもみなかったのよ」

「気にするな。あいつのことだ。一晩寝たら、コロッと忘れてるよ」

志木は断言した。

床の上には、千里が捨て身で志木からせしめた旧式のワープロとマニュアルがあった。

それを見て、志木はつぶやいた。

「バカが。もう、コロッと忘れてる」

　それをもらって子供のように喜んでいた千里の様子を思い出し、俊彦はますます切ない気持ちになった。

　彼は志木に訊く。

「千里さん、本当に自衛隊に入るつもりでしょうか？」

「いや。あれは、奴の慢性的な弱音を構成する一連のたわごとの一部でしかない。もう本人は忘れているはずだ」

　志木はあっさりと断定した。

5

　デビューから三年。少女小説家・愛原ちさとこと相原千里は、まごうかたなき売れない作家である。

　よって、彼は「貧乏神信仰に走って、ビンボー教の教祖様になってやる」と宣言してしまうほど、貧乏神とは親交を深めていた。

　しかし、売れない作家というのは、売れている作家の少なくとも一万倍は存在しているというのが、日本国政府の公式見解である（か!?）。

もし仮に、東京都内のある場所で売れない作家を見かけ、そこが交通の便がよくしかも家賃が安い地域であったならば、その近辺にはさらに十人の売れない作家が棲息していると考えてよい。

売れない漫画家も、然り。

千里にとって幸いだったのは、貧乏を特殊なものと感じないよう育てられたことだろう。つまり、彼は生まれつき貧乏だったゆえ、貧乏慣れしているのだ。

現在、自分が貧乏なのは、書いた本が売れてないからである——と、分析もここまであれば、千里も冷静でいられる。

しかし、自分の本が売れないのは「自分に才能がないからだ」と結論づけてしまうと、とたんに彼はもろくなる。生まれつきで慣れっこになっているはずの慢性的貧乏が、とたんにみじめなものとして彼の心にのしかかってくるのだ。

そんなとき、彼は惜し気もなく涙を見せる。が、飽きっぽいうえに根気もなく、おまけに本質的には楽天的な性格なので、五分もすれば別のことに関心が移って、泣くのをやめてしまう。

要するに、千里は一見デリケートではあるが、実は雑草のようにしぶとく、おまけにしたたかなのだ。

ところで、そんな千里を懐柔するには、物を与えるのが一番だ。特に効くのは、酒と煙草と甘辛団子である。

やや泣き上戸《じょうご》の気があるものの、千里はこよなく酒を愛している。

煙草は、結構前にやめているのだが、時々なつかしくなるらしい。たまに一本だけ与えてやると、彼は非常に喜ぶ。

好物である甘辛団子は、緑茶と共に出してやれば、効果抜群。それが空腹時であれば、千里はたちまち忠実な犬と化すのである。


「やっぱり、酒よね」

彩子は断言した。

「千里をこっちの陣営に引き込むには、やっぱり、酒が一番効くわよ」

（いいかげん、忘れてくれないかなぁ、その変な計画）

俊彦は彩子のグラスにビールをつぎながら、しみじみ思う。

彩子の言う「こっちの陣営」とは、もちろん、同性愛者解放戦線のことだ。

彩子は〈ゲイに交わればホモになる〉計画の前段階として、千里を懐柔しようと決意したのだ。千里に酒をおごって手なずけておいて、彼が自衛隊入隊後ゲイに転向したときには、同性愛者解放戦線に入党してもらおうというわけだ。

このように、恐るべき世界征服計画は着々と進められていたのである。

しかし、全国チェーンの居酒屋で未来の党首候補を懐柔しようというのだから、はっきり言って、せこいことこのうえない。

それでも、俊彦は千里の身が心配で、彩子に従うポーズだけはとっていた。どうせ、ここは彩子のおごりなのだ。

千里は、編集者との打ち合わせがあり、遅れて来るということだった。

それまでに怒り上戸の彩子ができあがってしまわないことを、俊彦は願うばかりである。

「千里が来たら、まずは、さっさと酔わせなくちゃね。酔うと、人は判断力が鈍るわ。それで、気が大きくなって、安請けあいしやすくなるのよね」

「でも、千里さん、わりと泣き上戸ですよ」

俊彦は千里を彩子の魔手から守ろうと、ひかえめに反論したが、彩子は自信満々で、

「話題の選び方に注意すればＯＫよ。あんな単細胞、酔わせておだてて、いい気分にさせてうまく乗せることなんて、簡単だわ」

（彩子先輩だって、単細胞のくせに……）

考えてから、俊彦は思う。なぜ、いつも自分は、心の中でツッコミを入れることしかできないのだろう？　しかも、愛する男が侮辱されているというのに！

（ああ！　おれは、なんて不甲斐ない野郎なんだ！）

と、思わずウーロン茶のグラスを握りしめたときだ。

パリンというあっけない音と共に、右手の中でグラスが割れ、残り四分の一のウーロン茶を伴ってバラバラとテーブルの上に落ちた。

「トシ、なにやってるのよっ！」

「あ……」

彩子の声で我に返った。とたんに、カーッと顔が熱くなる。

（おれはなんて凶暴なことをしてしまったんだ！　こんなことでは、世間様に顔向けできない！）

「大丈夫ですかっ？」

若いアルバイト店員が、台布巾を手にやってきた。

グラスを握りつぶしたところを目撃されたのだと覚り、俊彦はますます赤くなった。

実は、その店員、俊彦が高校時代に恋していた空手部の先輩とどこか似ていたのである。

「すみません。この子、馬鹿力で……」

彩子は、店員を手伝ってグラスの破片を集めはじめたが、店員はそれを「いいです。やりますから」と止めた。

悠長に赤くなっている場合ではない。俊彦はバッと立ちあがると、頭を下げた。

「申し訳ありませんっ！　グラス代は弁償しますっ！」

顔を上げたとき、まず目に映ったのは、店員のおびえた表情だった。俊彦の声のでかさと図体のでかさに、びびったらしい。

「べ、弁償は、いいですっ」

店員の声は、妙にうわずっていた。が、彼は勇気をふるって、親切に訊いてくれた。

「お怪我はありませんか？」

俊彦は右手を開いた。

(ああ、なんてことだ!)

俊彦は絶望した。なんと、掌はまったくの無傷だったのだ。しかも、生命線が異様に長い。

「ああ、大丈夫ですね」

俊彦の心は恥ずかしさでいっぱいになる。

(なぜ、おれには、人並みのかよわさがないんだ!)

グラスの残骸を片づけた店員が去った後、彩子はあきれたように言った。

「あんたって、つくづく頑丈よね」

「言わないでくださいっ」

俊彦のデリケートな心は完全に傷ついていた。

「それにしても、まさか、無計画な生殖で生まれてしまって心に傷を負った人間が、こんな身近にいたなんてねえ」

話題はふたたび、千里に戻った。少しは彼に同情しているのかと思いきや、彩子は熱っぽく語り出す。

「これは、異性愛禁止を信条とする同性愛者解放戦線にとっては、ぜひともほしい人材だわ。……いいえ、彼がゲイになったなら、これほど党首にふさわしい人物はいないわ!そもそも、彼には軍人の血が流れているのよ。しかも、ゲイの巣窟、アメリカ海軍! 彼は、ヘテロセクシュアルと戦うために生まれてきたような男だわ！」

俊彦は自分が見た悪夢を思い出し、ゾッとした。プロパガンダ用ポスターの中で妖しい微笑みをうかべていた千里。そして、迫害される志木。

しかし、彼は動揺を抑え、なにげなく言った。

「でも、なんだかんだ言いながら、彩子先輩は、ただ単に宮沢さんから千里さんを引き離したいだけですよね」

言ったとたんに、ポカリと頭を叩かれた。

その拳をさらにグッと握りしめ、彩子はお姉様言葉で宣言する。

「わたくし、なにがなんでも、千里を自衛隊に入れてさしあげてよ！」

（やめてくださいよーっ）

ここまで堅い意志を見せられては、俊彦としては、彩子と美穂がよりを戻してくれるのを祈ることぐらいしかできまい。

いや、しかし、ここで尻尾まいて逃げるようでは、千里を愛する資格などないだろう。

（そうだ。おれが千里さんを守らなくて、だれが守る？）

「ごめーん。待ったー？」

飛んで火に入る夏の虫。ついに千里が来てしまった。

彩子はにこやかに応じる。

「ううん。今、来たところ」

（——って、空のビール瓶を前に言う台詞じゃないと思う）

千里は俊彦の隣に座った。

見たところ、上機嫌のようだ。やはり志木の言った通り、千里は先日のことなど忘れたかのようにケロッとしていた。

俊彦は千里にメニューを渡す。

「飲み物、なににしますか？」

「えーとねぇー。やっぱり、最初はビールがいいな。その後は、日本酒いこうよ」

「おつまみは、どうします？」

「うーんとねぇー。つくねがいいな。あと、チーズ・ポテト焼き。それと、シーフード・サラダ。以上っ」

俊彦は店員を呼びとめ、愛する男の求めるものを注文する。

彩子の野望などまったく知らない千里は、おごってもらえると聞いて大喜びである。

「ねえ、ねえ。なんで、おごってくれるの？」

「日頃の感謝のしるしよ。やっぱり、年上の人は、人生の先輩だもの。大切にしなくちゃ」

心にもないことであるのは明らかだった。いつ、彩子が千里に感謝したというのだ？

だいたい、人生の先輩を「お子様」などと呼んでいるのは、どういう感謝の表われなのだ？

「では、敬愛する愛原ちさと先生のご健闘を祈り、かんぱーい！」

　この乾杯の音頭だけは、彩子の本音だといえよう。

　しかし、当の千里はからかわれていると思ったらしく、苦笑いしながら「そんな人はここにはいないよー」などと言っている。

（千里さん、彩子先輩に気を許しちゃいけませんっ）

　俊彦はドキドキハラハラしながらも、千里があまりにも楽しそうなので、つい、調子を合わせて楽しんでいるふりをしてしまう。

「ほんとは、なにかたくらんでるんだよね？」

　千里は彩子に訊いたが、疑っているのではなく、冗談のつもりのようだ。

　彩子はフフッと笑ってから、こたえる。

「ほんとはねぇ、千里を酔わせてねぇ……」

「酔わせて？」

「トシに売ってもうけようと思ってるの」

　俊彦はあやうくグラスを取り落とすところだった。

（彩子先輩、ひどいっ！　ひどすぎるっ！）

　しかし、千里はヘラヘラしながら、きっぱりと、

「買わないよ。なんの役にも立たないもん。ねえ？」

　最後の「ねえ？」は俊彦に対してだった。

あやうく「いいえ」とこたえそうになったが、俊彦は「実はちょうど節約生活をしているところで……」などと言い、笑ってごまかした。なんとか窮地を脱したわけだが、心の中は大嵐。

(彩子先輩のバカッ！　もう、嫌いだっ！)

しかし、せっかく千里が上機嫌なのに、自分一人ムスッとしているわけにもゆかず、冷酒が来てからは、千里につぎ、彩子につぎ——と、かいがいしく酌《しゃく》をする。

やがて、空き瓶も二本目。

「カクテルにしようかしら。でも、こういうところのカクテルは、あんまりねぇ」

言いながら、彩子はメニューを開く。

「千里、あんた、今でもカクテル作れる？」

「うん。今度、作ってみようか？」

「まあ、素敵っ。お兄様ってお呼びしてもよろしくって？」

「うんっ」

千里はうなずき、そして、それっきりなにやら考え込み、静かになった。

どうしたことかと、俊彦はちらりとうかがい、すでに千里の目が涙でいっぱいであるのに気づく。

(な、なんでっ？)

しかし、不自然すぎるこの展開も、千里が泣き上戸であればこそ。

「やだ。千里、どうしたのよ？　いきなり」

「ごめん」

口を開いたとたんに、涙がポロポロこぼれた。

「実は、ぼく……横浜でバーテンダーやってたのは、母親に追い出されたからなんだ……。それで……それで……」

千里はテーブルに突っ伏し、シクシク泣きはじめた。どうやら、いもづる式に悲しいことを思い出してしまったらしい。

「千里……」

「もう、その名前は呼ばないでくれっ」

「なに血迷ったこと言ってるのよ。なんならペンネームで呼んであげてもいいけど、あんたのペンネーム、女なんだもの。こっちが恥ずかしいわ」

「そもそも、ぼくは望まれない子だったんだ。ぼくなんかが生まれてきたから、母さんが頭にきて、ぼくにこんな忌まわしい名前を……」

言ってから、千里は言葉を途切らせた。

「千里って名前の、どこがいけないのよ？」

「なんでもない。ぼく、変なこと言いそうになった」

すでにその声はすっかり醒めていた。

「なにが変なのよ？」

「なんでもない。忘れて」

千里は冷ややかに彩子を突っぱねる。

(忌まわしい名前?)

一番触れてほしくないものが彼の名前に隠されているらしいと、俊彦は覚った。

それは彩子も同じらしく、なにか問いたげな顔で俊彦を見る。

千里はゴシゴシと手の甲で涙を拭っている。

「ごめん。変なこと言って。酔いが醒めちゃったよね。呑み直そうよ」

千里の声は、完全に落ち着いていた。意地でも名前に隠された秘密を吐くまいとしているらしい。

「ねえ、千里」

彩子はきわめてシリアスな調子で千里に言った。

「なに?」

「『呑み直そう』ってねえ、あんた、わたしのおごりだってこと、わかってるのっ?」

「あ……。そうだった。ごめん」

「意外と油断ならない男よね、あんた」

ぼやきながらも、彩子は店員に向かって言った。

「お兄さん、冷酒もう一本!」

6

「彩子先輩。やっぱり、やめましょうよー」

志木の仕事場のドアの前で、俊彦は情けない声を出した。

「なに言ってるのよっ。バイを恐れているようじゃ、世界征服なんて夢のまた夢よっ！」

「世界征服なんて、もう、いいですっ。おれ、志木さんに迷惑かけたくないんですっ。彩子先輩も同業者なら、もっと思い遣りを持って志木さんに接してくださいよっ」

「どこが迷惑よっ？　わたしたちは無料奉仕でアシスタントしてあげようっていうのよっ！　よく考えて物をお言いっ！」

「どうせなら、事前に志木さんに許可もらってからにしてくださいよぉ」

「だめよ。拒否されちゃうもの」

彩子は平然と言った。

「彩子先輩……やっぱり、やめましょうよー」

「ええいっ！　お黙りっ！」

ただいま「月刊トラッシュ」の締め切り前夜。志木の仕事場は修羅場と化している。

そこに押しかけ、彩子は千里の名前に隠されている秘密を志木から聞き出そうともくろんでいるのだ。が、俊彦は死んでも志木に迷惑をかけたくなかった。それに、明日は一限目から出席重視の語学の授業があるのだ。

しかし、悲しい哉。いつものごとく俊彦は、いわば親分である彩子の命令を拒否できなかったのである。

彩子はドア・チャイムを押した。

「はいーっ」

インターホンから、陽気な声がこたえた。チーフ・アシスタントの東だ。

「彩子さんとトシちゃんよっ。ここをお開けっ」

「ははーっ」

東の陽気な返事に、俊彦は安堵した。

普段、親しく接している業界の人たち数名は、見かけは美形だが、中身は変態や変人や怪人や怪獣だったりする者ばかりである。ごくたまに人当たりのよい人間と接すると、それだけで心が安らぐ。

ドアが開き、すらりとした長身にたれ目のファニー・フェイスの青年が現われた。東である。

「ども、どもー。お久しぶりですー」

なぜか彼は背中に大きなクマのぬいぐるみを紐でくくりつけていた。

「なによ、そのクマは?」

「この緊急時に失言をかました罰です。下品な発言かつまらないギャグを発した者は、このクマに憑依《ひょうい》されるんですよ」

「……あんた、喜んで背負ってるわね」

「わかります？」

「で、一体どんな失言をかましたのよ？」

「ゴシッククロマン・ギャグです」

「なによ、それ？」

ゴシッククロマン・ギャグ（作・東義男）
A君「隣の古城に囲いができたってねー」
B君「へぇー」

彩子は憐れみに満ちた目で東を見つめた。

「いかにも修羅場のギャグだわね。しょうもないところが」

「この『家』じゃなくて『古城』ってところがゴシッククロマンだと思ったんですけどねぇ。志木先生はお気に召さなかったらしくて」

東がニコニコしながら解説しているところに、志木が現われた。東は「やばいっ」とでも言うように肩をすくめて、部屋に戻る。

俊彦はとてつもない恐怖に襲われた。志木の修羅場を訪ねたのは初めてである。それは、未知のものに対する恐怖であった。

案の定、不機嫌な調子で志木は彩子に言った。

「きみは、おれが忙しいってわかっていながら、わざわざ仕事場に来たな？」

最高に不機嫌なとき、志木は彩子を「おまえ」ではなく「きみ」と呼ぶ。

彩子は堂々とこたえる。

「ええ。あんたが月の障《さわ》りだってことぐらい、こっちだってわかってるわよ」

（ああっ！　この人はまた、見事にツボを押さえた失言を！）

「変な表現をするなっ」

月刊誌の連載だから、締め切りは月一回。つまり、修羅場も月一回、定期的にやってくるのである。

（こんなときに志木さんを怒らせて、どうするんですかっ）

「べつにじゃましに来たわけじゃないわよ。助っ人に来てあげたの。朝まで働いてあげる。アシスタント代はいらないわ」

「……なにが望みだ？」

「あんたが持ってる情報を、ちょいといただきたいの」

志木は数秒間考えてから、言った。

「あがれ」

俊彦は志木に「すみません」と頭を下げた。

志木は彩子をちらりと見てから、小声で俊彦に言った。

「あまりこいつの言いなりになってやることないよ。増長するから」

俊彦はホッとしつつ、小声で「はい」と素直にこたえた。

仕事場は実用本意の構造だった。部屋の中央には机が四台くっつけてあり、壁には事務用の本棚や書類整理ラックなどがある。

作業中のジュリーが二人に気づいて、ペコリと頭を下げた。小柄で色白の、物静かな青年である。

いや、「物静か」などという生易しいものではない。俊彦はこれまで何度かジュリーと顔を合わせているが、彼の声を聞いたことは一度もないのだ。

美穂は顔を上げたとたんに彩子と目が合い、そそくさと仕事に戻ってしまった。まだ、この二人、ギクシャクしているらしい。

束はクマを背負ったまま、楽しそうに俊彦と彩子のためにお茶を淹《い》れている。

「美穂ちゃん、この二人に仕事を分けて」

志木に言われて、美穂はしぶしぶ立ちあがる。

見たら、さすがの彩子も気まずそうな顔をしている。

美穂は原稿の束を手に、無言のまま二人の前まで来た。

「よろしくお願いします」

俊彦がペコリと頭を下げたところ、美穂は初めて表情をやわらげた。

「こちらこそ、よろしくね」

それから、ちょっともじもじしてから、彩子に言った。

「彩子さん、あの……」

「なによ?」

「ごめんね」

どうやら、その一言で、冷戦は終結したようである。基本的に美穂は素直なのだ。

「なんで、あんたが謝るのよ。べつに、あんたと志木はなんでもないんだから、謝る必要なんてないわよ」

ぶっきらぼうに言ってから、彩子は優しく美穂の頭を撫でた。

美穂は子供のように顔をくしゃくしゃにして、うれしそうに笑った。

「修羅場で仲よし、いいなー」

茶を運んできたついでに口をはさんだ東に、彩子は斬り返す。

「あんたには志木がいるじゃない。よく考えたら、美穂よりもあんたのほうが、志木とは怪しいわ」

「やめてください。縁起でもない」

一瞬の静寂の後、志木は手を止め、顔を上げて言った。

「東、おまえ……さりげなく失礼だな」

「さあ、さあ、さあ! 仕事をしましょう! 楽しい仕事を!」

東はパンパンと手を叩き、みんなに呼びかけた。その目的は、当然、不穏な志木の台詞をさえぎるためである。

東がいると、志木の威厳はいつもの四割減ほどになる。よって、俊彦は東の軽口を高く評価していた。

それにしても、あいかわらずジュリーは地縛霊のように寡黙だ。

しかし、これでも描く漫画はギャグなのだ。今だって、おとなしそうな顔をして、心の中ではどんなに激しいギャグを考えているのか、わかったものではない。

すでに全員が仕事を始めていた。

志木昴《すばる》作「拝み屋ケンさん」。主人公は、ケンさんというハードボイルド的霊能者である。彼を中心に、ひそかに彼に想いを寄せるクールな女探偵や、ケンさんを教祖に宗教を始めてもうけようと目論んでいる（しかし失敗ばかりしている）ハンサムな詐欺師や、良き友人でライバルでもある美貌の霊能力者などが活躍する物語だ。

美穂は、効果線描きの仕事を彩子に、ベタ塗りを俊彦に分け与えた。壁際のテーブルが二人の仕事机となった。

志木の生原稿を目にするのは、俊彦は初めてである。

さて始めよう、と原稿をテーブルに置いたとたん、彼は身をこわばらせた。

（ああっ！　ケンさんの『むっ。霊気』が、ここに！）

ケンさんは霊の気配を感じたときには、決まって目を鋭く光らせ、心でつぶやくのだ。

「むっ。霊気」と。

俊彦の手許には、ちょうどそのシーンの原稿が来ていたのである。

(ああ……これが、ナマの『むっ。霊気』か!)

感動に震えつつ、俊彦は筆をとると、ケンさんの髪を塗りはじめる。

(おお! おれは今、ケンさんの『むっ。霊気』にベタを入れてるのだ!)

「トシちゃん」

感動の頂点で、突然、名を呼ばれた。が、その声にはまったく聞き覚えがない。

ハッと振り返った彼のすぐ後ろにいたのは——。

(ジュリーさん!)

俊彦は衝撃に身をこわばらせた。ついにジュリーが言葉を発したのだ。

しかし、あとの四人はべつに感動している様子もない。彼らは全員、ジュリーの声を知っているにちがいなかった。なんとなく、俊彦は疎外感を味わった。

「頭にトーンがくっついてるよ」

ジュリーは言うと、手を伸ばし、俊彦の髪についていたスクリーントーンの切れ端を取ってくれた。

「ありがとうございます」

礼を言ったところ、ジュリーははにかんだように微笑んだ。

その笑顔の意外な美しさに、俊彦は鼓動を高鳴らせる。

（ジュリーさん……）

彼は整理棚のひきだしから消しゴムを取り出すと、自分の机に戻っていった。

俊彦はまだ、ドキドキしていた。

（ジュリーさんって……ジュリーさんって、美しかったんだ。地味だけど、美形だったんだ）

おまけに、声も独特で耳に心地よかった。ちょっとかすれ気味で、繊細な響きがあった。

あくまでも本命は千里なのだが、時々、俊彦は他の男性にもほのかなときめきを感じてしまう。男心は複雑だ。

しばらくしてから、やにわに彩子は切り出した。

「ねえ、志木」

「なんだ？」

「千里の名前、どういう意味があるの？」

「意味？」

背中合わせに座っていた志木は、いぶかしげな顔で振り返った。

「なんだか、本人、自分の名前のことを気にしているらしいのよ。酔ってグダグダ言い出したんだけど、こっちが聞き出そうとしたら、口を閉ざしちゃってね。あんた、知らないの？」

「知ってる。けど、おれの口から言うべきじゃないと思う。本人に訊いてくれ」

志木のそっけない態度に、彩子は不機嫌な顔になる。

「なによっ。いきなり友達ぶるんじゃないわよっ。いつもは千里にズケズケ意地悪言ってるくせに」

「友達ぶってるんじゃなくて、本当に友達だ」

志木は言い切った。

あやうし、同性愛者解放戦線！　このまま党首候補をあっけなくバイセクシュアルに横取りされてしまうのかっ？

しかし、俊彦は心で祈る。

（志木さん、どうか、千里さんを彩子先輩の魔手からお守りくださいっ）

志木の態度にはムッとしたものの、けんかをしてはすべての苦労が水の泡と、彩子は覚ったらしい。まるでクイズ番組の司会者のように、彼女は全員に訊く。

「一里とは約三・九キロメートル。よって、千里とは三千九百キロメートルです。ここで問題です。相原千里の名前の由来は、一体、なんでしょう？」

「はいっ！」

手を挙げたのは、東だった。

「はい、東君、どうぞ」

「田中サイコ先生のご自宅と、中国福建省の王玉蘭《ワンユィラン》さんのご自宅の距離だと思います」

「王玉蘭さんって、一体、だれよ？」

「おれの想像上の善良なる中華人民共和国人民です」

「……訊くんじゃなかったわ」

「ところで、その相原千里さんって、一体だれです？」

「少女小説家やってる妙な奴よ。まあ、日米のハーフで顔はいいんだけど」

美穂は顔を上げ、俊彦を見た。大きな目が「それ、本当？」と訊いていた。千里がハーフだということは、美穂には初耳だったのだ。

俊彦は「はい」とうなずいた。

「ペンネームは愛原ちさと。あんた、知ってる？」

「いいえ、知りません」

「よし。それでこそ男よ」

確かに男が読んでいたら怖い旧式の陶酔型少女小説ではあるが、一応、書いているのは男である。まあ、仮に性転換したところでたいして違和感のない作者ではあるが。

「中国福建省の王玉蘭さんじゃないなら、アメリカ合衆国アリゾナ州にお住まいのメアリー・スミスさんのご自宅と、田中サイコ先生のご自宅の間の距離だと思います」

この男、また適当なことをほざいているが、彩子はハッと真剣な顔になる。

「そうだわ！　日米のハーフなら、日本とアメリカにちがいないわ！　世界地図、ないっ？　世界地図！」

志木は無言で本棚を指さした。

彩子は地図帳を探し出し、定規を手にページをめくる。

「ええと……この地図がいいわね。……うーん、測りにくいわね。まあ、適当に測るとして……。横須賀からサンフランシスコあたりまで十二センチぐらいだから、実際には、ええと……」

しかし、暗算は無理だった。

「東っ！　計算機っ！」

「はい、はい、はい」

東はひきだしから計算機を取り出し、彩子に渡す。

彩子は計算機を叩き、数字を見て、すぐさま彼をしかりつけた。

「東っ。でたらめ言うんじゃないわよっ。この計算だと八千キロよっ！　これじゃ、二千里じゃないのっ！」

「だから、最初からでたらめですってばー」

俊彦の耳に「やかましい」という志木のつぶやきが届いた。真実を明らかにする気がないので、志木は彩子と東をどやしつけることができないのだ。

美穂はさりげなく彩子に助け船を出す。

「日本とベトナムの間の距離じゃない？　千里さんが生まれたのって、ベトナム戦争の頃だよね」

「そうだわ！　美穂、冴えてるじゃないのっ！」

彩子は地図帳をめくり、定規を当てる。

「ええと、横須賀とベトナムの距離は、と……。六センチ弱ってところかしらね」

きれいな指が、計算機の上を躍る。

「この地図だと、三センチあたり二千キロメートルだから、六センチだと四千キロメートル……」

そして、彩子は声をあげた。

「ああっ！　千里だわ！　横須賀とベトナムの間が、約千里なのよ！　美穂、偉いわっ！」

「わーい、ほめられちゃったー」

美穂は、てへへと笑う。

「きっと、千里の親父さんは、あの後、ベトナムで戦死してるのよっ。それで、お母さんは戦争を憎みつつ、自分と恋人との距離を生まれた息子の名にしたんだわ！」

（そうだったのか、千里さん……！）

ベトナム戦争。それは、アメリカにとっては、屈辱的な負け戦であった。

国内で高まる反戦運動、若者の徴兵忌避、そして海外からの批判。カウンター・カルチャーの高まりの中、「強いアメリカ」の幻想は無残にも崩壊したのである。

（戦地に赴く兵士の子として、千里さんは生まれてきたんだ）

それはあたかも、父親の生まれ変わりであるかのように。

しかし、千里は、おのれを望まれなかった子だと信じている。

(きっと千里さんは、お母さんの苦労を目の当たりにしつつ、自分を責めていたんだ……)

「美しい物語ができたものだ」

志木があきれたようにつぶやいた。が、それは俊彦の耳には届かなかった。

7

数日後のこと。

俊彦は池袋駅に接する西武百貨店の地下食品売り場で買ったシュークリームをぶらさげて、志木のマンションに向かっていた。

てくてく歩きつつ、彼は千里の出生に思いを馳せる。

(千里さんが、あんな悲しい運命の許に生まれてきた子供だったなんて)

たちまち、頭の中には、美しい母子の姿が浮かんできた。

若い母親は幼い息子の手を引き、夕方の横須賀新港を散歩する。潮風が彼女の髪とスカートにまとわりつく。

茶色の髪と瞳を持つ子は、母に訊く。

「ねえ、お母さん。どうして、うちにはお父さんがいないの？」

母の目に、一瞬、悲しみの色が宿った。が、彼女は笑顔を作り、優しくこたえる。

「それはね、大きなお船に乗って、遠い国に行ってしまったからなのよ」

「なんで？」

それは、南ベトナムの親米政権を敵から守るためだった。敵はベトコン——南ベトナム民族解放戦線、そして北ベトナム人民軍。すなわち、打倒アメリカ帝国主義を叫び、ベトナム民族の解放と統一を目指す共産主義勢力である。

そして、彼は戦場に若き命を散らした。

後にアメリカ軍はベトナムから撤退し、南ベトナムの首都サイゴンは陥落。民族統一を成し遂げたベトナムは社会主義の道を歩むことになる。

母は迷い、それからこたえた。

「お父さんはね、外国の兵隊さんだったからなの」

「なんで？」

くい下がる子供を抱きあげ、母もまた、だれにともなく問い返した。

「なんでだろうねぇ？」

そして、わが子に優しく頬ずりをする。彼女の目は、かすかに潤んでいた。

（ああ！　千里さんを戦いのために利用するなんて、そんなこと、おれにはできない！）

歩きながら、俊彦は苦悩する。

千里は戦争によって父を失い、そして今度は、彼自身が同性愛者解放戦線の闘争に利用されようとしているのだ。

（それに、千里さんが自衛隊に入ったりしたら、千里さんのお母さんは悲しむにちがいない！）

勝手にそんなことを考えつつ、俊彦は角を曲がった。

そして、数十メートル先に志木のマンションを見たときだ。彼の心臓は止まりそうになった。

その妙に洒落た外観の七階建てマンションの屋上のフェンスによじのぼっている人影があったのだ。しかも、それは——。

（千里さん！）

自殺。その言葉が頭の中に、どす黒く広がる。

俊彦は駆け出した。

（止めなくちゃ！　止めなくちゃ！）

涙ぐみながらも、彼はおそろしく完璧なフォームで駆けた。不本意ながら、彼は運動神経抜群なのである。

運よく、マンションのエレベーターは一階に停まっていた。これは神の思《おぼ》し召しか？

俊彦は飛び込み、ボタンを押す。

（早く、早く、早くっ……！）

最上階まで行き、さらに非常階段をのぼり、屋上に出る。

（間に合った！）

まだ、千里は屋上にいた。しかし、すでにフェンスの向こう。わずかなスペースにたたずんでいる。

「千里さん！」

俊彦は彼の名を呼んだ。

千里はビクッと身を震わせ、振り返った。そして、そのまま立ちすくむ。

俊彦は覚った。刺激してはいけない。刺激しないように、なにくわぬ顔をして、おびきよせるのだ。

傍《はた》から見れば、まるでサルの餌づけである。

俊彦は苦労して笑顔を作り、のんびりと言う。

「なにやってるんですか？　あぶないですよ」

言いながら、ゆっくりと近づいてゆく。

千里は戸惑いを隠せぬまま、ふたたび下界に目を落とし、暗い声で言った。

「べ、べつに……」

（千里さん、行かないでくださいっ！）

強く、強く、祈るように思う。

そして、とっさに彼はシュークリームの入った袋をかかげ、千里に言った。

「今日は千里さんの好きな甘辛団子を買ってきたんです」

「えっ？」

情けないことに、だが案の定、千里は顔を上げた。

さあ、死の誘惑と甘辛団子の誘惑、どちらが勝つか？

俊彦はフェンスの前で足を止め、殺し文句を吐いた。

「志木さんたちに内緒で、ここでみんな食べちゃってもいいですよ」

「えっ？　ほんとっ？　ほんとにいいのっ？」

自殺を考えた人間とは思えない明るい表情で、千里はフェンスにつかまり、訊いてくる。

「三十本ありますから、何本でもどうぞ」

「わーい！」

たちまち千里はフェンスに飛びつき、よじのぼる。そして、身軽にこちら側にひらりと飛びおりた。

大成功である。

俊彦は、千里の手首をガシッとつかんだ。

「え？」

いぶかしげな顔をする千里にはかまわず、俊彦は駆け出す。一刻も早く、この魔の場所を離れたかったのだ。

「ちょ、ちょっと、トシちゃんっ！　どうしたんだよっ？　い、痛いよっ！」

そのまま階段を駆けおり、彼は四階の志木の家まで千里を引きずっていった。ドアを開け、千里を引っぱり込む。ここで初めて、ちょっとだけ安堵した。

「なんなんだよっ。トシちゃん、いきなり……」

息をはずませる千里を、俊彦は無言でにらみつけた。

「あ……」

俊彦の様子に、能天気な千里もさすがに尋常でないものを感じたのだろう。疑惑、そして恐怖の色が、表情に表われる。

「あ、甘辛団子は、嘘だったんだね？　ぼくをおびきよせるために、トシちゃん、嘘をついたんだねっ？」

台詞のまぬけさ加減とは裏腹に、おびえた顔は完璧に美しかった。それだけに俊彦は、怒りに近い悲しみで頭がクラクラした。

千里は、おのれの美を自ら破壊しようとしていたのだ。

（あなたは、この地上におれを残して、逝ってしまうつもりでいたんだ。なんて残酷な人だ、あなたは……）

喉許までこみあげてきている言葉を、どうしても吐き出すことができない。

その間に千里はこっそり靴を脱ぐと、中に逃げ込もうとした。

しかし、とっさに俊彦はその腕をとらえ、グィと引きよせた。力では、千里などは俊彦の敵ではなかった。

おびえた小動物のように身を堅くし、千里は助けを求める。

「志木ぃっ！　来てよぉっ！　トシちゃんに殺されるよぉっ！」

（なにが、殺されるだっ！　自殺しようとしてた人が！）

こみあげてきた激しい怒りを、俊彦は相手にぶつけた。

「千里さんのバカッ！」

バシッ！

激情に駆られてはいたが、一応、俊彦としては目が覚める程度にひっぱたいたつもりである。

そもそも、この手のシーンは、たびたびドラマや漫画で使われ、それは常にストーリーの流れをよい方向に導くではないか。たとえば「トシちゃん、ありがとう。ぼくは間違っていたよ。おかげで、目が覚めたよ」といった返答を相手から得られる等の。

まあ、暴力をふるわれて初めて相手の誠意に気づくとは相当のたわけだが、実際この手のキャラクターが結構幅をきかせているのだから、作り物の世界は恐ろしい。

ところで、そのたぐいのシーンを現実で再生するには、俊彦はあまりにも力がありすぎた。

千里は簡単にふっ飛び、壁に打ちつけられ、そのまま床にくずおれてしまったのである。

目が覚めるどころか、千里は気を失っていた。

（あ……）

俊彦の目に、もう取り返しのつかない現実が映る。

きれいな明るい色の髪が床の上で波打っていた。繊細な形の眉が悲しげに、かすかにひそめられている。

打たれた側の唇の端から、血がひとすじ落ちていった。

俊彦は、動かなくなった千里を茫然と見つめていた。

これまで限りなく大切に大切にしてきた存在を、あっけなく傷つけてしまった……。

自分がやらかしてしまったことを、信じたくなかった。

「トシちゃん。たまにはこいつ、殴るのもいいけど、手加減はしようね」

妙に醒めた志木の声に、はっと我に返った。

いつの間にか、この場に志木と彩子と美穂が顔をそろえていた。

気絶している人が珍しいのか、あるいは、どうしたらいいのかわからないのか、それとも、動かさないほうがいいと判断してか、三人は距離をおいて千里をながめているだけだ。

彩子は顔を上げると、俊彦に言った。

「この子、結構おバカだけど、一応は美形なんだから、乱暴に扱うんじゃないわよ」

それから千里に目を戻すと、しみじみとした口調で、

「それにしても、気絶しても絵になる男よね。カメラ持ってきて、記念撮影したいぐらい

だわ」

まったくの他人事である。

美穂の反応は、この三人の中では一番まともだった。

「トシちゃん、どうしちゃったの？　千里さんに手を上げるなんて……」

自分のやらかしたことの重さが、さらにじわじわと感じられてきた。

おのれの野蛮な行為を悔い、涙しながら千里を抱き起こしたいところだったが、俊彦はその衝動を抑えつけた。ここでコロッと態度を変えては、あれほど取り乱した数十秒前の自分がかわいそうではないか。

よって冷静を装い、彼は言った。

「千里さん、自殺しようとしてたんです。屋上のフェンスを越えたんです。でも、おれ、なんとか思いとどまらせたんです」

「思いとどまらせた？」

怪訝《けげん》そうな顔をした志木に、俊彦は打ち明ける。

「甘辛団子を買ってきたって言ったら、千里さん、喜んで戻ってきました」

三人ともなにか言いたげだったが、とっさに声が出ない様子である。

ややあってから、美穂がだれにともなく訊いた。

「普通、死のうとしていた人が、甘辛団子で思いとどまるものかなぁ？」

「相原千里の辞書に『普通』という文字はなくってよ」

（彩子先輩、千里さんのことが言えるんですかっ？）

こんなときだというのに、つい俊彦はヒミツのツッコミを入れてしまう。

志木はやにわに千里の横にしゃがみ込むと、ペチペチと彼の頬を打った。

（ああっ！　志木さん、なんて乱暴な！）

しかし、すでに俊彦は志木の行為を批判できる立場ではない。

長い睫毛《まつげ》がかすかに震え、まぶたが開いた。

千里は志木の顔を認めると、かすれ声で告げた。

「志木ぃ。ぼく、なんだかよくわからないけど、トシちゃんに嫌われちゃったらしいよ。どうしよう……」

その目に、ジワッと涙が浮かんできた。

俊彦は、平伏《ひれふ》して許しを乞いたいところをグッとこらえる。

「おまえ、屋上のフェンスを越えたんだってな。自殺しようとしてたのか？」

「えっ……？　ち、違うよぉ」

千里はあわてて否定したが、動揺しているのは明らかだった。それをごまかすように、彼はのろのろと身を起こすと、口の端の血を手の甲でぞんざいに拭った。

志木は容赦なくさらに問う。

「自殺でなければ、なにをしてた？」

すると、千里は観念したらしく、もじもじと告白した。

「ただ、フェンスの向こうに五百円玉が落ちてたから……拾いにいっただけだよ」

「ええっ！」

俊彦は蒼くなった。

千里は自殺を図ろうとしていたわけではなかったのだ。わざわざ危険をおかして五百円玉をネコババしただけだったのである。

道理で、見つかったとき、動揺していたわけだ。

「せ、千里さん、許してくださいっ！」

ついに俊彦はガバッと平伏した。

「おれ、千里さんが自殺を図ろうとしているのかと勘違いして……。千里さんだまして、おびきよせて、それから、なんだかムシャクシャして……」

「それで、ぼく、ひっぱたかれたの？」

「許してくださいっ」

「もーっ。トシちゃん、ひどいや」

抗議する千里に、志木は宣告する。

「悪いのは、おまえだ」

「な、なんでだよぉ」

「シリアスぶって、暗いことを言うからだ」

「いつ、ぼくがシリアスぶって暗いことを言った？」

「昔から言ってるじゃないか。望まれなかった子うんぬん、だ」

「えーっ。あれって、そんなに強烈だった？　やだなぁ」

あろうことか、千里は照れ笑いなんぞをする。

「やだなぁ、じゃない。バカが。おのれの出生について、ちゃんとトシちゃんに説明し直せ」

「えーっ！」

「いやなら、おれがきちんと話しておく」

「やだっ！　やめろよっ！」

どうしたわけか千里は赤面し、激しい口調で志木を制した。やはり彼の出生には尋常でないなにかが隠されているらしい。

「わかったよっ。自分で話すよっ」

ついに千里は言い放った。

一同はどやどやとリビングルームに移る。

千里は、しぶしぶといった顔で、語りはじめた。

「高校三年のときだったんだけど――」

それを知ってしまったのは、千里が十七歳、高校三年生のときである。

夏休みの教室で、彼は担任の教師を前に、母親と椅子を並べていた。生徒・教師・親が進路について話しあう、三者面談だ。

ほっそりとした美しい母親は、その日、淡い水色のワンピースを着ていた。夏の明るい陽射しの中、彼女だけはどこかはかなげで、消えてしまいそうな印象があった。

担任の若い男性教師は、千里が提出した進路調査票を見ながら切り出した。

「相原は、ええと……家業手伝いか」

「なにぃっ？」

とたんに母は鋭い声をあげて立ちあがり、進路調査票をのぞき込んだ。膝の上に載せていた白いつば広帽子が、はらりと床に落ちた。

一見はかなげな彼女の異様な迫力に、担任はひるんだように身を引いた。

だが、千里は驚愕の母にニコニコと告白した。

「ぼく、卒業したら、母さんの店、手伝うよ」

「冗談じゃないよっ！」

母は激しく言い放った。

てっきり喜んでもらえるものと信じていた千里は、困惑した。

「い、いやなの？」

「よく考えて物をお言いっ！　息子なんかがそばにいたら、男にもてなくなるじゃないかっ！」

大変わかりやすい理由ではあったが、彼はムッとしてはねのけた。

「母さんに変な虫がつかないように監視するのが息子の役目だよ」

「わかったふうな口きくんじゃないよっ！　本当は楽したいだけだろっ、おまえは！　就職するのが、いやなんだろっ？」


教師はおびえつつも、果敢にも母親をなだめにかかった。

「ま、まあ、相原さん、一応、千里君の希望も聞いてあげてください」


しかし、その間に、息子のほうがエキサイティング。

「な、なんだいっ！　片親だと就職するのに不利なんだぞ！　差別されるんだぞ！」

「就職差別うんぬんを論ずるなら、男に生まれたことをありがたく思いなっ！」

「な、なんで、わざわざありがたがらなくちゃならないんだよっ！　ぼくだって、産んでくれってたのんだわけじゃないのにっ！」

「このクソたわけがっ！　あたしの腹ん中で自主的に受精したのを、おまえはもう忘れたのかいっ？」

口論はいきなり、生物か保健体育の講義の様相を帯びてきた。

「な、なに言ってるんだよっ。覚えてるわけないだろっ！」

めちゃくちゃな母の言い分に、千里はあやうく戦意喪失するところだったが、これではいかんと思い直し、まくしたてた。

「こんな土地で、こんな顔で生まれてきたぼくが、日本人の母親と二人暮らしで、一度も辛いって感じたことがないとでも思ってるのかよっ？　顔見りゃ、父親はアメリカ兵だってことは明らかじゃないかっ！　顔に『ぼくは父親に棄てられました』って書いてあるも同じなんだよっ！」

　これまでの人生、ハーフであるがゆえに常に辛い思いをしてきたわけではないが、頭の中には、口げんかで母に勝つことしかなかった。よって、おのれの本心はさておいて、千里は続けた。

「だいたい、あんたも親父もいいかげんだっ！　終戦直後のGIとパンパンじゃないんだから、ちゃんと先のこと考えてガキ作れよっ！」

　バシッ！

　ついに母の怒りの平手打ちが、千里の頬に飛んだ。

　よろめいて机にすがりついた息子の前に母は仁王立ちになり、怒鳴りつけた。

「あのとき、コンドームが破れさえしなけりゃ、あたしだって妊娠せずにすんだんだよっ！」

　母親の下品な台詞が自分の出生に結びつくものだと千里が理解するまで、数秒を要した。若い教師は完全に凍りついていた。つくづく恐ろしい現場に立ちあってしまったものだ。

　千里は唇を震わせながらも、言葉を吐き出した。

「う……嘘だっ」

「嘘じゃないよっ！　その証拠に、おまえの名前は破れたコンドームの商品名から取ったんだからね！　ただし、その〈千里〉ってやつは、もう製造中止になってるみたいだけどさ！」

　さらなるショックで、全身が震えた。

「うっ……嘘だっ！」

「なんなら、メーカーに問い合わせてみな！　十七年と十月十日前、〈千里〉って商品名のコンドームを売ってなかったか、ってね！」

　勝ち誇ったように母親は言い切ってから、妙に冷静な声でつけ加えた。

「おまえに名前をつけたときには、あたしもヤケだったんだ。製造中止になってくれて、本当によかったよ」

　千里は心で叫ぶ。

（嘘だ！　嘘だ！　嘘だ！）

　すでに、父親については、過去に母から聞かされていた。

　子供ができたことを告げたところ、彼は結婚を約束した。しかし、子供が生まれる前に、彼は帰国してしまった。実は、アメリカにはすでに妻と子がいたのである。

　ひどい父親だとは思っていた。

　いや。もう、父親だなどとは思っていなかった。自分にとっては、ただ単に命をくれた赤の他人だった。

　一方で、千里はいいかげんな父にだまされた愚かな母を愛しいと感じてもいた。だからこそ、母一人子一人で幸せだったのに……。

（ぼくは、父親にも母親にも望まれてなかったんだ！　しかも、母親は、このぼくに破れたコンドームの商品名をつけていた……！）

ああ、なんという悲劇！

そのうえ、製造元は非情にも〈千里〉を製造中止にしてしまったのだ！（が、この事実に限っては、千里は少しの衝撃も受けてはいなかった）

「嫌いだ……」

千里はつぶやいた。涙がポタポタ落ちた。

夏の強い陽射しも、セミの声も、妙に白々しく感じられた。

そして、彼はふらりと立ちあがると、

「母さんなんて、嫌いだっ！」

吐き捨てるように言い放ち、教室を飛び出した。

ここで母がテレビドラマなどでよくあるように「千里っ！」と一声名を呼んで追ってくるのではないかと、彼はひそかに期待したのだが、母は追ってはこなかった。これが、母子の断絶の始まりだった。

担任は最後まで硬直していた。使えぬ男だった。

そんなわけで、千里は家業手伝いの道を断念せざるをえなかったのだ。

そして、高校卒業後には、彼は横浜に移り住み、バーテンダーとして生計を立てることになったのである。

千里は語り終えた。

俊彦は身も心も凍りついていた。普段の千里からは想像もつかない凄絶な出生の秘密を知ってしまい、衝撃を受けていたのだ。

彩子も美穂も、そしてすでに千里の出生の秘密については知っていた志木も、無言だった。

千里は反応をうかがうように、緊張した面持ちで友人四人を順繰りに見つめた。が、四人はただ、沈黙したままテーブルの上に視線を落としているだけだ。

やがて、彩子の肩がフルフルと震え出した。かと思ったら、なんと彼女はプッと吹き出したのである。

「や、やだ、彩子さん。笑っちゃ、千里さんがかわいそう──」

美穂の台詞も、最後のほうは笑いと化した。

すでに彩子はテーブルを拳でダンダン叩き、遠慮なく笑い転げている。「千里ってば、まぬけー」とか「最高っ」とか「偉いっ」とか、けなしているのだかほめているのだかわからない台詞を間に入れつつ。

その光景は、俊彦の目には異世界の出来事のように映っていた。彼の心は完全に外界の情報を拒否していたのである。

そんな心の中にまた別の感情が生まれてくるのを、彼は感じていた。

見かねた志木が、彩子と美穂をたしなめる。

「二人とも、笑うんじゃない」

「先生、笑いながら言わないでくださいよっ」

「おれはそんなに笑ってないぞ」

「でも、先生、この話聞いて笑うのって、二度目でしょっ？」

彩子の豪快な笑い声をバックに、志木と美穂は笑いを殺そうと、無駄な努力を続ける。

彼らの反応に、千里は瞳を潤ませ赤面しながら、憮然として言った。

「だから、言いたくなかったんだよっ」

なかばあきらめたような口調でもある。

そこに、慰めのつもりなのか、彩子が笑いながら、

「こんな面白おかしい生まれって、ほかにないわよ。あんたも暗くなってないで、笑いなさいってば」

「笑えるかよっ！」

間髪容《い》れず拒否した千里があまりに真剣だったので、それがまた三人には異様にうけてしまう。

千里は途方に暮れた面持ちで、俊彦に言った。

「トシちゃんも我慢してないで、笑っていいんだよ。ぼくはもう、怒らないから」

俊彦はハッとした。そして、おのれの心に満ちている感情の正体を知った。

「いいえ、千里さん。笑うだなんて、とんでもありません。おれ、正直言って感動しました」

そう。

その思いは、熱き感動だったのである。

俊彦の言葉に、彩子たちの笑い声は引きつった。

「感動？」

「だって、生まれる以前に命拾いしていたなんて……。やっぱり、千里さんは、この世に生まれなくちゃいけない人だったにちがいありません。千里さんは、この世界そのものに望まれて生まれてきたんですよ」

べつに、おべっかでも口からでまかせでもない。俊彦は本気だった。

千里は俊彦を見つめた。

彩子も志木も美穂も、すでに笑うのをやめていた。まあ、あれだけ派手に笑えば、いいかげん満足してもいい頃だろう。

俊彦は言った。

「世界が千里さんの作品を望んでいるんです。だから、書いてください。辛くても投げ出さないでください」

「トシちゃん……」

お美しいシーンが、いっちょあがり。

彩子たちは拍手した。ムードに流されてしまうのが一番無難な道だと判断したらしい。

おまけに、この拍手は結構いい効果をもたらしたようで、千里はいたく満足した様子で言い切ったのだ。

「やっぱり、ぼく、がんばって書くよ。自衛隊に逃げるのはやめるよ」

「そうです！　自衛隊になんか入ってはいけません！　ファンが泣きますっ！」

俊彦は力を込めて言った。

とたんに彩子はハッとした顔になり、拍手をやめる。

そして、つぶやいた。裏切り者、と。

こうして、とうとう（と言うか、あっけなくと言うか）彩子の野望はくずれ去ったのであった。

8

群馬県北部に水源を持ち、関東平野を走り、太平洋にそそぐ利根川《とねがわ》。日本一の流域面積を誇るその雄大な流れはまた、坂東太郎《ばんどうたろう》の名でも親しまれている。

群馬県前橋市、そんな利根川の河原を、偉丈夫というべき立派な体格の若者が駆けていた。

一九〇センチを越す長身、広い肩、厚い胸、そして、あまり目つきのよくない悪役顔——すなわち俊彦であった。

「うおおおおーっ！」

この雄叫びこそは、彼が東京ではずっとデリケートな心に秘めていたものだった。

熱い感動の涙を散らし、古《いにしえ》の坂東武者もかくやと思わせる迫力で河原を走る彼の姿は、傍から見れば、とっても怖かった。

釣り人のおっさんも、川遊びの小学生も、草むらのカップルも蹴散らして、彼は走る、走る、走る！

（コンドームが破れたおかげでこの世に生を享けることができただなんて！　コンドームが破れたおかげでこの世に生を享《う》けることができただなんて！　ああ！　あの美しい人が、コンドームが破れたおかげでこの世に生を享けることができただなんてーっ！）

その感動は、熱い涙となり、熱い雄叫びとなり、怒濤のごとくほとばしる。

「うおおおぉぉぉぉーっ！」

まさに「兄貴」の世界である。

（千里さんの存在が、偶然の事故によるものだったなんて！）

感動の絶頂で、いきなり彼は枯れ草に足をとられた。

「あっ！」

とっさの叫びだけは美少年レベルをクリアしていたが、倒れ方はリングの上のレスラーだ。

ドッと全身を打ちながらも、彼はそのまま余裕でさめざめと涙を流しつづけた。どこまでも丈夫な男である。

（千里さん……）

二十六年と十月十日前、あるカップルの間でコンドームが破れるという事故があった。男の側に責任があったのか、女の側に責任があったのか、今となってはその真相は闇の中である。

あるいは、ひょっとしたら、メーカーの責任なのかもしれない。購入日と購入店名を書き添えたうえでその使用済みの不良品を製造元の「お客様相談室」に送りつければ、新品と取り替えてくれたのかもしれない（そんなもの送りつけられたお客様相談室も、たまったものではないが）。

しかし、この事故を俊彦は輝かしき神の御業《みわざ》と信じた。

（神様、あの日〈千里〉という商品名のコンドームを破ってくださって、本当にありがとうございます！）

彼は顔を上げ、空を見た。

西の空は、夢のように美しい茜色だった。涙で夕日がにじんでいた。

（神様……おれは、もう、あなたに望むことなんて、ひとつもありません！　千里さんに命を与えてくださっただけで、もう、充分です！　もう、本当に……充分です……！）

今の彼にとって、この世は至福に満ちていた。困難なことなどひとつもなく、望みはなにもかも自分の力で実現できると思えた。

すでにこの地上に、生まれるはずのなかった命が生まれているのだ。ここまで困難なことが、実現しているのだ。

(神様、この世界にあの人をもたらしてくれたことを心から感謝します)

俊彦にとって、千里はまさに天から地上に与えられた最高のプレゼントだった。切ないほどの喜びの中、彼は神に感謝し、そして心から神を愛した。ビンボー教の貧乏神を、ではない。全知全能の神を、である。

ちなみに、なぜ俊彦が利根川の河原にいるのかというと、なんとなく利根川気分だったので、帰省したついでにここに来てしまったというだけだった。東京の神田川や隅田川などの軟弱川では表現しきれない熱い思いを、彼はその胸にいだいていたのである。

木々の香りする空気の中、千里は甘辛団子を前にニコニコしながら手を合わせた。

「いっただっきまーす」

俊彦のおごりだった。千里をだましたうえにひっぱたいてしまったことを彼は死ぬほど後悔し、お詫びのしるしに甘辛団子食べ放題を約束したのである。

ここは井《い》の頭《かしら》公園の茶店。

彩子、志木、美穂も一緒に木陰のテーブルを囲んでいる。

千里はうれしそうに一本目をたいらげると、間髪を容れず二本目にとりかかる。

「トシちゃんにぶたれて、得しちゃったなー」

「意地汚くがっつくな。少しは遠慮しろ」

隣の席でたしなめた志木に、俊彦は言う。

「いいんです、志木さん。お詫びのしるしなんですから」

「そうそう。部外者は黙ってろって」

両手に団子で得意そうに言う千里に、志木は重々しく言い捨てる。

「社会人が学生にたかるなというのだ。アホが」

「たかってなんかいないもん」

「同じことだろうが」

俊彦は困りはててしまう。

千里に振りまわされても甘えられても、わずらわしいどころか、むしろそれが彼にとっては喜びなのである。しかし、俊彦のことを思い遣って千里をたしなめてくれる志木の心遣いもまた、うれしい。

志木の横では、美穂があんみつを食べている。時々、向かいの席の彩子と見つめあっては、意味ありげな視線を交わしあう。

モーションかけてはサッと引き、いちゃついてはまた離れ、相手を焦らし、また、自分も焦れる。それを繰り返しているうちに、きっと、この二人はまた、ちょっとしたきっかけで冷戦状態に入ってしまうことであろう。

「おまえは、いつまで経ってもガキだな」

志木は苦々しげに言い、千里はガキのような口調で、

「ガキじゃないもんっ」

すると、俊彦の隣で抹茶のアイスクリームを食べていた彩子が、からかうように言った。

「そうよねぇ。千里はガキじゃないもんねぇ。ジャスミン文庫の宮沢さんと、結構いいムードだったもんねぇ」

「え？　や、やだ。違うよぉ」

あからさまにうろたえた千里を見て、俊彦の心に疑惑が芽生える。

彩子は意地悪く攻める。

（まさか、図星？）

「うろたえるところがまた、怪しいわよねぇ」

「だって、宮沢さん、もう結婚してるもん」

「え？」

彩子はスプーンを持つ手を宙で止めた。

「学生結婚で、すでに三年目だよ」

（ええーっ！）

意外や意外、宮沢はミセスだったのだ。

これは、彩子からすれば、まったくの「対象外」である。彼女は人妻を好まない。

「…………」

彩子の顔面に、複雑な表情が形成された。

くくっ。真性レズビアンを自称して二十四年目のこのわたしが見誤るなんてっ……。これでは、ご先祖様に申し訳が立たないわっ。かくなるうえは、巨大化して街を踏みつぶし、鬱憤を晴らしてやろうじゃないのっ。

――と、俊彦はひそかに、彩子の表情に台詞をつけてみた。安堵すると同時の精神的余裕である。

向かいの席で、美穂はニヤニヤしている。

彩子は、すっくと立ちあがった。

「美穂、ボート乗りましょ。ボート」

「だめよ、彩子お姉様」

「いやなの？」

「ううん」

美穂はかわいらしく首を振ってからこたえた。

「井の頭公園ではね、カップルでボートに乗ると必ず別れちゃうってジンクスがあるんだよ。弁天様に嫉妬されて引き裂かれちゃうんだって」

しかし、それは、男女の場合をいうのであろう。まあ、井の頭池の弁天様が百合族であったなら、話は別だが。

「面白いわ。嫉妬してもらおうじゃないの」

つぶやくと、彩子は財布を取り出し、美穂と自分の分の代金をテーブルの上に置いた。

「さあ、美穂、行きましょ」

「もうっ。怖いもの知らずなんだからっ」

美穂は笑いながら、彩子についてゆく。

この仲のよさがつかの間の平和とならないことを、俊彦は祈った。

「千里、おまえに渡すものがあったんだ」

やにわに言うと、志木はなにかを取り出した。それは、一枚の茶封筒。

「なに？」

「おまえの写真」

千里は封筒を受け取る。そして、中身を目にするなり、彼はすっとんきょうな声をあげた。

「うっわーっ。これ、いつのー？」

「知りあったばかりの頃だから、五年前だな。机を整理したら出てきたんだ。焼き増ししておきながら、忘れていたらしい」

「ひゃーっ。昔の志木も写ってるーっ。若いーっ。この頃って、十八？　十九？」

「まだ、十八だな。夏頃だから」

「今のトシちゃんよりも若いんだ！」

千里は面白がり、写真を俊彦に渡す。全部で四枚あった。

見たとたん、俊彦は感動のあまりめまいを感じた。

（ああ、二十一歳の千里さんだ！）

それは、バーテンダー時代の千里だった。四枚とも、カウンターに立っている写真だ。きちっとアイロンのかかったワイシャツに蝶ネクタイ、それに、黒いベスト。髪は短く、オールバックだ。今とはまったく違い、アダルトな雰囲気である。

撮影は、おそらく開店前だったのだろう。

カウンターの中から生真面目な顔でVサインを出す千里、中年のバーテンダーと並んで笑っている千里。いきなり撮られたらしい、物憂げな顔で煙草をくゆらせている千里。

そして、志木と並んで写っている千里。志木はカウンターの手前、千里は中にいる。

志木は眼鏡をかけていない。千里とは違い、今よりもきっちり五年分若く見え、表情もどこか幼さを感じさせる。

志木は幸せそうに笑っていた。そして、千里も。

（やっぱり、千里さんと志木さんは、昔からお似合いだったんだ！）

動揺を隠し、俊彦は千里と志木に訊いてみる。

「どういうきっかけで、知りあったんですか？」

「見ての通りだよ。出会ったときは、バーテンダーと客」

写真を受け取りながら、千里はこたえた。

二人の出会いのドラマはどんなものだったのか、俊彦は大いに興味をそそられた。が、そこまで訊き出そうとしては、千里への想いや、志木に対していだいてる焦燥感まで見透かされるような気がして、彼は訊けなかった。

千里は甘辛団子七本で満足したようだ。

「ごちそうさまでした」

俊彦に手を合わせると、立ちあがり、

「ボートのほう、見てくるね」

と、軽やかな足どりで行ってしまった。ピクニック気分で浮かれているのか、いつにも増して落ち着きがない。

二人きりになってから、それを待っていたかのように、志木は真剣な面持ちで切り出した。

「トシちゃん、実はね――」

「は、はい？」

一瞬のうちに、俊彦は緊張する。

「あの写真、間違えて余計に焼き増ししちゃったらしくて、余ってるんだ」

志木はまた一つ、茶封筒を取り出した。

入っていたのは、さきほどの四枚のうち、千里だけが写っている二枚だった。Vサインのと、物憂げな表情のだ。

「よかったら、これ、あげるよ」

「え？」

俊彦はギクリとした。

なぜ、志木は千里の写真をくれるというのだ？

（もう、志木さんにはばれてる？）

背筋がサーッと冷たくなっていった。それと同時に、激しい欲望も湧いてくる。

（その写真、ほしい！）

そして、たちまちにして、ジレンマにおちいる。

（けど、ほしいと言ったら、おれの気持ちがばれてしまう！　でも、ほしいっ！　死んでもほしいっ！）

ああ、青春はアンビバレンス。

（どうせ、もう、志木さんには、ばれているんだ！　ほしいものは、ほしいと言うべきだ！　ここでもらっておかないと、あとで後悔するぞ！）

だが「ください」の一言を言う勇気がない。

志木は静かに言った。

「ほしくないわけじゃないよね？」

「………」

否定できなかった。

もう、ばれたのは確実だ。

「とにかく、あげるよ」

志木は写真を置いたまま立ちあがり、代金を払いにいってしまった。

（ばれた！　志木さんにばれてしまった！　おれは、なんてバカなんだ！）

相手は、彼が目下最大の脅威を感じている志木である。

しかし、俊彦は動転すると同時に、喜びでクラクラしていた。

（ああ！　五年前の千里さんの写真だ！）

感動に震えつつ、ふたたび写真を手にとる。

（千里さん……五年前から、美しい！）

ギュッと抱きしめたくなるのを、なんとかこらえる。

名残惜しさを感じつつ、俊彦は写真を封筒に収めた。帰ったら好きなだけおがめるのだと、おのれに言い聞かせて。

それにしても、志木の真意はどこにあるのだろう？

写真をくれたのは、単なる親切か？

それとも、鎌をかけて俊彦の心を探っただけなのか？　だったら、俊彦は見事引っかかってしまったことになるが。

あるいは「敵に塩を送る」というやつか？　そして、それが俊彦に対する志木のライバル宣言なのか？　だとしたら——。

（だとしたら、おれが志木さんに勝てるわけがない！　志木さんみたいにかっこよくて美しくて頭がよくてクールで才能があって経済力がある人には！　きっと、千里さんは志木さんに夢中になって、おれのことなんて忘れてしまうんだ！）

またしても、ライバルにおののく俊彦の心の叫びは、大昔の少女漫画の主人公（ドジでおっちょこちょいを売りとする）のノリである。

しかし、志木と千里のハッピー・エンディングなど、可能性の低さでいえば、同性愛者解放戦線が政権をとるのといい勝負であろう。

ところで、その頃、斜陽社ミント文庫編集部には、矢野俊彦先生あてのファンレターが続々と届いていた。

〈電脳商人越後屋①〉『帝国のお代官様』を読んだ人々からの感激のお手紙である。

今や俊彦はセクシュアリティ（性的指向）以外の面でも彩子のお仲間となりつつあったのだ。すなわち——。


シリアス……愛原ちさと、志木昴、東龍児。

ギャグ……田中サイコ、国分寺ジュリー、矢野俊彦。

ダークホース……清原鈴子。

千里はシリアス、俊彦はギャグ。

この二つのジャンルの間にあるものは、たとえれば朝鮮半島三十八度線。つまり、愛する男は国境の向こう。しかも、イデオロギーも異なって……。

とかく人生とは思い通りにはゆかぬもの。

そうだ。

人生には山あり谷あり、罠あり墓穴あり、修羅場あり締め切りあり。おまけに、ノンセクシュアルの憧れの君あり、横暴なレズビアンのお姉様あり、バイセクシュアルのライバル（?）あり……。要するに俊彦の人生は「なんでもあり」。

そして、そんな「なんでもあり」の人生を生きる彼は、美しくしたたかな大人たちに翻弄されて、十代最後の何ヵ月かをあがいて浪費していたのであった。

第三話
エビスに死す

「ねえ、志木《しき》」

真性レズビアンを自称するギャグ漫画家、田中彩子《たなかさいこ》氏は、親友であり同業者でありバイセクシュアルである志木昴《すばる》氏に向かって切り出した。

「あんた、いつも恋人ってどこで見つけるのよ？」

「そこいらで、適当に」

鍋の中のビーフ・ストロガノフを玉杓子で静かにかきまぜながら、志木は簡潔にこたえた。

ここは、彼のマンションのキッチンである。

彩子が一升瓶入りの国内産赤ワイン持参で遊びにきて、料理を要求したので、志木がこうしてキッチンに立っているというわけだ。

「そこいらって、どこいらよ？　べつに、あんた、二丁目に通ってるわけでもなさそうだし」

ゲイの街、新宿二丁目。そこに集まる者は、その街を簡潔に「二丁目」と呼ぶ。

「特定の場所などない。普通に生活していれば、自然に見つかるものだ」

志木は湯気で曇った丸眼鏡を外してエプロンのすそで拭きながら、クールにこたえた。

「なんか、あんた、いちいち癇《かん》にさわる言い方してくれるわよね。ひょっとして、もてることを鼻にかけてない？」

するとと志木はふたたび眼鏡をかけ、彩子をまっすぐに見て訊いた。

「おまえは、また、女の子にふられたのか？」

『また』とはなによっ！『また』とは！」

たちまち気色ばんだ迫力の美女を恐れることもなく、志木は真面目な顔でこたえる。

「おれが事実を述べたことがおまえの気にさわったのなら、謝ろう。すまなかった」

下手《したて》に出ながら相手にダメージを与えるのは、志木の得意とするところだ。

「あんた……けんか売る気？」

「いや。ただ、ひとつ忠告はさせてくれ」

きっぱり否定してから、志木は続ける。

「おまえは、パートナーを釣る場所を他人から聞き出す前におのれの性格を改善すべきだとは思わないか？　いかによいポイントに釣り糸をたれても、エサがまずけりゃ、魚は釣れまい」

「な、なんですってぇ？」

彩子が好戦的な声音で応じる。いつものことだ。

「偉そうな口きいてくれるじゃないの。ええ？　この淫乱バイセクシュアル兄ちゃんは」

「…………」

一言も発しないまま、志木は額に青筋を立てた。

性生活以外ではとことん潔癖である彼は、多情であることを指摘されると、十中八九は戦闘態勢に入ってしまうのである。

「トシみたいにいい男を、あんたなんかに紹介するんじゃなかったわ。あんたの視界に入れるのさえ、もったいない」

彩子が大学の後輩の名を出せば、志木のほうは、

「おれも、美穂《みほ》ちゃんをおまえに会わせたことを後悔しているところだ」

と、美少女アシスタントの名をかかげて反撃する。

「バカ言うんじゃないわよ。わたしのようないい女と巡りあえたなんて、美穂は幸運だったわ」

「そこまで言うのなら、美穂ちゃんを傷つけるな」

「いつ、わたしが美穂を傷つけたっていうの？」

「ほかの女の子にちょっかい出すなら、最初から美穂ちゃんにモーションかけるなというのだ」

どうやら、さきほどから志木はこれを言いたかったらしい。

ところが、彩子はフフンとせせら笑うと、

「あらぁー、偉そうなこと言ってくれるじゃないの。セックスの相手は常に男女とりまぜて何人もいる男が」

志木の顔が、サーッと蒼ざめていった。事実だったからだ。

鍋がグツグツと音を立てている。まるで志木の怒りの度合を表わす効果音だ。

二人はにらみあう。

ここまで来たら、一歩も引けぬ。いや、両者とも引っ込みがつかなくなっていると言うべきか。

これから楽しい宴だというのに、けんかをおっ始めるなど、愚の骨頂。それはお互いわかってはいるのだが、短気な者同士、自分より相手が悪いのだと信じているのだから、始末が悪い。

緊張の中、二人の心に後悔が芽生えはじめた頃、ビーフ・ストロガノフの香りがわずかに変化した。

彩子はハッと鍋を見やり、シリアス声で志木に告げる。

「料理、焦げてるみたいよ」

志木はあわてて鍋をかきまぜた。底のほうでゴリゴリと音がし、焦げくさい空気が一層濃くなった。

二人の戦闘意欲は、風に吹かれた霞《かすみ》のように散ってしまった。

彩子は毒気を抜かれた様子でため息をつき、志木は悲しげな面持ちでつぶやいた。

「くだらん争いに、無用の犠牲を払ってしまったな」

「気を落とさないで、志木。犬もしくは千里《せんり》なら、喜んで食べてくれるわよ。きっと」

彩子は美しい年上の友人の名を出し、志木を慰めた。


キッチンに二人の漫画家がいれば、リビングルームには二人の小説家がいた。

少女小説を書いている相原《あいはら》千里と、少年小説を書いている矢野《やの》俊彦《としひこ》である。

千里は床に寝ていた。寝転がっているのではない。本当にスヤスヤ眠っているのだ。仕事で疲れきっているらしい。

そして、俊彦はその横に正座して、うっとりと千里をながめていた。

(美しい……)

しみじみ思いつつ、千里の無防備な寝顔を心に焼きつけようと試みる。

事実、千里は正真正銘まごうかたなき美青年である。

そして、俊彦は正真正銘まごうかたなき兄貴系ゲイであり、まごうかたなき耽美主義者であった。すなわち、体は「兄貴」でも心は「耽美」。

とにもかくにも、美しい者が好き!

美こそすべて!

美のためなら死ねる！

矢野俊彦、十九歳。彼もまた、なかなか難儀なお人であった。

まだ夏とはいいがたいこの季節のこと、床が冷たいのか、千里はやや体を丸めて横向きに寝ている。

俊彦は、自分とはあまりにも違う容姿を持つ青年を前に、深いため息をつく。

この角度だと、千里の睫毛《まつげ》の長さがよくわかる。信じがたいほど長く、常に理想的な角度でもって煙るような翳《かげ》を瞳に落とすのだ。

いつもは後ろでひとつにまとめられている巻毛はほどかれ、ふんわりと床の上に広がっている。

茶色に見えるこの髪は、実は茶・黒・金の混合だった。茶色をベースに、黒と金がちらほら混ざっているのだ。

スッと通った鼻筋も、なめらかな額も、俊彦の理想そのものだった。千里は俊彦にとって、まさに「美」を象徴する存在だった。

そして、宝塚音楽学校＆宝塚歌劇団の創立精神「清く正しく美しく」に対し、千里の生き様は「清く貧しく美しく」であった。

すなわち——。

清く——恋愛したことがない。

貧しく――書いた本が売れない。

美しく――絶世の美青年である。

ところで、洋風美青年の千里に対し、志木は和風美青年だった。

涼しげな瞳に丸眼鏡をかけ、その知的でクールな風貌は、まるで大正時代の文学青年。

着物が似合えば、結核も似合う。

ごつい容姿に強いコンプレックスを持つ俊彦は、何度、志木のようになりたいと願ったことだろう。

また、何度、志木と千里の仲をあやぶみ、志木に脅威を感じてきたことだろう。

今、志木は、キッチンにいる。

(もうすぐ、志木さんお手製のビーフ・ストロガノフが食べられるんだ)

そう思うと、俊彦は唐突に、幸福の底なし沼にズブズブと沈んでいった。

大傑作「拝み屋ケンさん」を生み出したあの尊い右手が玉杓子を握り、料理をしているのだ。あの、細くきれいな手が……。

実は、俊彦は志木の容姿と才能にも惚れているのである。ただし、千里の場合とは違い、恋愛感情はない。

(おれはなんて幸せなのだろう)

目の前には眠れる床の美男。キッチンにはひたすらシンデレラに徹する和風美青年。

このとき、彼の頭からは、横暴にして傲慢なレズビアン・彩子の存在はすっかり消し去られていた。

彼は立ちあがると、もうひとつの幸せに引き寄せられるようにキッチンに向かった。

ところが、だ。

そこに満ちている空気には、失敗の兆候が色濃く表われていたのである。

(焦げてる!)

とっさに俊彦は鍋を見たが、すでに火は消えていた。

彩子は換気扇の下、物憂げな顔で煙草をふかし、志木はうつむいてアスパラガスを切っている。

この場でビーフ・ストロガノフの話題は、政治や宗教の話題以上にタブーだ——俊彦は覚《さと》った。

ごつい顔に似合わず気配り上手の彼は、つとめて明るい声で志木に訊く。

「なに作ってるんですか?」

「単なるグリーンサラダ」

弔辞を述べるような沈んだ声で、志木がこたえる。

ここはやはり雰囲気を明るい方向に持っていく努力が必要だろうと俊彦は思い、常日頃から思っていたことを言ってみることにした。

「漫画家が作る料理は、小説家が作る料理より、ずっと価値がありますよね」

「なんで？」

「ワープロやパソコンのキーを打つ作業ならだれでもできますけど、売り物になる絵を描くことなんて、なかなかできるものじゃありません。それを成し遂げる手が作る料理ですよ。贅沢じゃないですか」

アスパラガスを切り終えた志木は、おのれの右手をヒラヒラさせながらこたえる。

「でも、たいした手じゃないよ」

「そんなことありませんっ。この手が、何万人もの人を楽しませる作品を生み出しているんですからっ。この手が」

「ケツも拭くのよ」

シーン……。

彩子の台詞は、この場の空気を一気に凍らせた。

俊彦は蒼ざめた。これは確実に、志木の逆鱗を直撃したことだろう。

「彩子、おまえ……」

志木は地獄の底から湧き出るような声を出した。

ところが、もう慣れっこの彩子は、煙草の煙をフウッと長く吐き出すと、

「反論なら聞いてあげるわよ。はい、どうぞ」

しかし、反論などできようか。それは曲げることのできぬ事実なのだから。

おもむろに、志木は鍋の蓋を取った。

「どうせ食えない料理だ。このまま捨てるよりは、おまえにぶっかけることで役立てたほうが、料理も幸せだろう」

「ごまかさないで、志木。反論するの？　しないの？　はっきりしてちょうだい」

その問いにはこたえず、志木は鍋を両手で持つと、彩子に向かって一歩踏み出した。

（ひーっ！）

俊彦はあわてて彩子の腕をつかむと、ダダッとキッチンを飛び出す。

「おれ、彩子先輩と一緒に外で頭冷やしてきます！」

とだけ言い残して。

志木は本気だった。本気で彩子にビーフ・ストロガノフをぶっかけるつもりだったのだ。

激昂すると過激派と化すのが、志木の怖いところであり、また、妙な魅力でもあった。

（バカ、バカッ。彩子先輩のバカッ。また、志木さんを怒らせちゃったじゃないかっ）

地上に向かうエレベーターの中、俊彦は心で泣いていた。

ところが、彩子はニヤニヤしながら、

「阻止してくれるって信じてたわよ、トシ」

だからこそ、安心して志木を怒らせることができたのだろう。

俊彦はドッと疲れを感じた。もう、抗議する気力もない。あいかわらずの苦労性だ。

マンションのロビーを出ると、外の階段に座り、彩子は煙草に火をつけた。

よい子の未成年である俊彦は酒も煙草もやらないので、自動販売機でジュースでも買おうかとジーパンのポケットを探ったのだが、財布はなかった。志木の部屋に置いてきてしまったのだ。

しかたないので、そのまま彩子より数段下に腰をおろす。

「ねえ、トシ」

ななめ後方から、彩子ののんびりとした声。

「あんた、いつも、恋人はどこで見つけるの？」

「どこでと言われても……おれ、あまり恋人見つけたことありませんし……」

今の俊彦は千里のことで頭がいっぱいで、ほかの男性とつきあう余裕などない。

千里と知りあう前は、情を交わした男性ならぼちぼちいたが、恋人としてつきあったのはたった一人だった。

「確か、あんた、去年の夏頃には、かわいい男の子とつきあってたのよね」

失恋の思い出に、胸がズキンと痛んだ。

「彼と別れてから、全然ってわけ？」

俊彦は前を見たまま、ぼんやりとうなずいた。

頭の中は、別れた彼氏のことでいっぱいになっていた。彼の名は、原田《はらだ》直樹《なおき》。

おしゃれで、きれいで、かわいくて、かっこいい、ジャニーズ系美少年だった。

そのまま、思い出が怒濤のように押し寄せ、俊彦を現実からさらっていった。

でかい図体にシャイな心をかかえた彼は、当時、海千山千のオネエさんたちにかわいがられていた。

＊

俊彦が二丁目デビューしたのは、昨年、大学一年のときだ。

オネエさんと一口に言っても、彼らのオネエ度は様々だ。喋る言葉は常にオネエ言葉という者から、時々文末が「だわ」や「よ」になるだけの者まで、千差万別。

ちなみに、オネエ言葉は女言葉ではない。実際に女性が使う女言葉よりも、なおきらびやかに飾りたてた、ゲイのための話し言葉なのである。いわば、超女言葉だ。

また、しばしば、オネエなゲイたちは互いの名を女性名に変化させて呼びあう。たとえば、カズオならカズ子、ヒロシならヒロ子、ノリオならノリ子、といった具合に。

そして、相手が目上の場合は「○○子お姉様」と呼び、おふざけ的に相手を罵倒するときには「このオンナ」を使う。

俊彦の最初のお相手となったのは、二十九歳の美容師だった。通称「ユウ」、時に「ユウ子」あるいは「ユウ子お姉様」、そして本名は和田優作《わだゆうさく》。俊彦好みの、線の細いきれいな姿をした男だった。

ユウの行きつけのゲイ・バーは〈ジャングル亭〉という男性オンリー（つまり、オコゲやレズビアンはお断り）の店である。

熱帯雨林を摸してか、店内には観葉植物がはびこっているのだが、この植物たちは完全に甘やかされていた。客がカウンターを這うツタに触れようものなら、ヒゲのマスターが「あたしのクララちゃんにさわらないでちょうだい！」などと叫ぶのだ。

なぜか、観葉植物を客から守るときにだけオネエ言葉になる不思議なマスターだった。

おそらくは、母性愛のなせるわざだったのであろう。

その日、〈ジャングル亭〉のカウンター席でグラスを傾けながら、ユウは陽気な声で俊彦に訊いた。

「ねえ。トシの理想の男性って、どんな人？」

「理想、というと……」

俊彦は口ごもった。

理想の男性なら、確かにいる。ルキノ・ヴィスコンティ監督の例の耽美的作品で不気味なほどの妖艶さを発揮した、あの名高い美少年である。

しかし、それを口にすれば、ユウに茶化されることは必至だろう。

よって、俊彦は言った。

「ご想像におまかせしますよ」

「なに気取ってるのよ、この子ったら。白状なさいってば」

するとユウの横で、通称「ナミ」というスーツ姿の青年がキャピキャピした声をあげた。

「ユウ子ったら、自分こそがトシちゃんの理想だって確信してるんでしょぉ。このスケべ」

「お黙りっ！」

ユウはナミを一喝し、タイミングを計るのが下手な俊彦はこの期に及んであわてて言う。

「そうです。ユウさんです」

「嘘おっしゃい！　あんたの心にはほかの男がいるわ！　一体、だれなのっ？　さあ、白状おし！」

（ひーっ）

時々、ユウは彩子そっくりになる。

俊彦は、猟犬に追いつめられたかわいい野うさぎのような気分で、言い放った。

「ビョルン・アンドレセンですっ」

ナミが口に手を当て、大袈裟に息を呑んだ。顔はごついが、心は乙女（自称）なのだ。

ちなみに職業は証券マン。

そして、案の定、ユウがかん高い声をあげた。

「やだァッ！　トシったら、シュミ悪いっ！　あんな子のどこがいいのよっ？」

すでに「あんな子」呼ばわりである。

俊彦は赤くなってうつむいた。

（どこがいい、ったって……）

あの金色の髪、妖しい瞳、頬から顎にかけてのライン、細い体……すべてがいいに決まっているではないか。

ヴィスコンティが欧州中を探しまわってやっと見つけた理想の美少年だ。人類史上、最も美しい個体は、おそらくは彼であろう。

ナミがユウに同調する。

「トシちゃんったら、それって、ホモ好き女の趣味よっ！　あまりにも陳腐だわ！」

「そうよ、そうよっ！　ホモはみんな『耽美』じゃなくちゃいけないって本気で信じてるバカ女とおんなじよっ！」

「これで、だいたいトシちゃんの傾向はわかったわ！　好きな映画は『ベニスに死す』と『戦場のメリークリスマス』と『アナザー・カントリー』でしょっ？」

「んまーっ！　ホモ好き女御用達の映画ばかり！」

「しかも通ぶって、『戦場のメリークリスマス』は『戦メリ』、『アナザー・カントリー』は『アナカン』なんて、略して呼んでたりするのよぉっ！」

「イヤッ！　そんなの、あたしの知ってるトシじゃないわッ！」

立て板に水。いや、立て板に滝といったほうがふさわしい、言葉の機銃掃射だ。

俊彦は戸惑い、ますます背中を丸めて小さくなってしまった。とっさに言い返す機知に欠けているのが、ひどく恥ずかしいことのように思えた。

そんな彼にさらに追い討ちをかけるように、ユウは詰め寄ってくる。

「トシったら、いつからそんな子になってしまったのっ？　ゲイの風上にもおけないわ！　さっきの発言は撤回なさいっ！」

（ひーっ）

そこに、だ。なんと、いきなり別のグループから助け船があった。

「おれも好みだぜ、ビョルン・アンドレセン。ああいう、魔性って感じの奴、かっこいいじゃん。トーマス・マンの原作も好きだしさ」

俊彦は顔を上げて、そちらを見た。

彼の席から三つ離れた席の客——それは、自分がスッポンなら彼は月であろう（と俊彦がとっさに思った）美少年だった。

かわいくてきれいなアイドル系の顔立ちをしている。全体的に華奢《きゃしゃ》で、小柄だが、つりあがった大きな目がいかにも気が強そうで、印象的だった。

「だれかと思ったら、直樹じゃないのー」

ユウがいかにも迷惑だといった声を出し、ナミは幼児相手のように、

「直樹ちゃん、いい子だから、ユウ子お姉様にけんか売るんじゃありませんよ」

（直樹君っていうんだ……）

俊彦はすでに恋に落ちていた。

心臓がバクバク暴れ、頭がボーッとし、目が潤んだ。直樹から目が離せなくなった。

「けんかを売るだなんて、滅相もない。おれは、お年寄りは大切にする主義でね」

「んまーっ！　にくらしい子ッ！」

受けを狙ってか、あるいは本気なのか、ユウがヒステリックな声で応じる。

マスターは本気ととったらしく、ナミに「なだめてください」とサインを送る。

すると、ナミは妙に醒めた声で、

「そういえば、直樹ちゃんって、魔性よねぇ」

「そうよ、そうよ！　秋君、さんざん振りまわしてさ！」

ユウが勝ち誇ったように同調する。

「秋君」なる人物、どうやら直樹の恋人らしい。

当然、俊彦はショックを受ける。

（やっぱり、こんなきれいな子がフリーでいるわけなかったんだ。きっと秋君って人は、おれとは似ても似つかない、ハンサムでかっこよくて身長が一九〇センチ未満の人にちがいない）

ナミはわざと悩ましげな調子で言う。

「秋君ってさぁ、あのノンケっぽいところが、たまらないわよねぇ。もう、ゾクゾクしちゃう」

「そうそう。思わず無理やりいけないことしたくなっちゃうのよねぇ」

「たとえば、縛りあげてバック攻めてヒィヒィ言わせちゃうとかぁ」

「イヤーッ！　このオンナ、フケツッ！」

ユウとナミは勝手に盛りあがっている。

直樹の連れの男の子二人は恐れをなしてか、口をつぐんだままである。

ところが、直樹は黙ってはいなかった。

「あんたら、おれの男に手ぇ出すんじゃねえぞ」

俊彦はさらなる打撃を受け、このような台詞を直樹に言わせる秋君なる人を限りなくうらやんだ。

ユウとナミは、またまた盛りあがる。

「今の聞いた？『おれの男』ですって！」

「イヤッ！ レディーの前で、なんてこと言うのっ！ この子ってばッ！」

「フケツよっ！ フケツッ！」

さすがの直樹も、これにはまいったらしい。

「やかましい」

とだけ言うと、フッとあさっての方向を向いてしまったのだった。

＊

「あーっ！ 煙草、切らしちゃったわ！」

彩子の声で、俊彦は現実に引き戻された。ハッと気がついたら、志木のマンションの前にいたのである。

（……そうだ。さっき、怒りの志木さんから、彩子先輩を避難させたんだっけ……）

彩子はシガレット・ケースの蓋を閉じると、立ちあがる。

「煙草、買ってくるわ。トシ、あんた、一人で志木のところに戻ったりするんじゃないわよ」

「はい」

俊彦は従順にこたえた。

五メートルほど進んでから、彩子ははたと振り返った。午後の光の中、艶やかな黒髪が、なにかの魔術のようにきれいに揺れた。

「トシ！」

「はい？」

「缶ジュース、おごってあげるわ。なにがいい？」

「え？　いいんですか？」

「遠慮は許さないわよ」

「じゃあ、コーヒーお願いします。冷たいので」

「冷たいコーヒーね」

彩子は言いながら歩き出す。

俊彦はその後ろ姿に向かって、声を張りあげる。

「ごちそうさまです!」

*

考えたら、彩子とユウは横暴で独善主義的なところが共通しているうえ、妙な優しさを持ちあわせているところも同じだった。

しかし、出会ったばかりの頃は、両者の印象は違っていた。

彩子が初日から怖い人であったのに対し、ユウは最初のうちは親切一本槍に見えたのである。

いかなユウも、最初は俊彦に気を遣っていたということだ。なにしろ、相手は顔に初心者マークをつけているような十八歳。しかも、親許を離れて東京に出てきたばかりの大学生だったのだ。

ところが、数ヵ月も経つと、ユウの毒舌は繊細な俊彦を傷つけることが多くなっていった。

あの頃――俊彦が直樹と出会った頃、実はユウは俊彦に飽きはじめていたのだ。

姉御肌の「ユウ子お姉様」は、二丁目に来て間もない男の子をちょいと味見するのが好きなのである。

相手が適度に擦れてくれれば、わざと邪険にして遠ざける。それが彼の手なのだった。

野生動物が成長したわが子に噛みつき、親離れさせる。それと同じだ。

そもそも、ユウにはまわりから「ダンナ」と呼ばれているパートナーがいるのだ。現在はアメリカへ赴任中だが、来年あたりには戻ってくるという、十歳年上のビジネスマンだった。

それを知ったとき（確か三度目の情事の後だった）、俊彦は相当のショックを受けた。そして、ユウを恋人だと思ってはいけないのだと覚り、以後、失礼にならない程度に彼から距離をおくようになったのである。

このように、ユウとは「つきあっている」とはいいがたい関係だったし、ぞっこんだったわけでもなかった。まあ、「いろいろとお世話になった」というのが妥当だろう。

しかし、直樹の場合は違った。

一度会ってから、俊彦は彼のことが忘れられなくなっていた。一人で〈ジャングル亭〉に行っては、ソフトドリンクで何時間もねばり、彼を待つ。そんなことを繰り返した。だが、直樹はなかなか彼の前に現われてくれなかった。代わりに、ユウやナミとは毎回のように顔を合わせては、さんざんオネエ言葉でいたぶられた。

しかしながら、俊彦は直樹に関する情報をうまく入手することもできた。

フルネームは原田直樹、歳は俊彦と同じ。今年の春、大学受験に失敗し、予備校に通っているということだった。

そしてまた、あるときは、直樹の彼氏「秋君」にお目にかかることもできた。

やはり、俊彦の予想通り、センスのいいハンサム君だった。しかも、身長が一九〇センチ未満だ。

名前は辻秋雄《つじあきお》。カメラマン目指して写真の専門学校に通っているという。彼も俊彦とは同い年らしい。

最初に見たとき、秋雄は友人にさんざんバカにされている最中だった。

「こいつ、すっげえバカなんですよ」

秋雄の連れはマスターに訴えていた。

『浪花《なにわ》恋しぐれ』って歌、あるでしょ。あれ、ゲイの偽装結婚の歌だって信じてたんですよ。こいつ」

「しょうがねえだろっ。『ゲイのためなら女房も泣かす』ってところだけ聞けば、だれだってそう思うだろうがっ」

しかし、あれは「ゲイ」ではなく「芸」である。

マスターやほかの客達も笑い出した。

「ねっ？　こいつ、バカでしょ？」

「うるせえなっ！　人間なんだから、これぐらいのミスは、だれでもやらかすもんだろ！」

その勘違いが自分でもおかしいらしく、秋雄は笑いながら自己弁護している。

なかなか気持ちのいい性格をしていることが、うかがえた。しかも愛敬《あいきょう》がある。

俊彦は秋雄には勝てないと感じた。

だが、その一方で、ある点については疑問を感じてもいた。

――なぜ、あのとき、直樹はわざわざ俊彦をかばってくれたのか？

（まさか、おれに興味を持ってくれたとか……）

その淡い期待は、妄想に発展することもなければ、消え去ってしまうこともなかった。

ただ、淡い期待のまま、俊彦の心に居座っていただけだった。

やがて、俊彦は直樹と再会できた。かと思ったら、ちょっとした事件があり、結局、俊彦はあれよあれよという間に直樹と親しくなることができたのだ。

そして直樹は、いとも簡単に秋雄を棄ててしまったのである。


その日、ゲイ・バー〈ジャングル亭〉のカウンターでウーロン茶をちびちびやりながら、俊彦は胸を高鳴らせていた。ついに直樹が現われたのだ。

彼の連れは、以前も一緒にいたおとなしそうな男の子二人だった。

このまえはいかにも鼻っ柱が強そうに見えた直樹だが、今はちゃんと友人たちのペースに合わせて、お行儀よく会話を楽しんでいた。

内気で照れ屋らしい一人が、はにかむように喋っているのを、直樹は優しくうなずきながら聞いてあげている。

（わりと俠気《おとこぎ》のある人なのかも……）

俊彦はポッと頬を染めた。が、うつむいていたので、傍《はた》から見れば、単なる寡黙な兄貴であった。

俊彦は幸せにひたりつつも、なんとか彼とお近づきになりたいものだと思いつづけていた。

その方法を考えては、頭の中でシミュレーションし、本番前の大根役者のように一人であがっていた。

ただ気さくに話しかければよいのだ。

このまえはどうも、とか言って軽く笑って、近くの席まで行って、自己紹介して……。

しかし、そんな単純な行動が、不器用な自分にとっては、どれだけ難しいことか！

きっと緊張のあまり声が震え、それでますます緊張してしまい、台詞も忘れるにちがいない。そして、直樹には「変な人」と思われ、すべておしまい。

（だめだ……。話しかけることなんて、できない……）

昔から勉強はできたし、スポーツも万能。いわば文武両道の彼ではあるが、気の小ささはどうしても克服できないのである。

カウンター席で十数分間、俊彦は絶望していた。

その絶望の淵から彼を現実に引き戻したのは、直樹ではなく、ほかの客だった。ある耳ざわりなだみ声で、俊彦は我に返ったのである。

その客は、明らかに酔っぱらっていた。まわりの迷惑もかえりみず、店中に響く大声で喋っている。

しかも、その内容はお下劣そのもの。タイの首都バンコクで男の子を買った体験談だ。

「いやぁ。あっちの男の子は、笑顔がいいんだよ。微笑みの国とはよく言ったもんだ。だいたい、こっちのウリ専《せん》バーなんかより、ずっといい子がそろってるしねぇ」

ウリ専バー――ゲイ相手に、男の子に売春させる店のことだ。

「とにかく、二丁目のウリ専なんか目じゃないんだよ。ホント」

ほっといてんかっ！と、ウリ専ボーイA君（出身地・大阪府高槻《たかつき》市）にハリセンでひっぱたかれそうなしつこさである。

それにしても、この自慢話のような語り口は、一体なんなのだろう？

俊彦は声の主を見た。

いかにもハード・ゲイといった感じの男だ。年の頃は三十代なかば。角刈りの髪に、もみあげバッチリ。タイで焼いたのか、あるいは日焼けサロン通いの成果か、やたらと色が黒い。

お召し物はといえば、盛りあがった胸の筋肉を見せびらかすように、素肌の上に革のジャケットを着ている。当然のことながら色は黒で、点々と鉄の鋲が鈍く光っている。

俊彦が非常に苦手とするタイプだった。

まわりの客はこの男のふるまいに不愉快な顔をしながらも、注意する者はいない。

もちろん俊彦にも、とがめる勇気はなかった。

とうとう、マスターがひとこと言った。

「斉藤《さいとう》さん、呑みすぎですよ」

しかし、斉藤と呼ばれたその男は態度を改めない。

「まあ、人の話はよく聞けって。とにかくバンコクじゃ、ホントにいい子が買えるんだって。しかも安いんだよ、これが」

現在、バンコクでは、性産業とエイズが深刻な問題になっている。

それを知らないわけでもなかろうが、斉藤はまるで手柄話のように、おのれの買春体験を語っている。

店内はすっかりしらけたムードになってしまっていた。

「よかったら、いい店、教えるよ。マスター、行く気ない？」

「おい！　そこのあんた、恥ってものを知らないのかいっ？」

いきなり立ちあがり、斉藤相手にたんかを切ったのは、なんと直樹だった。

さも軽蔑した風に彼は続ける。

「バカみたいなことを得意げにベラベラ喋りやがってよ。あんたは、日本の恥だ。あんたみたいなのが、日本をダメにするんだ」

日本の恥——そんな言葉、俊彦の口からはとっさに出るものではなかった。

「なんだとぉ？」

斉藤の額に青筋が浮かんだ。相手を威嚇するように、彼はゆっくり立ちあがる。

しかし、それがかえって直樹の怒りをあおったらしい。彼はバカにしたようにニヤリと笑うと、続けたのである。

「あんた、日本の男には相手にされないんだろうな。いや、男と女、両方に相手にされないんだろ？　悔しかったら、おれを口説いてみろよ。ええ？　どうだい？　おれみたいないい男、落としてみたいとは思わないかい？　一銭も払わず、てめぇの魅力だけでさ。まあ、何百万円積まれようと、あんたみたいな情けない男は願いさげだけどな」

「野郎っ！」

斉藤は直樹につかみかかろうとした。

利那《せつな》、俊彦は背後から彼の腕をつかんだ。とっさの行動だった。

斉藤は怒りに満ちた目で振り返った。しかし、俊彦と目を合わせることはできなかった。

俊彦の目は斉藤のそれより、十数センチ上にあったのである。

俊彦は斉藤をジロリと見おろし、ゆっくりと言った。

「あの人に暴力をふるうのなら、その前に、おれがあなたに暴力をふるいますよ」

その迫力に、斉藤は完全にひるんでしまった。彼はコロッと態度を変え、不自然に笑ってごまかす。

「冗談だよ、冗談。……冗談だってば」

「変な冗談、やめてくださいよ、斉藤さん」

マスターがうまくフォローしてくれた。言いながら、俊彦の手を斉藤から引きはがしてくれたのである。

「いや、まいった、まいった」

斉藤はコソコソ逃げるように席についた。それから、気まずさをごまかそうとしてか、俊彦に言う。

「きみ、若くて元気だねぇ」

「あなたこそ、年甲斐もなく」

チクリと皮肉ってやったが、斉藤は憤《いきどお》るどころかヘラヘラ笑いながら「まいった、まいった」を繰り返すだけだった。

俊彦はホッとしつつも、さきほどの斉藤のおびえようにショックを受けていた。

(やっぱり、おれは乱暴者に見られるんだ)

ふと気づいたら、すっかり、ほかの客の注目の的だった。

俊彦は赤面して、そそくさと席に戻った。

(みんながおびえた目でおれを見ている……)

しかし、実はそれはおびえた目などではなく、熱いまなざしだった。

「よぉ」

いきなり、肩をポンと叩かれた。直樹だ。

おずおずと振り返った俊彦に、直樹は最高に素敵な笑顔で言った。

「だれかと思ったら、このまえのターミネーターじゃないか」

ガーン!

という書き文字が脳裏をよぎるほどの大ショックだった。自分と同じタイプの肉体を持ちながらも、シュワルツェネッガーなら、結構好きだった。

それを恥じるどころか、売りとしているからだ。

しかし、だれがターミネーター扱いされて喜べようか。しかも、こんなアイドル系美少年に。

戸惑う俊彦の肩に手を置き、その耳許に唇を寄せると、直樹はささやいた。

「ありがとよ」

天にも昇る気分とは、このことか。俊彦は幸福感にクラクラした。

その夜、二人は結ばれた。若い二人のこと、思い立ったが吉日、というわけである。

数日後、俊彦は直樹とつきあいはじめたことをユウに告げた。〈ジャングル亭〉の店内でだ。

その報告を聞くなり、ユウはボソリと言った。

「あんたたちって、まるで悪役商会とジャニーズ事務所ね」

不釣り合いだとけなされたのかと、俊彦はビクビクしながらユウの顔をうかがったのだが、彼は笑っていた。

ホッとした俊彦は、珍しく軽口をたたいた。

「おれ、ジャニーズ事務所所属に見えます？」

ユウの顔から微笑みが消えた。

「鏡ならここにあるわよ。見る？」

「い、いいです」

ユウはバッグを探り、鏡を取り出す。

「遠慮しないでちょうだいっ。さあ、とくとご覧！　その悪役商会顔を！」

ドラキュラに十字架突きつけるようなポーズで、ユウは鏡を手に迫ってきた。

「やめてくださいよぉ」

俊彦は顔をそむけた。その拍子に、止まり木からずり落ちた。

ユウ子お姉様は、最後までオネエで姉御肌だった。

そんな彼を俊彦はますます好きになり、そして、彼の幸せを願いつつ、別れを告げたのである。

＊

（結局、直樹とも短かったんだよな……）

志木のマンションの前で、俊彦は思った。

あんなふうにドラマチックに始まった直樹との恋ではあったが、それはあっけなく終わってしまったのだ。いや、「ひと夏で燃え尽きた」といえば、聞こえがいいだろう。

ただ、直樹のほうが一方的にピリオドを打つという、なんともつまらない終わり方であった。

ほかの男に惚れてしまったと、ある日いきなり俊彦は告げられたのだ。青天の霹靂《へきれき》、寝耳に水、であった。

自分の気持ちに正直でいたいと常々語っていた直樹は、浮気などというケチなことはせずに、すぐにその男に乗り換えてしまったわけだ。

おそらくは、秋雄もこうして直樹に棄てられたのだろう。

俊彦は、ふと思う。

(秋君は、おれのこと、どう思ってるんだろ)

秋雄に対して俊彦は、自分が彼から直樹を奪ったのだという負い目を感じていた。

しかし、二丁目で何度か、秋雄は声をかけてきてくれた。そして、そのように気さくに接してくれる彼に、俊彦は感謝した。

(いい人だよな、秋君って……)

やがて、煙草を買いにいっていた彩子が戻ってきた。

なにか歌っている。どうやら「モスラの歌」のようだ。

「モスラーヤ、モスラー、ドゥンガンカサークヤン、インドゥムゥー、ルストウィラードア、ハンバーハンバームヤン、ランダーバンウンーラダン、トゥンジュカンラー、カサクヤーンム」

ちゃんと最後まで歌えたようだ。

「はい、お待たせ」

彩子は俊彦に缶コーヒーを渡した。

「いただきます」

俊彦は深々と頭を下げる。

「さて、と。一服、一服」

彩子は煙草に火をつけ、俊彦は缶のプルトップを開ける。

フーッと煙を吐き出すと、彩子は祖国を思う難民のような遠い目で言う。

「わたしたち、いつになったら部屋に戻れるのかしらねぇ」

「さあ」

俊彦はそっけなくこたえる。

そんなことを気にするのなら、最初から追い出されるような発言はつつしんでもらいたいものである。

「きっと、千里が起きたら呼んでもらえるにちがいないわ。しかも、志木は自分では来ないで、千里を使いによこすのよ」

結構鋭いところを突いていると、俊彦はひそかに思った。

やがて、煙草を吸い終えると、彩子は言った。

「いいわ。ここからテレパシーで千里を起こしてみせるわ」

そして、彼女はマンション四階の志木の部屋をビシッと指さすと、宣言した。

「あの天上の床に眠る千里に向かって、念じるわよっ」

この強気のお姉様は、必要とあらば超能力も発揮するらしい。

おもむろに腰に両手をあてると、キッと志木の部屋をあおぎ、それから目をつぶる。

起きなさい、起きなさい、起きなさい、と繰り返しているらしい。

どこまで本気でやっているのだろう？

俊彦は、ふと思う。

（そういえば、千里さんって、床で寝るのが好きみたいだ。確か、先週も床で寝ていたっけ。あれって、よく貧血起こして倒れていた名残かもしれない）

志木の家に入り浸るようになる前には、千里はよく貧血を起こしていた。貧しい食生活による栄養不足にちがいなかった。

だが、今では、志木にたかることにより、すでに彼は健康を取り戻していた。見た目も、かなり血色がよくなっている。

（出会った日にも、千里さん、貧血起こしてたんだっけ……）

俊彦の心は、また、過去へと飛んだ。

＊

編集者との打ち合わせは、だいたい喫茶店で行われる。時々、ホテルのラウンジや、出版社の応接室というケースもある。

去年の十二月のことだった。俊彦は、打ち合わせの場所を決める際、編集者に「山手線の駅の中で、宮沢《みやざわ》さん（註・その編集者）が一番出やすい所に決めてください」と言ったところ、指定された場所は恵比寿《えびす》だった。

そして、駅前の喫茶店でその打ち合わせを終えた俊彦は、お散歩気分で恵比寿ガーデンプレイスに向かったのである。

恵比寿ガーデンプレイス。それは、サッポロビール恵比寿工場跡地に建てられた、バブリーな建物群から成っている。デパートと映画館と美術館とホテルと神社とビール会社と様々な飲食店があるのだと考えれば、まあ、いいだろう。

親切なことに、駅と恵比寿ガーデンプレイスは、いわゆる「動く歩道」で結ばれている。駅から少々遠くても、皆さん、これに乗って恵比寿ガーデンプレイスに向かいましょう

――というわけだ。

俊彦は、この手の歩道を見るたびに、ヴェスヴィオ火山の登山電車を歌った名高いナポリ民謡「フニクリ・フニクラ」を思い出してしまう。おそらく、歌詞の「ゆこう、ゆこう」と呼びかける箇所が、動く歩道の精神と共通しているからであろう。

赤い火をふくあの山へ　登ろう　登ろう

そこは地獄の釜の中　のぞこう　のぞこう
登山電車ができたので　誰でも登れる
流れる煙は招くよ　みんなを　みんなを

（ゆこうっ、ゆこうっ、火の山へっ。ゆこうっ、ゆこうっ、山の上へっ。フニクリ、フニクラ、フニクリ、フニクラァ〜、だーれもっ乗るっフニックリッフニックラッ）

俊彦は心の中で力強く歌いつつ、動く歩道を楽しんだ。

その横を、関西人や急いでいる人たちが、セカセカと通りすぎてゆく。エスカレーターと同じ光景が、ここでも見られた。

やがて、目的地に着いた。

どこか東京ディズニーランドを思わせるピカピカぶりが、妙にわざとらしくて楽しい。

俊彦は、まず、三越百貨店に入った。

地下の食品売り場で、ふと思い立ち、彩子のためにベルギーのコートドール・チョコレートを一個ずつ三種類買った。横暴な先輩ではあるが、まあ、いろいろとお世話になっているので、たまには貢ぎ物もいいだろう。

しかし、目的もなく来てしまったので、ほかには特に買いたい物がない。あとは二階で何冊かの本とルーズリーフを買っただけで、俊彦は三越を出た。

（写真美術館にでも行こうかな）

そう思いながらガラス張りの喫茶店の前を通りかかったとき、彼はハッとした。店内に、あの斉藤の姿を見つけたのだ。

しかし、夜のハード・ゲイぶりはどこへやら。上品な茶色のセーターなんぞを着て、うまく平凡を装っている。

そして、俊彦の目をとらえたのは、斉藤の向かいに座っている青年だった。

長い茶色の髪が、一見「バンドやってます」系のお兄ちゃんのようでもあるのだが、そんなありきたりの人間ではなかった。

とにかく、美しいのだ。美しすぎるのだ。

その髪ひとすじさえも、天の光を放っているかのようである。

(なぜ、あんなに美しい人が、この地上に?)

自分と同じ人間だとは信じがたい美貌の持ち主だ。

なのに、彼はあんな粗暴な男と一緒にいる。一体、二人はどんな関係にあるのだろう?

俊彦はフラリと店内に入った。

席に案内しようとするウエイターに、強引に「この席、いいですか?」と訊く。

その席は、斉藤の席からはななめ後方に位置していた。ここなら、斉藤に姿を見られないばかりか、美青年をおがむこともできる。

俊彦の様子に尋常でないものを感じたらしく、ウエイターは短く「どうぞ」とだけ言い、そそくさと退散してしまった。

俊彦はシンプルにブレンド・コーヒーを注文した。飲み物など、どうでもいい気分だった。

斉藤の向かいで、美青年はハンカチを取り出すと、目頭を押さえた。

(泣いてる!)

俊彦は衝撃を受けた。

このシチュエーションは、まさか——。

(恋人同士？　で、別れ話？)

いや、違うかもしれない。

たとえば、斉藤にいじめられて泣いているとか……？　いや、それこそ「まさか」だ。

(あの人、ゲイだろうか？)

疑問は次々と湧いてくる。

名前は？　歳は？　職業は？　趣味は？　つきあっている人は？

どんな声？　どんな性格？　なにが好きで、なにが嫌い？

彼のことを、すべて知りたかった。

完全にひとめぼれだった。

俊彦はひそかに聞き耳を立て、二人の会話を聞こうとする。

どうやら、斉藤はしきりに青年を慰めている様子だ。彼らしからぬ役まわりである。

しかも、べつに斉藤に非があって相手が涙しているわけでもなさそうだ。

「おまえの作品が悪いんじゃないっ。向こうに見る目がなかったんだっ。おまえには才能がある！」

斉藤の言葉に、俊彦はハッとした。

（作品……？）

では、その青年はなんらかのクリエイターにちがいない。

画家？　工芸家？　書道家？　職人？　イラストレーター？　作曲家？　作詞家？　漫画家？　詩人？　脚本家？

（まさか同業者？）

しかし、俊彦はすぐにその考えを打ち消した。

（あんなに美しい人が、作家なんかやってるわけないじゃないか。そんなもったいないこと、たとえ本人でも、できるわけがない）

俊彦は、おのれの職業に対して妙な偏見があった。

美青年は立ちあがった。

「終わりにしましょう」

清々しいテノールだ。

「ぼくのことは、もう、ほっといてください」

ペコリと頭を下げると、ダダッと駆け出した。かと思ったら、彼はすぐにクルリと回れ右し、戻ってきた。

そして、決まり悪げな顔で財布を探ると、千円札を取り出し、斉藤の前に置く。

「コーヒー代、出すの忘れてました。すみません」

（ああ！　なんて律義な人なんだ！　せっかく見せ場を作ったのに、それをぶち壊しにしてまで、コーヒー代を払いに戻ってくるなんて！）

俊彦は限りなくツッコミに近い感動で、胸を熱くする。

「いいよ、いいよ。おれが出す」

「いいえ！」

青年は強く言った。そのとたん、大粒の涙がホロホロとこぼれた。

「お釣りもいりませんっ」

（か、かっこいい……！）

俊彦はさらに感動したが、斉藤は心底心配だといった口調で言った。

「おまえ、それって、すごい痩せ我慢なんじゃないか？」

「痩せ我慢なんかじゃありませんっ！」

青年はキッと斉藤をにらみつけた。むきになるところが、限りなく怪しかった。

そして、ふたたび彼は身をひるがえし、出ていってしまった。

俊彦も、あわてて席を立った。

そうして、結局、俊彦も店を出るときには、千円札で「お釣りはいりません」をやってしまった。どうしても、あの青年を見失いたくなかったのである。

青年は駅に向かって歩きながら、上着を着ようとしていた。彼によく似合いそうな品のよいレンガ色のコートだったが、彼はなかなか袖に腕を通すことができず、おたおたしていた。

(ああ、後ろから手伝ってさしあげたい……。早く着ないと、体が冷えきってしまう……)

俊彦はひそかに、彼の身を心配する。

ちゃんと着ることができた頃には、すでに動く歩道の出発地点である。これに乗れば、駅の改札まで行ける。

その前で彼は立ち止まり、子供のように目をゴシゴシこすった。涙を拭っているらしい。

そして顔を上げると、数秒の間、なにやら考え――。

(ああっ! なんという高度な技を!)

なんと、いきなり彼は、動く歩道の上をダダダッと駆け出したのである。

こうすれば、動く歩道を歩く関西人よりも数段上の速度が体験できるわけだ。

しかし、感心している場合ではない。

見失っては、さきほどの投資(喫茶店で辞退した釣り銭)が無駄になってしまう。

俊彦はあわてて追った。

ただし、人々をなぎ倒してはならないという配慮から、動く歩道の横にある通路を走った。超兄貴の気配りだ。

やがて、動く歩道が尽きた。が、青年は改札を通ったりはせず、駅の外に出て、そのまま恵比寿の街を駆けてゆく。コートのすそがひるがえり、うしろでまとめてある長い髪が北風にあおられ、パタパタ揺れている。

（どこに行くんだろう？）

結構、速い。見かけによらず、運動神経はいいのかもしれない。

（あの人は、きっと、激情に駆られているのだ！　創作活動に挫折し、行き場のない怒りと悲しみを、駆けることによってこの冬の空に解き放とうとしているのだ！）

俊彦は駆けながら、感動していた。が、相手がいかなる種類のクリエイターであるのかは、いまだに謎のままである。

やがて、青年はいきなり力尽きたらしい。パタリと止まると、しばらくは、大きく肩で息をしていた。

だが、俊彦には、まだまだ走りつづける体力は充分残っていた。

（なんで、おれはここまで丈夫なんだ。どうして、ひとかけらのかよわさも、おれにはないんだ……）

俊彦はおのれの鋼鉄の肉体を呪った。

とぼとぼと、青年は歩き出した。走るだけの気力体力はすでに使い果たしてしまったようだ。

俊彦も歩き出す。

(ああ……おれは一体、なにをやっているのだろう?)

ぼんやりと思ったが、すぐに、

(しあわせは歩いてこない。だから歩いてゆくんだね)

と、水前寺清子を引っぱり出して自己正当化を試みた。

青年は、恵比寿の街をフラフラと歩いてゆく。特に目的地もないようだ。

そのうち倒れてしまうのではないかと、俊彦はハラハラしながらあとをつける。

しかし、意外と青年はしぶといようで、好き勝手に角を曲がり、自由奔放にさまよっている。

俊彦は既視感にとらわれた。

(言葉を交わしたこともない美しい人の姿を求めて街をさまよう、このパターンは……)

そうだ! 『ベニスに死す』だ!

小説『ベニスに死す』あらすじ
富も名声も手にした初老の大作家アッシェンバッハは、旅先のベニスで美しい少年に出会い、強く惹かれる。実は街では、コレラ流行の兆しが表われているのだが、美少年を見つめていたいと願うアッシェンバッハはベニスに居つづけ、やがて病魔におかされ、死んでゆく。

映画『ベニスに死す』あらすじ
富も名声も手にした初老の大作曲家アッシェンバッハは（以下同文）。

原作では作家だったアッシェンバッハは、映画では作曲家となっていた。モデルはグスタフ・マーラーだと言われている。

彼を演じたのは、ダーク・ボガードだ。

そして、作品中では、マーラーの交響曲第五番の第四楽章アダージェットがBGMとして非常に効果的に使われているのである。

そのとき、俊彦の頭の中に、この状況にふさわしいタイトルが、神の啓示のようにひらめいた――『エビスに死す』。

ドキュメンタリー映画『エビスに死す』あらすじ
富も名声も手にしてはいない十代の新人作家矢野俊彦は、打ち合わせ場所のエビスで美しい青年に出会い、強く惹かれる。実は街では、コレラ流行の兆しが表われているのだが、美青年を見つめていたいと願う俊彦はエビスに居つづけ、やがて病魔におかされ、死んでゆく。

耳の奥で、例のマーラーが流れはじめた。

(おれはこのまま病に倒れ、恵比寿で客死するのかもしれない)

俊彦はクラクラした。

小学校から高校まで皆勤賞。あり余る体力と運動神経で、体育の成績は毎回「5」。おまけに、身長順に並ばされれば常に最後尾。

そんな自分が、美青年を追ううちに、力尽きるのだ!

俊彦は甘美な想像に酔い痴れた。

(ついに、おれは美に殉じるのだ!)

たとえこれまでの人生が「兄貴」でも、死ぬときだけは「耽美」を極めることができるのである。

感動のあまり雄叫びをあげそうになるのを、俊彦は懸命に抑えた。それこそ「兄貴」の世界に逆戻りだ。

いつの間にやら、道は上り坂になっている。

俊彦はハッとした。

(代官山だ!)

代官山——高台の閑静な住宅街にブティックやレストランが点在する、お洒落な街である。と同時に、不慣れな者にとっては東京の難所でもある。デコボコの地形に、直角に交わることがない狭い道が好き勝手に走っているため、一度迷うと、青木ヶ原の樹海と化すのだ。

歩きながら、俊彦は実感した。この坂だらけの道では、体力の消耗はまぬがれまい。やはり、自分はここで死んでしまうのだ。アダージェットの甘やかな旋律が、さらなる盛りあがりへと俊彦を導いてゆく。

(直樹……)

かつて愛していた少年の名を、俊彦は心でつぶやいた。

彼はほかの男に幸せを見出し、去っていった。そして、棄てられた自分の目の前に現われたのは、この世の者とは思えぬ絶世の美青年。

おそらくあの青年は、美の楽園からの使いなのだ。美のために死ねる者だけが入ることを許される、死後の楽園からの……。

(でも)

ここで、俊彦の「ツッコミ癖」が頭をもたげてきた。

(あの人、道に迷ってると思う)

この下り坂は、数分前にも下っていたはずだ。

にもかかわらず、青年は坂の途中、通りすがりの猫をかまったりして、余裕である。

わざわざしゃがみ込んで、道端にいたデブ猫をおびきよせ、そいつが擦り寄ってくるなり、ガバッと前足をつかんで、猫踊りをさせはじめたのだ。

映画『ベニスに死す』でタジオ少年を演じたビョルン・アンドレセンは、あんな能天気なことはしなかった。

それに、さきほどまでの彼の気落ちした様子は、一体なんだったのだろう?

デブ猫は非常に迷惑そうな顔で、ヨイヨイ踊らされている。

やがて、青年は満足したらしく、猫を放して立ちあがった。ただし、ちょっとだけふらつき、デリケートな美青年らしい体力の消耗ぶりを見せてくれた。

(でも、死ぬのはおれのほうだ)

俊彦はかたくなに思った。

あの青年には、俊彦を死へと誘《いざな》う役が割り当てられているのである。ふらついている場合ではない。

ところが、さらに予定外のことが起こった。

なんと、青年は、道端に忘れ物をしていたのだ。タジオにあるまじき行為である(タジオではないが)。

それは、大型の茶封筒だった。さきほどまでは、大事そうに抱きかかえていたはずだ。

俊彦はそれを拾い、そして直感した。

(この大きさ、この重さ。これは本一冊分の原稿では……?)

中をのぞいてみる。紙の束だ。

悪いと思いつつも、取り出してみる。

やはり、原稿だ。しかも今時珍しい手書きである。

なんと、彼は俊彦と同じ、作家だったのだ。

原稿の一枚目には、大きくタイトルとペンネーム。

「花館の少女」　愛原《あいはら》ちさと
その横に小さく、本名と住所と電話番号。

相原千里。それが、彼の名前だった。

（千里さん……美しい名だ……）

俊彦は胸を高鳴らせた。

彼の身元を知ることができたのは、思いがけぬ幸運だった。

おまけに、落とし物を拾ったということはお近づきになれるチャンスだ。それを親切に届ければ、彼に感謝されるというわけだ。

（でも、今は声をかけちゃいけない）

そんなことをしては、あとをつけていたことがバレてしまうだろう。

夜になってから「落とし物を拾いました」と電話をするのがいいだろう。

（これで完璧だ！）

俊彦は相原千里（本名）の後ろ姿を見つめながら、心をときめかせる。もはや、『エビスに死す』することなど、どうでもよくなっていた。

そのとき、いきなり千里はパタリと止まり、あたりをキョロキョロ見まわしはじめた。忘れ物に気づいたらしい。

そして、彼は、それまで下っていた坂道をあわてて駆けあがってきた。

俊彦は素知らぬふりをして、封筒を小脇にかかえる。ここで渡しては、かえって怪しまれるにちがいない。

もし、千里がこの封筒に気づいて声をかけてきたら、こう言えばいいのだ。「ああ、これ、あなたのでしたか。さっき、そこで拾ったんですよ」と。

だが、千里は気づく様子はない。そのまま、俊彦とすれちがう。

瞬間、蒼ざめた千里の顔が俊彦の良心をチクリと刺した。おまけに、苦しげな荒い息遣い――。

俊彦はこっそりと振り返る。

だが、その目に映ったのは、駆けてゆく千里の後ろ姿ではなかった。なんと、彼は道端に倒れていたのである！

（この寒空に、冷たい大地の上に、あの美しい人が……！）

その光景は、あってはならないものだった。

助けなければいけない！

俊彦は我を忘れて駆け寄ると、力強い腕で千里を抱き起こした。いつもの彼からは考えられない大胆な行動だった。

千里は、悲しくなるほど軽かった。

透き通るような色白の頬には、乾いた土がうっすらとついている。

俊彦は、それをハンカチでそっと払った。乱れた前髪も直してあげた。

壊れ物でも扱うような慎重さだった。

「しっかりしてくださいっ」

声をかけたところ、千里はゆっくりと目を開けた。

その瞬間、俊彦の全身に電流が走った。

(ビョルンより美しい!)

後に、この評価は彩子に激しく反論されることになるのだが、それはさておき、俊彦は本気でそう思ったのだし、後々そう思いつづけることになるのである。

「すみません……」

乾いた唇から、弱々しい声が洩れた。

「おなかすいて……貧血起こしてしまって……」

なんと『ベニスに死す』とは反対に、美形のほうが死にかけている。しかもほとんど野垂れ死にである。この豊かな現代日本でだ。

(やっぱり、おれが丈夫すぎて死にそうにないのがいけなかったんだ……)

べつに、そのような相対的なシステムが働いているわけでもなかろうが、弱気の俊彦はそう確信した。

「すみません。もう、大丈夫です」

千里は立ちあがろうとした。が、すぐによろけて、しゃがみ込む。

俊彦はおろおろと千里を止める。

「少し休んだほうがいいですよ」

「でも、落とし物しちゃったから……探さなくちゃ……。大切なものなんです……」

俊彦は覚った。千里が倒れたのは自分のせいでもあるのだ。

(おれに変な下心があったからだ！　封筒を拾ったとき、こっちから『落とし物です』って教えてあげなくちゃいけなかったんだ！)

俊彦は、すぐにその茶封筒を見せて言った。

「落とし物って、これですか？」

とたんに、千里の目が輝いた。

「ちょっと見せて」

あたふたと、彼は中身を確かめる。

「あっ！　これだよ、これ！　拾ってくれたんだね！　ありがとう！」

千里は元気を取り戻したようだ。しかも、俊彦があとをつけていたとは、これっぽっちも思ってはいない。

俊彦は罪悪感を感じつつも、安堵した。

彼は訊いてみる。

「小説書いてらっしゃるんですか？」

「うん」

千里はうなずいてから、つけ加えた。

「売れてないけど、一応、商売で」

「実は、おれも物書きなんです。今年デビューしたばかりですけど」

「ほんと？　名前は？」

千里は目を丸くして訊いてくる。近づきがたいほど美しいくせに、見せる表情は妙に愛敬がある。

俊彦は頬を染めつつ、こたえる。

「矢野俊彦です。ペンネームも同じです」

それから、はたと思い立ち、彼はカバンの中をゴソゴソと探り、三越百貨店の袋を取り出した。中身は、さきほど買った輸入物の板チョコ三個だ。

彩子にあげるために買ったのだが——。

「お近づきのしるしに……。チョコレートです」

俊彦はそれを千里に渡した。

「い、いいの？」

飢えている千里は、子供のような上目遣いで、おずおずと訊く。

俊彦はうなずいた。

「これ食べて、ゆっくり休んでから、一緒に駅まで行きましょう」

千里は礼を言うと、袋の中から一個を取り出し、もどかしげな手つきでパッケージを破く。

「あ、ありがとう」

「わーいっ。ひとつに二枚入ってるーっ」

小学生のように歓声をあげると、銀紙を破き、最初の一列を割り、カリッとかじる。

それから、彼は俊彦にも勧める。

「一緒に食べようよ」

俊彦はジーンと感動しつつ、渡されたチョコレートの二列目を割って取る。それをまた半分に折って、口に放り込む。

冬のチョコレートは冷たくて固くて甘くて、とても幸せな食べ物だった。

ただし、俊彦が食べたのは一列だけで、あとはすべて千里の血となり肉となった。

これで完全に、千里は俊彦に餌づけされたわけだが、俊彦のほうにはそのような意図があろうはずもなかった。

千里と話すうちに、さきほどの喫茶店で彼と斉藤は仕事の話をしていたのだと判明した。

斉藤の職業はフリーライターだった。

彼は親切心から、千里の作品を出版社に売り込もうとしたのだが、徒労に終わってしまったのである。

その前にも、数社から「うちには合いません」のひとことで、断られていたのだという。斉藤は千里に「まだあきらめるな」と訴えたが、千里は「これ以上、斉藤さんに迷惑をかけることはできない」と考え、彼を振り切って出てきたのだ。

また、以前は千里もワープロを使って執筆していたのだが、一度、金に困ってワープロを質屋に持っていったところ、そのまま借金が返せずに、哀れワープロは質流れの憂き目に遭い、千里は執筆を手書きにせざるをえなくなってしまったという。

千里の境遇に、俊彦は胸を痛めた。

（ああ、作家にさえならなければ、こんな辛い思いをせずにすんだのに……。なぜ、ここまで美しく魅力的な人がこんな仕事を選んでしまったんだ……！）

しかし、実は千里はデビュー前から生活困窮者だった。彼の場合、本が売れないことも問題だったが、それ以上に、無計画な金の遣い方に問題があったのである。

それから数日後、俊彦はゲイ・バー〈ジャングル亭〉にいた。

直樹にふられてから、この店に来るのは初めてだった。

失恋の痛手で、彼と出会った店は避けるようになっていたのだが、千里と出会ったことによって、少しは気持ちの整理ができたのだ。

もし、ここで直樹とはちあわせしても、さほど動揺することなく、あいさつぐらいはできるだろう。

ただし、その夜、俊彦は一人で感動の嵐の中にいた。千里の作品を読み終えたのである。

少女小説を書いているとは聞いていたが、彼の作品は想像を絶するものだったのだ。

愛原ちさと著『学園の小鳥たち』（迷文社《めいぶんしゃ》タンポポ文庫）なる本を書店で見つけて買ったのが、今日の昼過ぎだった。そして、夜には読み終えて、俊彦は、それが少女同士のほのかな愛を描いた作品であることを知ったのである。

戦前の女学校で「エス」と呼ばれたそれを、愛原ちさと先生は、現代の女子校を舞台に、見事に描ききっているのだ。

（すごい才能だ！）

が、売れるまい。内容が現実離れしすぎている。

作品の舞台は、厳しい校則の支配する名門のミッション系私立女子高校。

主人公は、そんな学園で個性を埋没させている平凡な少女だ。彼女は、同じクラスの美少女（秀才だが、校則を平気で破る一匹狼的存在）に憧れている。

ふとしたきっかけで親しくなった二人は、やがて清らかな愛をはぐくむようになるのだが、学校側はそれを穢《けが》らわしい関係とし、少女たちを引き裂こうとする。

二人は抵抗するが、結局、秀才少女は主人公を守るために、学園を去る。自分を犠牲にしたわけだ。

そして物語は、この二人をかわいい小鳥に、学校を鳥カゴにたとえ、幕を閉じる。

ラスト・シーンで、泣きじゃくる主人公に、秀才少女は言うのだ。

る。

「カゴの外で、貴女を待っていてよ」

……まあ、文章はまずくないし、構成もうまい。が、テーマがあまりにもマイナーである。

ごくごく少数のカルトなファンはつくだろうが、ヒットは望めないだろう。

貧乏がいやなら、すぐにこの作風を変えろ——と忠告する親切かつ失礼な友人は、千里にはいないらしい。

そして、俊彦もまた、そのような友人にはなりえなかった。彼の場合は、本気で感動していたのである。

（ああ！　あの華やかな千里さんが、こんなに古風なものを書いていたとは！　人間って、なんて奥が深いんだろう！）

しかし、どういう考えがあって、千里は乙女同士のほのかな恋を描いているのだろう。

その疑問に気づいたとき、俊彦はひとすじの希望の光を見出した。

（もしかしたら、千里さんはゲイなのか？　いや、まだ目覚めていなくとも、その素質があるとか……？）

そのとき、いきなりポンと肩を叩かれた。

「よおっ！　いつかのヒグマじゃねえか！」

（ヒグマぁ？）

俊彦はショックを受けつつ、振り返った。

そこにいたのは、意外や意外、斉藤だった。

「なんです？」

俊彦はむっつりとこたえた。

突然の馴れ馴れしさなら許すが、「ヒグマ」は許せなかった。ツキノワグマならまだしも、それよりもはるかにでかいヒグマ扱いとは、失礼にもほどがある。

斉藤はニヤニヤしながら言った。

「あんた、あの威勢のいいのにふられたんだってな」

直樹のことだろう。

俊彦は心の痛みを隠し、ムッとした顔を作る。

「その話題には触れないでください」

「そりゃ失礼」

茶化すように言ってから、斉藤は勝手に俊彦の横に座る。そして、バーボンをロックで注文すると、ふたたび訊いてきた。

「このまえ、相原のあとを追いかけていっただろ？　恵比寿で」

（あ……）

気づかれていたのだ！

俊彦は動転した。

「奴に惚れたか？」

「べ、べつに……」

しかし、否定の仕方が甘かった。イエスとこたえたも同じである。

「あれは、やめておいたほうがいい。相原は」

俊彦は警戒しつつ、斉藤を見た。

しかし、予想に反して、斉藤の表情に悪意は見られなかった。ただ、おかしいほど生真面目な顔をしているだけだ。

「相原はノンセクシュアルだぜ」

「え……？」

「だれかに惚れることなんて、まずないってやつだ。相手が同性だろうと異性だろうと」

（千里さんが……！）

俊彦は衝撃を受けた。

それでは、自分の恋は成就の望みナシというわけか。

しばらく、俊彦は身動きもせず、その衝撃に耐えていた。

耐えながら、必死で自分を慰めるひとつの論理を組み立てようとし、そして、ついに彼は望ましい結論に到達した。

（でも、それでいいのかもしれない。あんなに美しい人が、だれか特定の人と愛しあうとなったら、彼あるいは彼女以外の全人類にとっては、非常に不公平な結果になるじゃないか。だったら、いっそのこと、千里さんがだれをも特別に見ない人であるほうがいい。こ

れで、この点に関しては、全人類は平等だ。いいことじゃないか）

そう思ったが、フッと気を抜くと、心の中はトホホ状態になってしまう。

（でも、千里さんがゲイだったらなぁ……）

カラン、と斉藤のグラスの氷が鳴った。

いつの間にか、彼は一杯目を空けていた。

まずいことに、目がすわっている。意外と酒に弱いらしい。しかも、酒癖がよくない。

俊彦はヒヤヒヤしながらひそかに観察していた。

二杯目を注文してから、斉藤は俊彦のほうに向いて、いきなり言った。

「あいつに恋愛させるな。……いや、あいつに手を出すな、と言ったほうがいいかもしれねえな」

（やっぱり、この人、千里さんのことを……）

とっさに想像を巡らせた俊彦に、斉藤は言う。

「勘違いするなよ。おれは、あいつに惚れているわけじゃねえ。あいつの心境の変化によって作風が変わってしまうことを恐れているだけだ。おれは……正直言って、あいつの作品に惚れているんだ」

「作品に？」

「悪いか？」

「い、いいえ」

俊彦が真顔で否定すると、斉藤は満足したらしく、しみじみとした口調になって言った。

「いいじゃねえか、あの世界。学園で花開く、美しい『お姉様』と可憐な『妹』の清らかな愛だぜ」

そして、斉藤は悩ましげなため息をついた。すでに一人で別世界に行ってしまっている。

（こっ、怖いっ）

俊彦はおびえた。

てっきりハード・ゲイだとばかり思っていたもみあげ男が、うっとりと夢見る乙女の瞳で宙を見つめているのだ。

「なあ。あんた、生まれ変わりって、本当にあると思うか？」

「さ、さあ……」

いきなり宗教的な話かと思いきや、

「もし、生まれ変われるなら、かわいい女の子に生まれたいもんだよな」

（って、同意を求めないでくださいよーっ）

「それで、もちろんミッション系の女子校に通うんだ。これは基本だぜ」

なんの基本なのやら……。

斉藤は完全に酔っている。アルコールが自白剤と化したか、彼は淡々と続ける。

「それで、可憐な来世のおれは、上級生の美しいお姉様に愛されるんだぜ。いいよなぁ」

（可憐な来世のおれ……可憐な来世のおれ……）

心の中、うわごとのように、俊彦はその台詞を繰り返した。

斉藤はフッとニヒルに笑い、ボソッと言った。

「夢だよな」

――とどめだ。

俊彦の脳味噌は、衝撃でグラグラした。

しかし、斉藤は容赦なくなおも続ける。

「時々、ふと思っちまうんだよ。おれは本当はかわいい女の子に生まれるべきだったんだ、ってな」

（これって、まさか、トランス・セクシュアル？）

そうだ。

斉藤は一見純粋なハード・ゲイのようで、実はトランス・セクシュアル（性転換願望）の気《け》まであったのだ。しかも、かわいい女の子になって同性と愛しあいたいという、レズビアン願望である。

（人間って……人間って、奥が深すぎる……）

千里がノンセクシュアルで、女性名のペンネームを持つ少女小説家で、エス小説を書いているということなど、もう、不思議なことでもなんでもなかった。

そして、俊彦は、千里がノンセクシュアルだと知ったこの夜から、ますます彼のことを崇拝するようになるのである。

（だれにも恋することがないなんて……。千里さんは美しいだけではなく、身も心も清らかな人なんだ。あの人は、おれの天使だ……）

というわけである。

彼としては、なかなかのプラス思考であった。

＊

過去に飛んでいた思いを現在に戻し、俊彦はため息をついた。

志木のマンションの前、彩子はマイペースで煙草をふかしてくつろいでいる。

この横暴なレズビアンのお姉様と共に避難してきてから、もう三十分ほどが過ぎただろうか。

愛する男は、まだ迎えにきてくれない。いつになったら目覚めてくれるのだろうか。

（おれは、彩子先輩なんかよりも、千里さんや志木さんのそばにいたいのに……）

彼がわが身の不幸を呪いはじめたところに、ちょうど、

「トシちゃーん」

（千里さん！）

俊彦はガバッと立ちあがり、振り返った。

階段の上には、千里がなぜか悲しげな顔でたたずんでいた。

「志木がいじめるー」

どうやら、千里も追い出されたようである。

「あんた、いじめられたんじゃなくて、志木を怒らせて部屋にいられなくなったんでしょ？」

彩子が厳しい口調で言う。自分も部屋にいられなくなったのだということを少しも感じさせないところが、なかなか巧みだ。

「違うよぉ！　いじめられたんだよぉ！」

千里は懸命に主張するが、それが本当だとしたら、ますます情けない。

「どんなふうに、いじめられたのよ？」

「ビーフ・ストロガノフなんてわけわかんない食べ物より単なるハヤシライスが食べたい、って主張したら志木が怒り出してさぁ」

「それは『主張した』っていうよりは『だだをこねた』っていうべきよ」

「だだなんか、こねてないよぉ」

千里は子供のような口調で否定しつつ、ポケットを探る。

「でね、志木ってば、このメモをぼくに持たせて、部屋から追い出したんだよ」

それは買い物メモだった。牛肉、タマネギ、マッシュルーム、グリーンピース、ドミグラスソース、トマトピューレ、米……。

「これは『追い出した』んじゃなくて、『買い物をたのんだ』っていうべきよ」

「あれが、人にものをたのむ態度？」

「じゃあ、『買い物を命じた』のよ」

俊彦はメモを見ながら言う。

「でも、これ、ハヤシライスの材料じゃないですか？　志木さんは、ハヤシライスを作るよ、って言ってくれたんですよ」

「あーら、ほんと。あの男、素直じゃないわねぇ」

メモをのぞき込みながら彩子が声をあげ、千里は不満げに言う。

「だったら、ちゃんと『ハヤシライスを作ってあげるから、買い物に行ってください』って言ってくれればいいのに」

「言うわけないじゃないの。志木が」

「……そうだね」

千里はしみじみとうなずいてから、メモを指さし、

「でも、これ、ひどいと思わない？　ここ、見てよ。米、二十キログラムだって。こんなの、持ってこられないよ」

「おれが持ちますよ」

「いいの？」

俊彦が言うと、千里はうれしそうに俊彦を見あげた。

「はいっ」

俊彦も内心嬉々としてうなずく。

「よかったー。トシちゃんがいてくれてー」

その台詞に、俊彦はジーンと感動した。

恵比寿で助けた美青年は、このようにすっかり俊彦になついてしまっていたのであった。

「わたしは部屋に戻ってるわよ」

彩子は背中を向けた。

そのとき、俊彦は、ハッと気づいた。この「米、二十キログラム」という量は――。

(まさか、志木さん、おれが千里さんと買い物に行けるように、わざわざ書いてくれたとか……?)

だが、事実は違っていた。志木はただ、千里をいじめるために書いただけである。

俊彦は、それを知るよしもなかった。

「トシちゃーん! 早くぅ!」

すでに歩き出していた千里が、手まねきをする。

「はいっ」

俊彦は心に幸せと疑念をかかえて、千里の許に駆けていった。

ところで、部屋に戻った彩子と、すでに「お怒りをお鎮めになった大魔人様」状態の志木との会話だが――。

「ねえ、志木。トシったらね、世界で一番美しいのが千里で、二番目に美しいのがビョルン・アンドレセンだなんて、堅く信じてるのよ。いかれてるわよね」

「ほぉ……千里が一番か。まあ、あいつなら世界で三千番以内には入るんじゃないかと、おれも常々思ってはいたが」

「あんた……その数字のほうが、かえってリアルで怖いわよ」

「そうか？」

志木はそっけない口調で言い、茶を飲んだ。

ただいま、二人は熟年カップルよろしく、夫婦茶碗でティータイム。ただし、夫用の大きい茶碗を使っているのは彩子である。これは、茶を淹《い》れた者の特権だった。

彼女は、志木に訊く。

「ねえ。ビョルン・アンドレセンとトシ、どっちがゲイにもてると思う？」

「トシちゃんだろ」

志木が大真面目な顔でこたえると、彩子は身を乗り出し、力を込めて言う。

「でしょぉ？　ゲイにもてるタイプって、ビョルンみたいな妖艶美少年じゃなくて、トシみたいな男っぽい奴よねぇ？」

「当然だ」

あくまでも冷静な志木とは対照的に、彩子はじれったそうにテーブルをダンダン叩きながら言う。

「トシったら、この事実に気づいてないなんて、バカよっ。あんないい体してて、ゲイにもてないわけがないじゃないのっ」

「なら、トシちゃんに教えてあげたらどうだ？」

「いやよ」

少しの迷いもなく、彩子はこたえた。

「トシが自信持ちはじめたら、わたしの家来をやめちゃうもの。きっと」

「おまえ……ひどい先輩だな」

「それに、トシは謙虚で善良だからこそ、魅力的なのよっ」

「じゃあ、彩子がそう言ってたって、トシちゃんに伝えておこうか？」

「やめてちょうだいっ！」

激しく言い放ってから、彩子は訴える。

「あんただって、もてることを自覚して鼻の下伸ばしてるトシなんて、いやでしょ？　男の子の扱いに慣れてるトシなんて、いやでしょ？　自信満々でなんだかエラそうなトシなんて、いやでしょ？」

「確かに、いやだな」

志木が重々しくこたえると、彩子はニヤリと笑い、声を落として言う。

「なら、話は簡単よ。トシがゲイにもてるタイプだってこと、本人には絶対に覚らせないこと。いいわね？」

「わかった」

志木は真顔でこたえた。

こうして、悪い大人二人は、合意にこぎつけたのであった。

その頃、なにも知らない俊彦は、千里と二人、新婚夫婦のように仲よくスーパーで買い物をしていた。

今、彼はとても幸せだった。

傍から見れば、ささやかな幸福だが、実はこれが彼にとっては幸せの絶頂なのだ。

幸せなのか不幸なのかわからない恋だが、本人が幸せなのだから、きっと幸せな恋なのであろう。

ところで、あの直樹はといえば、現在は都内の私立大学で法学を学んでいるという。俊彦から数えて三人目の恋人とうまくいっているらしい。

ユウはダンナとの新生活を始めるべく、マンションを探しているそうだ。

秋雄はあいかわらず、友人たちに愛されていた。大切にされてはいなかったが。

そして〈ジャングル亭〉のクララちゃんは、去年よりさらに成長し、店内にはびこっていた。

それぞれが、それなりに、幸福に暮らしている。そんな今日このごろだった。

第四話　それは詭弁というものだ

1

ある晴れた日の午後のことだった。

突然、同性に愛を告白されてしまい、志木《しき》昴《すばる》は静かな口調で言った。

「やっぱり、おまえ、ゲイだったんだな？」

すると、相手はあわてて首を横に振った。

「違うっ。ぼくはホモなんかじゃないっ。たまたま好きになった人が男だったっていう、ただそれだけのことだっ」

（あのな……）

相手の苦しい言い訳にめまいを感じつつも、志木は力を振りしぼり、きっぱり言った。

「それは詭弁というものだ」

そして、相手の表情が凍りついたのを確かめてから、彼はとどめを刺すべく続けたのである。

「だいたい、ゲイでもバイでもない男に、たまたま好きになられてたまるか」

なにを隠そう志木はバイセクシュアルであり、おまけにその見映えのよさとは裏腹に、お人柄は厳格でどこまでも重々しい。

近代兵器にたとえれば、地雷だ。おとなしそうに見えて、うっかり踏みつけると怒り爆発、被害甚大。

フッ、おれにさわると火傷するぜ——といったヤカン程度の生易しい人物とはわけが違うのである。


東京都豊島区目白の閑静な住宅街を、ハードな雰囲気の若い男女が歩いていた。それは、なつかしの刑事ドラマ「Gメン'75」のオープニングを二人きりで演じているかのような、派手で渋い光景であった（ただし、道は一方通行である）。

女は一七〇センチ近い長身に加え、ハイヒールを履いている。完璧なプロポーションに、長く艶やかな黒髪が美しい。

とにかく圧倒的な存在感の、迫力の美女だ。

そしてまた、男のほうも存在感と迫力では彼女に負けてはいなかった。

一九〇センチを越す長身に鋼鉄の筋肉をたくわえた、まるで戦うためにこの世に生を享《う》けたかのような戦士タイプの若者なのだ。

わが国の自衛隊は、他国の外人部隊に彼をとられる前に、つばをつけておくべきであろう。

ところが、彼らはこう見えて、実は出版業界の人間だった。

男の名は矢野俊彦《やのとしひこ》、職業は小説家（兼、大学生）。女の名は田中彩子《たなかさいこ》、職業は漫画家。

そしてまた、俊彦はゲイ、彩子はレズビアンであり、よってこの二人、不毛としか言いようのない間柄なのである。

そんな二人が、たった今、交わしている会話はといえば——。

「志木と千里《せんり》がいい仲になるのも、時間の問題ね」

「えっ？」

いきなり美青年二人の名を出され、俊彦は真剣な顔になった。現在、彼は千里にぞっこんよろめいているのである。

彩子は前方を見つめたまま続ける。

「最近、どうも怪しいのよね。志木のうちに行くと、必ずといっていいほど千里がいるのよ」

「でも、元々、志木さんの家って、たまり場みたいなものじゃないですか」

たまり場みたい、ではなく実際にたまり場だった。今も二人は志木の家に向かっているところなのだ。

「あんたは知らないでしょうけど、最近、千里ったらね、午前中から居座ってるのよ」

彩子は噂好きの主婦のようにオーバーに眉をひそめて情報提供する。

しかし、それを知っているということは、彩子も午前中から志木の家に入り浸っているということだ。

「あれは、絶対に怪しいわよ」

「でも、千里さん、ノンセクシュアルじゃないですか」

俊彦は負けずに反論した。

彼が千里に告白できないのも、ひとえに千里が異性にも同性にも興味を示さないノンセクシュアルであるがゆえ。ここで千里と志木がいい仲になるだろうと予言されても、とっさに信じられようか。

しかし、彩子はもっともらしい調子で言う。

「志木は経験豊富なバイセクシュアルよ。お子様な千里を落とすことなんて、赤子の手をひねるようなもの。お茶の子さいさい、朝飯前のラジオ体操よ」

「じゃあ、彩子先輩は、志木さんが千里さんにモーションかけてるって言うんですか？」

「そうよ。決まってるじゃないの」

彩子は底なしにシリアスな表情でこたえる。

「だいたい、志木はね、セックスが三度の飯より好きなのよっ。その証拠に――」

俊彦は思わずゴクリとつばを呑み込む。

「そ、その証拠に？」

「あいつ、いつも朝食は抜いてるのよ」

「え？」

「つまり、志木には三度の飯なんてありえないのよ。セックスはしてるけど」

ガックリと力が抜けた。真剣に聞くのではなかった。

「そのギャグ、わかりにくかったです」

「そういうときには機転をきかせて、古典的に『ぎゃふん』ぐらいは言ってうまくオチをつけなさいよ。あんたも気のきかない男ね」

しかし、こんなところでくだらぬギャグの片棒をかつぐ気などあろうか。

俊彦は遠回しに抗議する。

「だいたい、なんで、彩子先輩、志木さんのこと悪く言うんですか。本当はすごく仲いいくせに」

すると、彩子はフンと鼻で笑ってこたえた。

「だって、志木って、いつもなんだか偉そうにしてて、時々、腹立つんだもの。おまけに、読者にはクリーンなイメージで売ってるし。だから、こっちもあいつの存在そのものを茶化してやらないことには、気がすまないのよね」

（ひどい）

いきなり出た彩子の本音に、俊彦はドッと疲れを感じた。

田中サイコこと彩子が、エグく過激な作風でカルトな人気を保っているギャグ漫画家であるのに対し、志木昴は洗練されたストーリー漫画を得意とし、読む者を時には笑わせ時には泣かせ、多数の読者の絶大な支持を受けている。

つまり、作品からイメージされる作者像は、田中サイコが変人・変態のたぐいであるのに対し、志木昴は洗練された都会人、あるいはクールな大人の男、といったところなのである。これで彩子が面白く思うはずがない。

自分はレズビアンで志木はバイセクシュアル。同じセクシュアル・マイノリティで、どうしてここまでイメージが違うのだ、という理不尽な思いゆえ、ついつい志木をいじめてしまうのだろう。

しかし、志木は繊細そうな外見とは裏腹に、横暴なレズビアンにいじめられて泣き寝入りするような男ではない。

(今日は彩子先輩が志木さんを怒らせませんように……)

祈るような気持ちで、俊彦は志木のマンションのエレベーターのボタンを押した。

彩子は俊彦を従え、ズカズカと部屋に入っていった。

志木はいつも玄関の鍵をかけていない。よって彼の家は、強盗や殺人鬼や彩子や千里が入り放題なのである(ただし、強盗と殺人鬼が訪れたことはいまだにないらしい)。

案の定、部屋にはすでに千里がいた。

広いリビングルームの明るい窓際に寝転がり、レポート用紙を広げて熱心になにやら書いている。次の作品のプロットでも考えているのだろう。

長い茶色の巻毛は片方の肩へと流れ、整った横顔を優しく見せている。真剣そうに見えて、膝から下は空気をかきまぜて遊んでいた。

その前で、志木は椅子にかけ、本を広げている。丸眼鏡の似合う知的な風貌に、千里とはまた別の感じのよさがある。

若く美しい男二人が作り出しているこの平和な光景に、俊彦は軽いめまいを伴う幸福を感じた。

志木は俊彦と彩子に気づくと「やあ」とだけ言い、微笑んだ。どうやら今日は機嫌がいいらしい。

俊彦はホッとした。志木のことは好きだが、彼の厳格で気難しい性格はいまだに苦手なのだ。

彩子は片手にさげていた袋を高くかかげて言った。

「今日はオーソドックスに、Ｔｏｐｓのチョコレート・ケーキよっ！」

「わーいっ！」

真っ先に食べ物に反応したのは、当然、千里だ。筆記用具を放り出して起きあがると、ワクワクといった面持ちでやって来る。

「開けて、開けて、開けてーっ」

まるで、エサがもらえるとわかって尻尾フリフリ状態の子犬である。最年長だとは思えない落ち着きのなさだ。自分が美形だという自覚にも著しく欠けているのだろう。

千里とは対照的に平静を保っている志木は、本に目を戻すとだれにともなく言った。

「キッチンに買ったばかりのコーヒー豆がある。淹《い》れてもらえると非常にうれしい」

「おれ、やります」

俊彦はキッチンに向かった。

ところで、志木は、俊彦が千里に惚れていることにはすでに気づいている。

しかし、彼はその事実には触れようとはしない。まさに、大人の態度である。彩子とは違う。

俊彦はヤカンを火にかけた。

お湯が沸くのを待ちつつ、コーヒー豆をミルでゴリゴリと挽く。そうしながら、彼は考える。

(もしかしたら、やっぱり志木さんは千里さんのことが好きなのかもしれない)

彩子の「二人がいい仲になるのも時間の問題」という予言は、当たっているのかもしれない。

俊彦はミルのハンドルを回すのをやめた。とっくに豆を挽き終えていたのに気づいたのだ。

彼はさらに考える。

(だって、志木さんは十八のときに千里さんと知りあっているし、二人とも美形だし、お似合いだし、志木さんは冷静だし……)

しかし、それでは全然「志木さんは千里さんのことが好きなのかもしれない」の根拠とはいえまい。

千里がからむと、元々優秀なはずの俊彦の脳味噌は、目覚ましい能力の低下を見せるのである。悲しむべきことに。

そして、スカスカになった彼の頭の中には、たちまち、五年前の志木と千里の姿（いつぞやの写真を元にした想像図）が浮かんできたのである。

舞台は耽美を極めて、花盛りの薔薇園だ。

千里の髪は今と違って短く、また、志木は眼鏡をかけていない。そして、この二人は、なんとも「お約束」なことに、追いかけっこなんぞをしているのである。

千里「昴！　ぼくをつかまえてごらん！」

志木「あっ。待てよ、千里！　待てってば！」

（註・美少年あるいは美青年同士が、互いを苗字でなく名前で呼びあうというのは、耽美の基本である）

千里「あははは……。こっち、こっち！」

志木「待てよぉ！　こいつぅ！」

千里「あはははは……」

二人は遠ざかり、俊彦の脳内の視界から消えた。

当人たちがこれを知ったら、腰を抜かすは必至であろう。

しかし、俊彦は一人、握り拳をプルプル震わせて盛りあがる。

(志木さん、ずるいっ！　ずるすぎますっ！　自分も美青年だからって、薔薇園で千里さんと追いかけっこするなんてっ！　おれだって、千里さんと『ぼくをつかまえてごらん！』をやりたいのにっ！)

しかも、俊彦のやりたい役は、もちろん「ぼくをつかまえてごらん！」の台詞が与えられている、挑発して逃げる美少年役である。これは無謀というか、大胆というか、「やめなはれ」というか……。

「トシ！　トシってば！」

迫力のソプラノに、ハッと我に返った。声の主は彩子だ。

とたんに、ヒステリックな笛吹きケトルの音も耳に入る。

「お湯、沸いてるわよっ」

「す、すみませんっ」

俊彦はあわてて火を止めた。

ずっと鳴りっぱなしだったのだろう。彩子たちには不審に思われたにちがいない。まずいことをした。

俊彦は内心ドキドキしながらも、ドリッパーにペーパー・フィルターをセットし、熱湯をそそいで洗う。

それから、挽いたコーヒー豆を入れ、改めて湯をそそぐ。たちまちコーヒーの香りがキッチンに広がる。

しばらく彩子は黙々とコーヒーを淹れる俊彦を観察していたが、やがてボソリと言った。

「やっぱり、志木と千里って、ふとしたきっかけでくっついちゃうクチだと思うわ」

「そ、そうでしょうか？」

動揺のあまり、俊彦の声は裏返った。

彩子はフッとため息をつくと、非常に冷静な口調で改めて切り出す。

「ねえ。学校の大教室とか学食で、男子学生と女子学生が並んで座って親しげにお喋りしていたとするじゃない？　そういうとき、二人が友達同士か恋人同士か見分ける方法、知ってる？」

「いいえ」

「肘よ。肘を見るのよ」

彩子はきっぱりと言い切る。

「とにかく、二人の肘が触れあっているかどうかを見るの。触れていなかったら友達同士、触れていたら恋人同士よ」

「そうなんですか？」

「ええ。この方法なら、まず間違いなく見分けられるわ。これはわたしが長年の経験で発見した法則よ」

（長年の経験……それって、ひょっとしたら、出歯亀の経験？）

俊彦は冗談半分に思ったが、口に出すほど命知らずではなかった。

知らぬが仏の彩子は、声をひそめて俊彦に報告する。

「今、志木と千里が並んで座ってるのを見たら、肘が触れあってるのよ。もう、バッチリ」

「バッチリ、ですか？」

「ええ。志木は他人に触れられるのをすごくいやがるはずなのに、今は千里とピッタリくっついてるのよ。だいたい、志木の奴、これまでさんざん千里をいじめてきたくせに……これは絶対に変よ」

ここまで聞いてしまうと、さすがに心配になってきた。

「そういえば、千里さん、少し前までは志木さんのこと『意地悪だ』ってこぼしてたのに、ここのところは全然です」

「ほーら、そうでしょ？」

彩子は得意げに続ける。

「このままでは、千里があぶないわ。志木の毒牙にかかるのも時間の問題よ」

彩子の表情は真剣だった。彼女自身も確信しているらしい。

こうして、俊彦のデリケートな心には、不安のくさびが打ち込まれたのであった。

翌日学校で提出するレポートを仕上げるため、俊彦は早めに帰らねばならなかった。

千里と彩子はコンピュータ・ゲームに夢中で、見送りに来てはくれなかった。

この家の主である志木は、お出迎えをしないのと同様、お見送りもしない。いつものメンバーに対しては「来る者拒まず、去る者追わず」なのである。

孤独に靴を履き、俊彦はドアを開ける。

そこで、彼はハッとした。真ん前に、一人の男がたたずんでいたのだ。

スーツを着ているところを見ると、サラリーマンだろうか。整った顔立ちをしているが、気の弱そうな印象の青年だ。

数秒の間、二人の視線はからみあった。

「……あの、なにか？」

外に出ながら俊彦が声を発したところ、男はビクッと身を震わせた。

背中でドアを閉めつつ、俊彦は覚った。彼はおびえているのだ。

（ああ！　また、罪のない他人様を怖がらせてしまった！）

おのれの凶悪そうな外見を百も承知で、それに強いコンプレックスを持つ俊彦は、内心深く傷つきながらも、つとめて優しく男に訊いてみる。

「この家にご用ですか？」

「い、いいえっ。家を間違えましたっ。すみませんっ。すみませんっ」

男はペコペコ頭を下げると、あたふたと立ち去った。

どうやら、なにかのセールスだったらしい。

すでに俊彦は、かなりの精神的ダメージを受けていた。

(やっぱり、おれ、見かけが怖いんだ。以前から、ヒグマとかターミネーターとか巨神兵《きょしんへい》とか言われてたし……。でも、巨神兵だって、好きで巨神兵に生まれたわけじゃないんだっ。なんの罪もないのにたまたま巨神兵に生まれてきちゃっただけじゃないかっ。それを、なにもあんなふうに、まるでおぞましいものであるかのように見なくたって……)

嗚呼！　気分はすでに巨神兵！

これは、なかなか辛いものがある。王蟲《オーム》には優しかった風の谷のナウシカでさえ、巨神兵には冷たかったのだ。巨神兵の道は、まさに修羅の道だ。

俊彦はフラフラと歩き出した。

傷ついた心は、悲しい歌を紡ぎ出す。

(ヒグマだーって、巨神兵だーって、ターミネーターだーってー、みんなみんな、生きているんだ、ともだちなーんーだー)

2

日曜日の午後、俊彦は千里の家に向かっていた。

木造モルタル二階建てアパートの一階角部屋六畳一間、トイレつき風呂なし。それが、この絶世の美青年の住処《すみか》であった。

ここで特筆すべきは、千里の家に風呂がないことであろう。つまり、彼は銭湯を利用しているのだ。

そして、今さらながらその事実に気づいてしまった俊彦は、狂おしい焦燥感に苛《さいな》まれていた。

（ああ、なんてことだ！　千里さんの美しい肌が、毎晩毎晩、大勢の男たちの無遠慮な視線にさらされているなんて！）

しかし、それが銭湯というものである。

（ああ！　おれに少しでも勇気があったなら、すぐさまその場に駆けつけて、千里さんの体をバスタオルで包み『どうか、うちの風呂をお使いください』と申し出ることもできるのに！　でも、そんなことをしては、この燃えるような思いを千里さんに知られてしまう！）

しかし、それ以前に、千里は俊彦の行動を非常に迷惑に思うことだろう。

俊彦はなおも考える。

（無邪気な千里さんは、おれの気持ちなど知らずに、今夜も風呂屋に行ってしまうにちがいない！　ああ！　どこまで残酷な人なんだ！　……でも、正直いえば、おれも千里さんと一緒に風呂屋に行きたかったりする……）

と、ついに本音に行き着いたわけだが、彼はあわててその思いをかき消す。

（ああっ！　いけないいっ！　おれという奴は、清らかな千里さんに対し、なんと不埒《ふらち》な想像をしているのだっ！　おれは最低の下衆《げす》野郎だっ！）

つまり、千里に惚れてはいるのだが、ノンセクシュアルである彼を穢《けが》したくはないのである。実に悲しいジレンマだ。

苦悩しつつ、俊彦は千里の許へと急ぐ。手には、おみやげの甘辛団子をぶらさげて。

彼と二人きりになれるのは、久々だった。今日はひたすら、その幸福を堪能すべきであろう。

（もう、風呂屋のことは忘れよう）

くよくよ悩んだところで、千里の家に風呂がつくわけでもなし。その点に関しては、あきらめるほかない。

千里の住むアパートが見えてきた。

（あっ）

俊彦の足は、一瞬止まりかけた。

前方に見覚えのある人物がいるのに気づいたのだ。

どこか気弱そうに見える、スーツ姿の若い男――数日前、志木のマンションで見たセールスマン（かな？）にちがいなかった。

彼は塀の外から、アパートの通路をのぞいている。

（あの人、また、おれを怖がるかもしれない）

俊彦は思い、曲がり角の塀に身を寄せた。

男はスタスタとアパートの通路に入る。俊彦は彼を追い、塀の陰から出る。

男はまず、一番奥の千里の部屋に行き、古ぼけたドアをノックした。

すぐにドアは開いた。

男はやはり、セールスマンだった。アタッシェケースからカタログを取り出すと、千里に商品の説明を始めたのである。

俊彦は耳をすまし、彼の説明を聞き取ろうと試みる。

「……ご覧の通り、様々なタイプを取りそろえております。この機会に、いかがでしょう？　以前よりはずっとお求めやすくなっておりますし」

このまえは気弱な印象しかなかった彼だが、さすがはセールスマン。なめらかなセールス・トークが見事だ。

だが、千里は感心する様子もなく、そっけなくあしらう。

「いりません。こんな高いもの」

「分割払いという方法もございます。たとえば、二十四回払いですと、こちらの一覧表のような金額になります。いかがでしょう？　この程度でしたら、負担になるほどの額ではないと思いますが……」

彼の台詞に、俊彦はハッとした。

(あの人、語尾にオネエが入ってる!)

時折、オネエなゲイの中には、普通の言葉遣いで喋っても発音やイントネーションがオネエ言葉になってしまう者がいる。特に語尾だけ妙な抑揚がついてしまったり、裏返ってしまったりするのは、よくあることだ。

このセールスマン氏は、語尾がややねちっこくなるのである。聞く者が聞けば、そこにオネエの気配が読み取れるはずだ。

(あの人、実はオネエさんか?)

俊彦は思ったが、すぐに思い直す。

(いや、あれはそれなりの効果をねらったセールス・トークだろう。やたらと物腰の柔らかいセールスマンって、時々いるじゃないか)

なんのセールスかはいまだにわからないが、千里はすぐに断ったようだ。

ドアが閉まり、男はすごすごと帰ってゆく。

俊彦はここでまた、新たな疑問を感じた。それまで身を隠していた電柱の陰を離れつつ、彼は考える。

(あの人、ほかの家には寄らずに帰っていくけど……。これって、千里さんのところだけを狙っていったってことか?)

一体、なぜ? それに、なんのセールスなのだ?

俊彦はすぐに、千里の家のドアをノックする。

「はーい！」

元気な返事が聞こえて、ドアが開いた。

「あ。トシちゃん。いらっしゃーい」

たちまち千里は笑顔になる。

「どうぞ、あがって、あがって」

「おじゃまします」

俊彦はドキドキしながら愛する男の部屋に入る。

しかし、あいかわらず、なんの色気もない部屋である。いや、色気がないというよりは、むしろ異様というべきか。

端から端までズラリと並べられた本箱――部屋の四分の三は図書館状態なのだ。

ちゃぶ台の上におみやげの包みを置いて、俊彦は言った。

「甘辛団子、買ってきました」

「えーっ。ありがとーっ」

千里はいとも簡単に幸せな顔になる。それがまた、俊彦を幸福にする。

「お茶淹れるから、待ってて」

流し台に立った千里に、俊彦はできるだけさりげなく訊いてみる。

「さっき、なにかのセールスの人、来てませんでしたか？　すぐそこで、すれちがったんですけど」

「家具屋さんだったよ」

「家具屋……？」

耳を疑った俊彦に、千里は言う。

「そこにカタログがあるよ」

見たら、妙に洒落たデザインのカタログが畳の上に放り出してある。

表紙の写真は、部屋着らしいラフな服を着た金髪の姐《ねえ》ちゃんがモーニングカップを手に窓辺にたたずんでいるという構図。タイトルは「最高の眠りを、あなたに」。

たいして厚くはない。俊彦はページをめくってみた。

商品はベッドばかりだ。様々なデザインがある。

どうやら、フランス製ウォーターベッドのカタログらしい。

（でも、なんであの人、こんな小さなアパートに来たんだ？　ふつう、こういう物は、広いマンションや一戸建て住宅で売れるものじゃないか？）

千里の部屋では、こんなものを買っても、壁に立てかけるしかないだろう。

やはり、あのセールスマンは怪しい。

だいたい、志木のマンションで声をかけたときに、妙に彼はうろたえていたではないか。

あれは自分の迫力におびえたのだろうと俊彦は勝手に思っていたのだが、実はそうではなく、セールスマン氏自身にやましいところがあったのではないだろうか。

彼がこのアパートの中で千里の部屋だけを訪問したのも、おかしい。不自然すぎる。

しかも、彼の語尾にオネエ言葉の痕跡……。

（やっぱり変だ。それに、なんだか危険な気がする）

しかし、千里はなにも疑ってはいない。のんきに鼻歌を歌いながら、日本茶を淹れている。

（なんでフランス製ウォーターベッドなんだ？　なんでオネエなんだ？　なんで志木さんと千里さんの家に来たんだ？）

……わからない。

俊彦は焦りを感じた。

こうなると、もう、「志木と千里がいい仲になるのも時間の問題」という彩子の予言など、どうでもよくなっていた。

（怪しいセールスマンが、千里さんと志木さんを狙ってる！）

だとしても、セールスマンの正体はわからないし、なぜ千里と志木が狙われているのかも謎だ。

（帰ったら、彩子先輩に電話して訊いてみよう）

俊彦は決意した。

傲慢で横暴な先輩だが、彼女さえいれば、ゴジラを味方につけたも同然である。

ただし、ゴジラはいわば諸刃の剣《つるぎ》。うっかりしていると、こちらも踏みつぶされる恐れがある。

（でも、千里さんと志木さんが無事なら、おれはどうなったっていいんだ）

健気《けなげ》な俊彦は、結局そのような結論に到達したのであった。

そして、その夜、俊彦は彩子に電話で報告したのである。

ひと通り彼の話を聞いてから、彩子は憤慨したような声でコメントした。

「千里にウォーターベッドぉ？　バカじゃないの、そのセールスマン。床の上でも熟睡できる男が、そんなもの買うわけないじゃないのっ。千里にはゴザで充分よっ。ゴザでっ」

（なにも、そんな言い方しなくたって……）

ひそかに俊彦は心でつぶやく。

気の毒なことに、千里は美形にしては異様に粗末に扱われているのだ。

だが、それは無理もないこと。見かけは薔薇でも、中身は雑草――ちょっと甘い顔をするとすぐにはびこる、あのしぶとさゆえである。

「そのセールスマンって、何歳ぐらいだったの？」

「二十代なかばぐらいです」

「で、オネエっぽくて、フランス製ウォーターベッドのセールスをやってるわけよね……」

受話器の向こうで、彩子は懸命に推理しているようである。あの傲慢な彩子が、千里と志木のために真剣になっているのだ。

(やっぱり、彩子先輩、いざというときには頼りになるな)

しょっちゅう志木とはけんかをしているし、いつも千里をどやしつけてはいるが、やはり二人とも、彩子にとっては大切な友なのだ。

やがて、彩子はシリアスな声で言った。

「わかったわ」

「ほ、本当ですかっ？」

受話器を手に思わず身を乗り出した俊彦に、彩子は断言する。

「そのセールスマンは、なにを隠そうフランス外専《がいせん》部隊の工作員なのよっ！」

「が、外専部隊っ？」

「そう。外人部隊ならぬ外専部隊」

外専とは「外人専門」の略で、外国人を好むゲイを指す。

しかし、外専部隊とは、一体……？

「なんなんですか、それは？」

「フランス軍の中でも外専のゲイばかりを集めた特殊部隊よ」

確かに、それは非常に特殊な部隊であろう。

(なんで、この人はこういうときに、わざわざホラを吹くんだろう)

「いい？　よく考えてちょうだい。フランス外専部隊にフランス人ばかりいるのでは、需要ばかりあって供給はゼロという悲惨な状況になるわよね？　そこで、工作員の登場よ。彼らは世界中に散って、外国人の美青年を集めては、次々とフランス外専部隊に送り込んでいるというわけよ」

（でも、フランスって、元々多くの移民を受け入れてきた国なんだから、なにもわざわざ工作員がそんなことしなくてもいいと思うんですけど……）

俊彦は律義に、このホラ話にヒミツのツッコミを入れた。

彩子の解説はなおも続く。

「そのセールスマンは、東アジア担当のスパイなの。改革開放政策に燃える中国、NIESの雄・韓国、ドイ・モイ路線に沸き立つベトナム、内戦からの復興目指して邁進するカンボジア、出稼ぎ熱にあおられるタイとフィリピン、そしてバブル経済崩壊後の日本！海外で働きたいという男なら、いくらだっているわ！　それらアジアの国々からとびっきりの美青年だけを選りすぐってフランスの外専部隊に送り込むのが、彼の任務なのよっ！」

やはり、ホラ話のスケールが巨大化してきた。

「でも、なんでその外専部隊の工作員がウォーターベッドのセールスをしてるんです？」

俊彦は疑問点を突いてみたが、彩子は難なくこたえた。

「美しいアジア人の男に高価なウォーターベッドを売りつけて、支払いが不可能になった時点で、勧誘するのよ。『フランス外専部隊に入隊すれば残りの代金はチャラになりますよ。どうですか？』って」

（す、すごい推理だ！）

俊彦の心は震えた。ただし、感動したわけではない。単に激しくあきれただけである。

「すでに日本では、われらが友、相原《あいはら》千里と志木昴が目をつけられたわ。あの二人、性格はやたらと欠点が目立つけど、ルックスは抜群だものね」

（あなたこそ）

「千里と志木に目をつけるなんて、結構お目が高い工作員よね。敵ながらあっぱれだわ」

彩子の声は挑戦的な響きを帯びる。

「こうなると、白人の血が混ざってる千里よりは、百パーセント大和民族の志木のほうが、フランス人にはうけることでしょうね。けど、志木は経済力あるし、バカな買い物はしないから、まず平気だわ。問題は、単細胞の千里よ」

「でもっ……でも、千里さんみたいに優しい人が、軍隊で使えますかっ？」

真剣に反論してから、俊彦はハッと考え直す。

（なぜ、おれは、焦ってるんだ？）

彩子はもっともらしい口調で反論する。

「千里にはアメリカ兵の血が流れているのよ。いざとなれば、バンバン戦うわよ、あの子なら」

「やめてくださいっ！」

言い放ってから、ふたたびハッと気づく。

(なんでまた、おれは動揺してるんだ)

ホラ話だとわかっているはずが、千里がからむと、ついそれを忘れて取り乱してしまうのだ。

(やっぱり、彩子先輩に相談するんじゃなかった……)

「いいことっ？　ここは、なんとしても、美青年の国外流出をくいとめるのよっ！　千里にフランス製ウォーターベッドを買わせてはだめよっ！」

……一体、なにを言っているのやら。

しかし、彩子の声にふざけた調子はない。シリアスそのものの声なのだ。ホラ吹きとしては文化勲章ものである。

それだけに、俊彦は虚しい思いを噛みしめる。

(そもそも、あんな過激なギャグ漫画を描いてる田中サイコ先生に相談したのが間違いだったんだ。作品を読めば、こういう性格の人だってことは、すぐにわかることじゃないか。なのに、おれときたら……)

俊彦は自分の甘さを反省した。

彼の知る限り、作品におのれの性格が最も顕著に表われてしまっているクリエイターは、この田中サイコ先生なのである。

その夜、またしてもというか、案の定というか、俊彦は変な悪夢を見てしまった。

元々心配性であり、現実の不安をすぐに夢に見てしまうタイプなのだ。

夢の中、俊彦は港に向かって走っていた。

(早くっ！　早く行かなくちゃ！)

もうすぐ、千里を乗せた船が出港してしまうのだ。

行き先はフランス。

ついに千里はウォーターベッドの代金が払えずに、フランス外専部隊に身売りすることになってしまったのだ。

もう、止めることはできなかった。千里は俊彦の知らぬ間に、入隊契約書にサインしてしまったのである。

(早くっ！　早くっ！　早くっ！)

船はすぐそこに見える。なのに、なかなか近づけない。

もどかしさを感じつつ、俊彦は視線を上に移した。

そして、彼は船の甲板にたたずむ一人の青年を見たのである。

それは、千里だった。すでに髪を切り、迷彩服を着ている。

(千里さん……！)

ずっと彼はそこで、俊彦が見送りにきてくれるのを待っていたのだ。

しかし、ここで突然、鉄の門が俊彦の行く手をはばんだ。一体どこから現われたのやら、夢にありがちなアクロバティックな舞台装置であった。

もう、先へは行けない。

鉄の格子につかまり、俊彦は愛する男の名を呼んだ。

「千里さーんっ！」

ボオオォォーーッ！

いきなり船が汽笛を鳴らし、俊彦の声はかき消された。

汽笛の大きさに、千里は耳をふさぐ。俊彦の声は届かなかったのだ。

（千里さんっ……）

俊彦の目から、涙があふれた。

汽笛に追われるように、千里は甲板を離れる。

俊彦は門にもたれ、まぶたを閉じた。

（ああ！　千里さん！）

せめて一言でいいから、彼と言葉を交わしたかった。

これから千里は、国家対国家あるいは民族対民族の対立の中に投げ込まれるのだ。もしかしたら、これが永遠の別れかもしれないのだ。

こんなことになるのなら、一言「愛しています」と言っておくべきだった。この恋がむくわれずとも、思いだけは彼に伝えておくべきだった。今までの自分の意気地のなさが呪わしい。

こらえきれず、嗚咽《おえつ》が洩れた。

その声に、俊彦はハッと目を開けた。

そこは、港ではなかった。自分の部屋だったのだ。しかも、ベッドの上。

（……夢だったか）

とてつもない安堵を感じつつ、俊彦は起きあがった。

まだ、外は暗い。真夜中のようだ。

俊彦は目をこすった。

手の甲は涙だらけになった。夢を見ながら、泣いていたのだ。

切ない心をかかえたまま、俊彦は天井をあおいだ。

（やっぱり、おれ、あの人なしでは生きていけない！）

また悲しい夢を思い出し、泣きそうになった。が、それをグッとこらえる。

よく考えたら、夢の中の別れのシーンは、もろにジャン・ギャバン主演のフランス映画『望郷』のパクリだった。

ギャバン演じるカスバのボス、ペペ・ル・モコが、パリ行きの船に乗った愛する女を呼ぶのだ。「ギャビー！」と。しかし、その声は汽笛にかき消されて、甲板のギャビーは耳をふさいで去ってしまう――という有名なシーンである。

夢の中、いきなり鉄の門が出てきたあたりで疑ってかかるべきだったのだ。なぜ、夢だと簡単に乗せられてしまうのだろう。

(だいたい、彩子先輩が変なこと言うからいけないんだ。なにがフランス外専部隊だ)

俊彦はふたたび、布団にもぐり込んだ。

あんなホラ話を夢に見て、おまけに涙まで流してしまったとは、腹立たしい限りである。

これでは、彩子にかつがれたも同じではないか。

(もう、彩子先輩のホラ話は二度と聞かないからなっ)

苦々しい思いを胸に、俊彦は堅く心に誓ったのであった。

3

またしても、俊彦は彩子と共に、志木の家に向かっていた。ただし、今日は待ち合わせをしていたわけではない。駅前でばったり出会ってしまったのである。

「ねえ、トシ」

「はい」

彩子の声がいやに虚無的な響きを含んでいたので、俊彦は何事かと、ただちに警戒態勢に入った。

「このまえねぇ、すごい本、買っちゃったのよ」

「すごい本？」

俊彦は訊き返す。べつに、こちらが攻撃されるわけでもなさそうだ。彼は安堵した。

「ハードカバーの小説で、結構装丁がきれいで、そのうえ帯のあおり文句には『耽美』の二文字があるのよ。『新鋭が描く耽美の殿堂』とかって。で、買って読んでびっくりよ」

「耽美の殿堂だったんですか？」

俊彦が訊いたとたん、彩子は厳しい表情になり、プルプルと激しく首を横に振った。

「それが、ひどいのよっ。ただ単に美少年が男とセックスしまくる話だったのよっ。全然『耽美』じゃないのよっ」

「ゲイ・ポルノですか？」

「いいえ、やおい小説よ。作者は女だし、女性読者を対象としていることは明らかだもの。けど、それが、そんじょそこらのやおいじゃなかったのよっ。まるで、やおいの殿堂……いいえ、やおいの見本市みたいな話だったのよっ！」

「み、見本市？」

「そう。見本市よっ。主人公は、十六歳の美少年なのよ。しかも、お能の家元がフランス人の愛人に産ませた子供なのよ。で、そのハーフの美少年はすでに母を亡くしていて、父親から経済的援助を受けながらマンションで独り暮らしをしていて、なんと、丘の上にある名門の私立男子高校に通っているのよ。それだけでもすごいのに、一学年上には本妻の子がいて、こいつがクールなハンサムで、いきなり体育用具倉庫に主人公を呼び出して、押し倒しちゃったりするのよぉっ！」

彩子は拳を震わせ、天をあおいで絶叫する。ほかに通行人がいなかったことは、幸いであった。

俊彦は自分まで取り乱してはいかんと思い、落ち着いた口調でコメントする。

「すごい話ですね」

「そうなのよっ。もう『すごい』としか言いようのない話なのよ。一冊にやおいのパターンが何種類も入っているでしょっ？　まずは『家元ホモ』、しかも能楽！　次に『ハーフの美少年ホモ』、しかもフランス系！　おまけに母親はカトリーヌ！」

（それは関係ないと思う）

「そのうえ『マンション・ホモ』、しかもオートロックついてないから、好きでもない男がいきなり押し入ってきてそいつに犯されるっ！　ついでに『学園ホモ』、しかも丘の上にある名門私立男子高校！　加えて『兄弟ホモ』、しかも本妻の子と愛人の子！　で、これですむかと思ったら、まだまだあったのよぉっ！」

「ま、まだあるんですかっ？」

「ついに主人公と本妻の子が相思相愛になって、セックス・ライフもマンネリ化して倦怠期に入ったかなーと思ったら、そこにいきなり闇の中から、昔封じられた邪悪なものが甦ってしまうのよっ。で、主人公と本妻の子は〈選ばれし者〉として、手に手をとって戦う羽目になるのよ！　つまり、ここでいきなり『退魔《たいま》ホモ』になるのよぉっ！」

「の、能の家元はどうなったんですか？」

「バカねっ。邪悪な存在が甦って東京中がパニックになってるってのに、悠長にシャンシャン舞ってられるわけないじゃないのっ。もう二人には戦う道しか残されてないのよっ！」

いつの間にやら、彩子はストーリー説明に情熱をそそいでいる。

「で、話が退魔ホモになってから、主人公はその邪悪なものとやらにも犯されてしまうのよっ。だから、ここでひとつ、『オカルト・ホモ』が入ったわけよ。まあ、前世がどうのこうのってストーリーじゃなかったのは幸いだったわよねっ。それに、ありがちな天使とか悪魔とか吸血鬼とかが出てくる話でもなかったわけだしっ。その点は、ほめてさしあげてよっ！」

ほめてさしあげてよ――これはまた、寛大な措置というか、傲慢な発言というか……。

しかし、その作品のために時間と金を費やした読者が陰で偉そうなことを言う権利は、日本国憲法第十九条、第二十一条で保障されているのである。

目的地のマンションが見えてきた。四階にはバイセクシュアルの漫画家が巣くい、最近はその同胞たるセクシュアル・マイノリティがたむろしている明るい魔窟だ。

彩子はあれだけ言っても、まだ気がすまないらしい。

「ああ、悔しいっ。こっちは、作者の胸倉つかんで『金返せ』って言いたい気分よっ」

「でも、なんでそんな本、買っちゃったんですか？」

「帯の『耽美の殿堂』にだまされたのよっ。それに、著者近影を見たらズバリ好みの女だったから、ついそれを持ってレジに向かってしまったのよぉっ！」

——痴れ者である。

「著書を読んでいれば、業界のパーティで作者と会ったときに、話もはずむと思ったしっ。……まあ！　あなたがあの『神無月《かんなづき》の闇』を書かれた花月綾香《かげつあやか》さんですのね！　楽しく読ませていただきましたわ——って具合に。なのに、なんなのよ、あの本は！」

（結局、不純な動機で本を購入するあなたがいけないんだと思います）

俊彦は冷静に結論を下した。

それでも、マンションのエレベーターに乗り込みつつ、一応は彩子をなだめようと試みる。

「まあ、一冊でいっぱい楽しめたと思えばいいじゃないですか」

「でも、それが全然、面白くない話だったのよっ。あまりにも陳腐で！　そのくせ、帯には『耽美の殿堂』よっ！　これはもう、出版社のモラルも問われるところよねっ！　あれが耽美だっていうなら、谷崎潤一郎も三島由紀夫も中井英夫も澁澤龍彦も泣くわよっ！ついでに吉屋信子と稲垣足穂と森茉莉と愛原《あいはら》ちさとも泣くってものだわ！」

（ああっ。千里さんもちゃんと入ってるっ）

同性愛を耽美的に表現した故人の名の末尾に千里の筆名を見つけ、俊彦はハッとする。なにを隠そう彩子は、愛原先生描くところの女子校エス小説の隠れファンなのである。

「もちろん、田中サイコだって泣くわよっ」

(その人は泣かずに怒り狂ってます)

二人はエレベーターを降りた。

そのとき、である。

(また、あの人だ!)

志木の部屋の前に、俊彦は例の人物を見つけ、ギョッとした。

彼は歩きながら、小声で彩子に告げる。

「あの人です。おれが言ってたセールスマンって」

「フランス外専部隊の工作員ね」

(違いますってば)

「いいわ。ちょっと、びびらせてあげるから」

怒りで熱くなっていた彩子は、それを原動力に、カツカツとヒールの音をさせて男に近づいてゆく。

(あんまり変なことしないでくださいよぉ)

俊彦はハラハラしながらも、頭の中で勝手にヒッチコック監督の『サイコ』のテーマをBGMとしてつけてみた。結構、これはうまくはまった。

男は彩子に気づくと、ちょっとおびえたような顔をした。

カツン。

きれいに靴音を響かせて、彩子は彼の前で止まると、威圧的な口調で切り出した。

そして、ドアを顎で指し示してから尋ねる。

「ちょっと、あなた」

「この家になにかご用？」

「あ。いえ……」

否定しようとする相手の言葉をさえぎるように、彩子は続ける。

「申し遅れましたが、わたくしは、ここに住む男の後援者です。いわゆるパトロンヌですわ。このマンションも、わたくしが彼にプレゼントしたものですの」

（うわっ。史上最大の大ボラ！）

志木が聞いたら怒りを爆発させること請け合いである。

「それから、そこにひかえている者はわたくしのボディガードですから、お気になさらないで」

（だれがボディガードですかっ）

彩子は見事なほどわざとらしく、若いツバメを囲っている有閑マダムを演じる。これは完全に遊んでいるといえよう。

「で、あなた、わたくしの昴に、なにかご用かしら？」

（わたくしの昴……）

世にも恐ろしい言葉に、あやうく鼓膜が凍りつくところだった。

男はしどろもどろになってこたえる。

「い、いえ、これといった用ではなくて、ちょっと、ただ、セールスに——」

「まあ！　セールスマン！」

まるで世にもおぞましいものであるかのように、彩子はその言葉を吐き捨てた。

「昴にお小遣いを与えているのは、わたくしです。そのわたくしが最も憎むのは、浪費という愚かしい行為です！」

そして、キッとセールスマンをにらみつけると、

「どうぞ、お引き取りくださいな！　二度と顔をお見せにならないで！」

「す、すみませんっ」

あたふたと、男は去ってゆく。その様子に、俊彦は少しばかり同情した。

（あの人、彩子先輩の大ボラを本気にしてる）

ここまで大袈裟に演じられたら、普通、気がつきそうなものだが。

「……こうして、わたしの美貌が、国際的陰謀を阻止したわけよ。フランス外専部隊なんて、ちょろいものよ！　どこからでも、かかってらっしゃい！」

彩子は非常に得意げである。

ここまでくると、もう、本気なのかふざけているのかは、わからなかった。

「志木昴と相原千里は、だれがなんと言おうと、日本のものよっ！」

（そんな、北方領土じゃないんだから……）

このとき、俊彦は悲しいほどの精神的疲労を感じていた。

「知っている」

志木はさらりとこたえた。

せっかく彩子が、怪しげなセールスマンがうろついているとのショッキングな報告をしたというのに、この反応である。

彩子は志木が動揺することを期待していたにちがいない。ずいずいっと彼に詰め寄ると、言い放った。

「なんなのよ、その態度は！　なにも、そこまで冷静ぶって、知ったかぶりすることないでしょっ？」

「あいつは大学時代、友達だった奴だ」

「なんですってぇ？」

彩子は不穏な声を発したが、志木はマイペースを発揮して、宙を見つめながら記憶をたどる。

「石野《いしの》……ええと、名前はなんだっけな？　石野……思い出せないな。とにかく、石野だ」

「名前が思い出せなくて、なにが友達よっ？」

「一ヵ月で腹を立てて決別したからな」

「あんた……」

彩子がおどろおどろしい声で迫る。

「どうして、そういうふうに、すぐに友達と決別しちゃうわけ？　千里のときだって、そうだったんでしょっ？　ちょっとは友情を長続きさせようって努力をしたらどうなのっ？」

「過去のことだ。今では、その点に関しては非常に努力をしている。だから、おまえのように短気で横暴で下品な奴とも長続きする」

「それを言うなら、慈悲深くて寛大なわたしが、短気で陰険なあんたをいつも許してあげてるからじゃないのっ！」

彩子の反論に対し、志木はフンと鼻で笑っただけで、なにも言わなかった。

（ま、まずいっ）

話を無難な方向に導こうと、俊彦は口をはさむ。

「志木さん、大学時代の専攻はなんだったんですか？」

彼が大学に通っていたとは、俊彦には初耳だったのだ。

志木はこたえる。

「医学部だったけど、二年でやめたんだ。漫画の仕事がうまくいきそうだったから。チャンスを逃しちゃいけないと思って」

「お医者さん目指してたんですか？」

「一応。だけど、これといった理想もなく選んだ道だったんだ。父親が医者でね。親に言われるままに決めた進路ってやつだよ。本当にやりたかったのは、漫画家だった」

そこに彩子が割り込む。

「漫画家は賢明な選択だったわ。志木が医者だなんて、いやらしすぎるもの」

「おまえは黙ってろ」

志木の機嫌は、やや悪化したようである。

だが、彼は俊彦に対しては優しくおだやかに続ける。

「実は、大学を中退するときに親ともめて、今ではほとんど勘当状態なんだ」

「そんな……」

俊彦は絶句した。

志木はすでに売れっ子と呼ばれてしかるべきポジションにいる。多くの人が、彼の作品を愛し、楽しんでいる。なのに、彼の親はその才能を喜ばないとは……。

俊彦は切なくやるせない気分になった。

しかし、彩子は厳しい口調で志木に迫る。

「志木、あんた、トシの同情を誘う戦略に出てるでしょっ？」

「いや。特にそのような意図はない」

「シリアスぶりっ子してごまかそうったって、そうはいかないわよっ」

「おれが、なにをごまかしてる？」

「その石野って奴とあんたがいい仲だったってことよ」

「勝手に決めるな。いい仲なんかじゃない」

「じゃあ、なんで、あいつはあんたのまわりをうろうろしてるわけっ？」

志木は沈黙した。

その間、内心になんらかの葛藤があったようだが、やがて彼はボソリと言った。

「わかったよ。なにがあったか、教えてやるよ」

4

いかに残忍な殺人鬼でも、かつては愛らしい赤ん坊だった。それと同じように、この志木昴という海千山千バイセクシュアルの青年にも、十八歳という初々しい時代があった。ただし、彼は十八にして、すでにクールで重々しくてふてぶてしくて厳格なバイセクシュアルだった。

当時――つまり今から五年前の春、彼は北海道の実家を離れ、神奈川県横浜市で独り暮らしを始めていた。

大学入学直後の勧誘の嵐の中で彼が選んだサークルは、ペン画愛好会というマイナーな美術系サークルだった。会員は少ないが歴史はあるらしく、部室棟の二階にはちゃんと部屋が確保されていた。

そこで知りあったのが、石野である。彼とは学部は別だった。

そして……それは確かゴールデンウィークが明けた頃だったと、志木は記憶している。午後の部室で、会長も含む数人の会員が談笑している中に、石野と志木もいたのである。最初、志木は端っこの席で聞き役に徹していたのだが、飽きてきたため、Gペンで自分の指をつっついて遊んでいた。

（これが仮性近視に効くツボだ）

過酷な受験戦争で、彼は目をやられていた。すでに視力は両目とも〇・三。日常生活にはさほど不便は感じないのだが、黒板の字が見えにくいのには困っていた。

そろそろ眼鏡を買うべきだろう。

（そして、ここが更年期障害に効くツボだ）

ツンツンツンツン……。

（おのれの肉体に貢献しそうもないツボを刺激してみる。それもまた一興）

――と、このように、当時から彼にはマイペースの変人という一面もあった。

しかし、志木は東洋医学の世界から瞬時のうちに帰還した。たいした内容もなかった若い男女のお喋りの中、いきなり会長の言葉がズシリとした重みを伴って耳に入ってきたのである。

「石野って、もしかしたらホモ？」

その場にいた女子学生たちは視線を交わし、声を立てずに笑った。

その様子から「石野＝ホモ」説が会員の間ではポピュラーなものであることがうかがえた。

確かに石野は、口調も物腰もなんとなく女っぽい。細面《ほそおもて》の優男《やさおとこ》で、その風貌は、化粧を落とした歌舞伎役者を思わせた。

そして、質問されたとたん、石野の表情はあからさまにこわばったのである。

「や、やめてくださいよー。気持ち悪い」

作り笑いであわてて言った台詞が、また、どこか演技がかっていた。

部室にいた全員が、それを感じたのだろう。その場は沈黙に支配され、気まずい雰囲気になってしまった。

(しょうがない人たちだな)

志木はペンを置くと、石野に助け船を出すべく、会長に言った。

「先輩、その質問、おれにはしてくれないんですか？」

「おまえ、質問してほしいわけ？」

そこで絶妙の間をおいてから、志木は机の一点を見つめて淡々と言った。

「先輩は、いつもいつも石野のことばかり気にかけていて、おれのことはどうだっていいんですね？」

この台詞、女子会員たちにはうけた。

「志木君、やだーっ」

「真面目な顔でなにを言うかと思ったら……」

「ちょっと、あんたがた二人、どういう関係っ？」

かわいくてハンサムで賢そうな顔立ちをしていて、そのくせクールで一匹狼的なところがあるので、実は志木は女子会員の間で人気があったのだ。

「いい度胸だ、志木」

会長はニヤニヤしながら、彼に訊く。

「志木、おまえ、もしかしたらホモなのか？」

そこで、志木はひたと彼を見つめてこたえた。

「知りたければ、夜中に一人でおれの部屋にいらしてください。納得いくまで教えてさしあげましょう」

「うわー！　知りたくねえっ！」

会長は盛りあげ、女の子たちはきゃあきゃあ喜ぶ。

（そして、これが不感症に効くツボだ）

そのときにはすでに、当の志木は机の脚の角で足の裏のツボを刺激して遊んでいたのであった。

まあ、石野には結構、好感を持っていた。

確かにあの気の弱さは情けなくも見えるが、彼は無害であり、しかも優しい。他人を傷つけることのできない人だといえよう。

常日頃から志木は、彼のような人には優しく接するべきだと考えていた。相手の気の弱さにつけこんで横暴にふるまうなど、志木の趣味ではなかったのである。

その日、志木は石野と肩を並べて帰路についた。しかし、両者とも無口なため、会話はなにかと途切れがちだった。

志木は沈黙を気にしないたちだが、石野は違った。二人そろって黙ってしまうと、とたんにそわそわし、無理に話を切り出す。

何度目かの沈黙がおとずれたとき、石野はおどおどと、しかし唐突に言った。

「し、志木って、本当にホモなの？」

バイセクシュアルである志木はきっぱりと否定してから、訊き返した。

「いや」

「そう見えるか？」

「ううん。全然」

安心して、と言わんばかりの石野の口調に、志木は居心地の悪さを覚える。

（おれとしては、べつに同性愛者に見えてもかまわないのだが）

「ぼく、ホモに見える？」

「うん」

志木がきっぱりこたえたところ、石野はちょっとショックを受けたような顔をしてから、憮然として言った。

「でも、ぼくはホモじゃないよっ。本当に」

怪しい、と志木は感じた。絶対、これはストレート（異性愛者）の反応ではない。

根拠は次の二項目。

①他人が同性愛者なのかどうか、彼は気になってしかたがないようである。まったくのストレートであれば、世の人間はほぼ百パーセント異性愛者だと思い込んでいることが多く、他人のセクシュアリティについてあまり詮索しないのが普通だ。
②その反面、自分が同性愛者に見られることを不自然なほど恐れている。まったくのストレートであれば笑ってすませられる程度のことに、彼は真剣になる。

要するに、過剰反応なのだ。

石野は、自分がホモセクシュアルであることを認めたくないホモセクシュアル、という可能性が高い。同性愛恐怖症の同性愛者というやつだ。

「石野」

「な、なに？」

なにかとひるみがちな彼に、志木はキッパリ告白した。

「おれはバイセクシュアルだ」

「えっ？」

一瞬、石野は頭の中が真っ白になったようだった。が、すぐに彼は優等生的異性愛者の反応を演じてみせた。目を丸くして、信じられないといった表情を作って、言ったのである。

「嘘だろ？」

「いや、事実だ」

志木は静かな口調でこたえた。

石野がなんらかのコメントをつけるだろうと志木は思っていたのだが、彼はそれっきり黙ってしまった。

なにやら、内心の葛藤が伝わってくるような沈黙だった。つまり、志木にカミングアウトしようかどうか迷っているようなのだ。

志木は黙って歩みを進めていた。

「あっ」

唐突に、石野は「なにかを思い出しました」というような声をあげたが、それがまた、哀しいほどわざとらしかった。

「ぼく、部室に忘れ物してたの、思い出しちゃった。ほら、あのスケッチブック」

どうやら、この場を離れたいらしい。志木は親切に言ってやる。

「おれは先に帰るぞ」

「あ……。う、うん。じゃ、またね」

ギクシャクとした動作で手を振ってから、石野は駆け出した。

志木は歩きながらしみじみと考える。

(おれとしたことが、はからずも石野を混乱させてしまったようだ)

いきなりのカミングアウトを反省したうえで、彼は冷静に分析する。

(柄にもなく気をまわしたのがいけなかったのだ。これからは無神経を貫こう。そのほうが、おれの性にも合っている)


それから数日後のことである。

(変だ)

部室を出て、志木は思った。サークル内の空気が妙に緊張していたのだ。

最も顕著だったのは、志木が部室に入るなり、みんながお喋りをやめてしまったことだった。

そして、すぐに会話は再開されたが、気づまりな感じはずっと消えなかったのである。

志木は歩きながら、真剣に推理する。

(もしかしたら、先日ひそかに不能に効くツボを刺激していたのが、ばれてしまったのだろうか？　だとしたら、非常に困る。おれはそのような症状に悩んでいるわけではない。あれは、単なる好奇心からやってしまったことだ。だいたい、だれでも若い日には、それ

ぐらいの冒険はするものだろう）

いや、大多数の人間は、そのような冒険をしてはいないはずだ。若い志木はそれを知らなかった。さすがの彼も、この頃はまだ世間知らずだったのである（単に『アホだった』とも言う）。

「おーい！　志木ぃ！」

男の子のように元気な女の子の声に呼ばれ、志木は振り返った。

ロングヘアの女子学生が、大きく手を振り、駆けてくる。

ペン画愛好会の会員の一人だ。学部は忘れたが確か三年生で、「シマ」とか「シマさん」とか「シマちゃん」などと呼ばれている。

サバサバとした性格で、まわりの人望を集めている人物だ。志木も結構、彼女には好感を持っていた。

彼女が近くまで来るのを待って、志木は訊いた。

「なんですか？」

「さっきさぁ、部室の空気が凍ってるの、わかった？」

「はい。バッチリです」

志木がうなずくと、シマはニヤリとした。

「志木って、ほんと、動じないよね」

「やっぱり、あの雰囲気の原因はおれですか？」

シマは言いにくそうに、しかしいまいましげにこたえた。

「石野がさ、言いふらしてるんだよ。志木はバイセクシュアルだ、あぶない奴だ、って」

「…………」

サーッと血の気が引いていった。

怒り七割、悲しみ三割という激情で、心が引き裂かれるのではないかと思った。が、実際には引き裂かれるというほどでもない、適度に辛いダメージを受けたにとどまった。彼は自分で考えているほどデリケートではなかったのである。

それでも、彼は思わぬ裏切りにショックを受け、茫然としていた。

シマは言った。

「たのむから、泣いたりするなよ」

「泣きたいけど、泣きません。泣かされるのは、悔しいから」

「よしよし。いい子だねぇ」

シマは志木の頭を撫でた。

年上の女にガキ扱いされるのは、結構好きだった。志木はささやかな幸福を感じた。

「石野って、普段から、ホモだのオカマだのと言われてただろ？　それをすごく気にしていて、そういう状況から逃れるために、志木をスケープゴートにしたんだろうな、あれは。……まあ、いつも石野をからかっていたみんなも、いけないんだけどさ」

「そうですね」

あきらめに似た気持ちが、志木の心を支配しはじめていた。そして、彼は瞬時のうちに決意し、言ったのである。

「おれ、ペン画愛好会、やめます」

「……それは残念だな。けど、引き止めはしないよ。こうなったら、志木はあそこにいても、いいことないもんな」

シマはあっさり言った。このように割り切っていて、「みんな仲よく」の精神に著しく欠けているところは、志木とも共通していた。

ところで彼女は、志木がバイセクシュアルなのかどうか、本人に確認してはいない。どこまで他人の領域に踏み込んでよいのか、その点を彼女は正確に見極めることができるのだろう。

彼女なら信用できると判断し、志木は言った。

「でも、おれがバイセクシュアルだってことは、本当です。石野は嘘をついているわけじゃありません」

「ほう」

シマの反応は至極あっさりしていた。

「まあ、自分が何者だろうと、とにかく、友達にしておく価値のない人間は、自分から切り捨てることだな」

「そうします」

こたえたときには、完全にシマに惚れていた。が、彼はその思いを告げることはできなかった。

おそらく、友人に裏切られたショックで、恋愛に対する意欲が減退してしまったのだろう。

（おれは繊細で神経質なのだ）

そのとき、志木は本気で思った。

確かに彼は神経質だとはいえたが、しかし繊細というよりは、むしろ反対にふてぶてしかった。そして、その事実には触れずにおくところが、まさにふてぶてしさの象徴といえた。

そして翌日、夕方の部室で、志木はサークルを退会する旨を会長に告げたのだった。

立場上、会長は志木を引き止めにかかった。しかし、彼とて、陰で志木についていろいろ言っていたであろうことは、想像に難くなかった。

志木は会長に言った。

「おれは繊細で神経質で、根に持つタイプなんです。自分に向けられた中傷に対して寛大でありたいなどとは少しも思いません」

これで、会長はあきらめたらしい。最初から気になってしかたなかったであろう質問を、とうとう口にしたのである。

「おまえがバイだって、本当なのか？」

そこで、志木は意味ありげに微笑みながらこたえた。

「それに関しては、石野が事実を知っています」

会長の瞳にいぶかしむような光が宿った。それと、好奇の色も。

「なんで……なんで石野が知ってるんだよ？」

「さあ、なぜでしょう？　それは石野に訊いてみてください」

あたかも石野とただならぬ関係にあるような言い方をしてやった。

転んでもただでは起きない。死なばもろとも。

――やはり、十八歳とはいえ、志木昴は志木昴だったのである。


その後、石野は志木を避けつづけた。キャンパスで偶然出会っても、決まって石野のほうがコソコソと逃げ出したものだった。

志木もあえて彼に近づこうとはしなかった。

いつの間にか、石野もペン画愛好会をやめていた。志木が最後にまいた疑惑の種が芽生え、変な噂が流れ、とうとう耐えきれなくなったらしかった。

志木の報復措置は、素晴らしく的確だったのである。

サークルをやめてから、志木は本格的に漫画を描きはじめた。

その頃、ひとつラッキーなことがあった。街の酒場でひとめ見て気に入った美貌のバーテンダーと友達になることに成功したのだ。それが、相原千里だった。

デビューまで、たいした苦労はなかった。しかし、すぐに連載の依頼が来るわけでもなく、彼はベテラン漫画家のアシスタントになり、そこでせっせと腕を磨いたものだった。

やがて、読み切り作品が読者の支持を集めるようになり、雑誌の編集部から連載を依頼され、その連載も軌道に乗り、彼は大学を中退したのである。

ただ、そのときにはすでに、千里とはけんか別れしていた。

そして、今に至るというわけだ。


石野とはもう会うこともないだろうと思っていた。いや、彼の存在などほとんど忘れていたのだ。

しかし、最近になって、石野は志木の家を訪ねてきたのである。フランス製ウォーターベッドのセールスマンとしてだ。

表札を見て、そこがかつての友の家だと知ると、石野はインターホンの向こうで志木に謝罪し、ドアを開けてくれと懇願した。

そして、玄関先で、石野は志木に告白したのである。

好きだ、と。好きだったのだ、と。

実は大学時代、石野は志木がサークルの女子会員に人気があることに、焦燥感をいだいていたという。

そして、志木がバイセクシュアルだと知ると、すぐにそれを女の子たちに話したのだった。

志木はバイであぶない奴――それを知ってしまえば彼女らは志木から遠ざかるだろうと、彼は確信していたのだ。

もちろん、自分がホモだのオカマだのと言われているのを気にしていた彼は、保身のためにそのような行動に出たという一面もあっただろう（が、その点については、石野は志木に告げなかった）。

ひと通り話を聞いてから、志木は石野に言った。

「やっぱり、おまえ、ゲイだったんだな？」

とたんに、石野はあわてて否定した。

「違うっ。ぼくはホモなんかじゃないっ。たまたま好きになった人が男だったっていう、ただそれだけのことだっ」

（あのな……）

志木はめまいを感じた。

この、やおい小説・やおい漫画にありがちな訳のわからない弁解を実際に聞いてしまうことになろうとは……。海千山千バイセクシュアルの志木にとっては、もはやこの状況は別世界であった。

そして、あきれはてた志木は、ズバリ言ってやったのである。

「それは詭弁というものだ」

石野の表情がこわばる。

そこへ、さらに志木は冷静に続けた。

「だいたい、ゲイでもバイでもない男に、たまたま好きになられてたまるか」

要するに、志木は石野をふったわけだ。

石野はかなりのダメージを受けたようだった。背中を向けると、逃げるように走り去ったのだ。

（言いすぎたかな？）

志木はちょっと後悔した。

しかし、どうやら石野はあきらめきれないらしかった。今でも時々、マンションのまわりをうろついているのである。

これは、このうえもなく、うっとうしい。

志木は、あのときちょっと後悔したことを、大いに後悔した。

5

志木の話をひと通り聞いて、彩子はバンとテーブルを叩いた。

「たまたま好きになった人が男だった――ってねえ、いくらなんでも、その言い種《ぐさ》はないんじゃないのっ？」

　珍しく彩子が志木の側について怒りを表明している。

　そして、感情的に攻める彼女とは対照的に、俊彦は論理的に分析する。

「たまたまか恒常的かは問わずして、とにかく同性を好きになることをホモセクシュアルというんですよね。だから『たまたま好きになった人が男だったっていうだけだから、自分はホモではない』という解釈には明らかに矛盾があります」

「だいたい『ぼくはホモじゃない』なんてねぇ、男相手におっ勃《た》てて言う台詞じゃないわよっ！」

　この発言に、志木は非常に不機嫌な調子でクレームをつけた。

「下品なことは言うなと、いつも言ってるだろう」

「あんたねぇ、この期に及んで気取ってるんじゃないわよっ！　腹立つわねっ！　だいたい、よく考えてみなさいよっ！　あんた、すでにあいつの夜のオカズにされてることは必至よっ！」

「ええっ？」

　と、驚愕の声をあげたのは、志木ではなく俊彦だった。

「おれ、そんなことできませんっ！　好きな人をそんなふうに……だなんてっ！」

　もちろん、このとき、彼の頭の中は千里で占められていた。

「トシちゃん。なにもわざわざこいつの話につきあってやることはないんだよ」

志木の機嫌はさらに悪化したようである。

「す、すみません」

俊彦はあわてて謝る。

一方、彩子は一人でエキサイティング。

「たまたまであろうと同性を好きになれば、もう、ゲイかレズビアンかバイセクシュアルかのどれかなのよっ」

「そうですよねっ」

俊彦はついつい彩子に調子を合わせてしまう。同性愛者であるという共通点においては、彩子と共同戦線を張るのも可能なのである。

ただし、それゆえに彼の苦労が絶えないことも、事実ではあるのだが。

「わたしはねぇ、自慢じゃないけど、同性の肉体の美しさを賛美するためにこの世に生を享けたレズビアンなのよっ。将来を保障されなくたって、社会に祝福されなくたって、それでも美しい女を愛してやまないのよっ。つまり、わたしは耽美主義者なのよっ！」

彩子は堂々と言ってのける。

（いいな、美しい人は。堂々と耽美宣言できて）

ひそかにうらやむ俊彦の気を知ってか知らずしてか、彩子は力を込めて訴える。

「トシだって、そうよっ。女性より男性を美しいと感じるから、ゲイになったわけでしょっ。とにかく、ソドムの男、ゴモラの女である限り、わたしたちは耽美なのよっ！」

（でも、おれ、見かけは全然『耽美』じゃないし……）

俊彦はとことん弱気、彩子はとことん強気だ。

彼女は力いっぱい続ける。

「なのに『たまたま好きになった人が男だったっていう、ただそれだけのこと』ですって？　『ぼくはホモなんかじゃない』ですって？　それって、耽美主義者であるわたしたち同性愛者に対する宣戦布告にも等しい台詞よっ！」

（また、話が物騒な方向に……）

俊彦はひそかにため息をつく。

志木はどうしているかと、ひそかにうかがってみれば、冷静に彩子を観察しているだけだった。

「だいたい、その石野って奴、問題があるとすれば、同性を好きになったことじゃなくて、陰険な奴を好きになってしまったことよねっ」

志木がピクリと反応した。頬がわずかに引きつったのである。

（あああ……彩子先輩、それ以上言わないでくださいっ）

しかし、俊彦の願いも虚しく、彩子はさらに力を込めて演説を続ける。

「だから、言い訳するなら『ぼくは陰険愛者なんかじゃない。たまたま好きになった志木昴が陰険だったっていう、ただそれだけのことだ』って言ってほしいわよねっ」

この失礼な発言に対し、意外なことに志木はなんの反撃もせず、不機嫌な声で質問するにとどめた。

「その『陰険愛者』というのは、一体、なんだ？」

「陰険な奴を好む究極の変態よ。あと百年もすれば、同性愛者が変態扱いされなくなるのは、確実よ。そんな世界で、同性愛者に代わって迫害されるようになるのが、陰険愛者よ」

「………」

「だから、百年後の世界では、あんたなんて全然もてないわよ。志木を好きになったら、究極の変態・陰険愛者になってしまうんですもの」

バン！

志木は両手でテーブルを叩き、立ちあがった。

（ひーっ）

それだけで、もう、俊彦は血も凍る思いだ。

だが、誇り高い志木は、彩子のホラ話的中傷にそれ以上の怒りを表明することを、おのれに許さなかった。客観的に見れば滑稽なだけだと、ただちに判断したのだろう。

彼は、話をそらすことで不快感を示すにとどめたのである。

「実は最近、千里がうちに入り浸っているから、そのうち石野は遠ざかるだろうと、おれは見ていたんだ。けど、甘かったようだ」

「えっ？」

どういうことだ？

俊彦は表情をこわばらせつつも、志木に訊く。

「その石野さんって人は、昔、千里さんを怖がってたんですか？」

「いや。そうじゃない。石野が横浜で千里に会ったことはないと思う」

志木は堅い口調で否定してから、淡々と告白した。

「ただ、おれは昔から、だれかにしつこくつきまとわれて困ったときには、千里を使ったものだった。男も女も、大抵の人間は千里を見ると、あの美貌にびびって、すぐに消えるから」

「でも、あの男、びびるどころか、千里に接近しようとしてるのよっ」

「接近？」

彩子の言葉に、志木はいぶかしげな顔をする。

俊彦は説明した。

「あの人、千里さんの家にも現われたんです。セールスのふりして。おれ、見たんです」

「偶然だったとは考えられないか？」

「いいえ。あの人、アパートの中で千里さんの部屋だけを訪ねました。しかも、ウォーターベッドなんて、アパートで売れるようなものじゃないですよね？」

「確かに、そうだな」

彩子は志木に冷ややかな口調で言う。

「たぶん、あんたの家から出ていったところを、その石野とやらにつけられて、家をつきとめられたのよ」

志木は眉をひそめる。

「あいつ……どういうつもりだ？」

「ライバル意識か、好意でしょうね。まあ、どっちにしろ、千里が興味を持たれていることに変わりはないけど」

彩子の言葉に、俊彦は動揺した。

（どうしよう！　千里さんが、変な人に目をつけられてしまった！）

彩子はちょっと考えてから、志木に言う。

「その石野って奴、千里に惚れたにちがいないわよ。でなけりゃ、わざわざあとをつけて家をつきとめたりするわけがないわ」

（そ、そんな！）

「だいたい、あんたが千里を利用しようなんて考えるからいけないのよっ。千里にもしものことがあったら、あんた、どうするつもりっ？」

俊彦はサーッと蒼ざめた。

（もしものこと、って……？）

そりゃ、もう、ああいうこととか、こういうこととか、想像するだにおぞましい、苦痛と屈辱が同時に味わえて、ひょっとしたら命もなくなっちゃうかなー、というような事態を指しているのである。

（あああ……千里さんが、千里さんが、そんなっ……！）

俊彦は動揺のあまり、クラクラとめまいを感じた。

そして、胸が張り裂けそうな狂おしさに耐えきれず、彼は言葉を吐き出したのである。

「志木さんっ！」

俊彦の迫力に、志木はギクリと身をこわばらせた。いつもとは逆のパターンだ。

この珍しい光景に、彩子は目を見張る。

「おれ……おれ、千里さんのことが好きなんですっ！」

ついに言ってしまった！

しかし、もう、どうでもいい気分だった。千里に対するこの思いを志木に再確認されてしまうことなど、千里の身に危険が及ぶことにくらべれば、些細なことではないか。

「すごく、すごく千里さんのこと、好きなんですっ。だから、千里さんがそんな危険なことに利用されてるなんてっ……おれ……おれ、耐えられませんっ！」

「ごめん、トシちゃん」

沈みきった志木の声に、俊彦はハッと胸を突かれた。

（もしかしたら、志木さん、傷ついた？）

そうだ。

千里は志木にとっても大切な友人なのだ。五年前に知りあい、親友と呼べるまで親しくなりながらも、けんか別れしてしまい、それでもふたたび巡りあえたという、運命の友なのである。

自分のせいで千里の身に危険が及ぶかもしれないというのに、志木がヘラヘラしていられるはずがなかろう。

（おれ、馬鹿だ……！）

悔恨の念に苛まれつつ、俊彦はあわてて謝罪する。

「す、すみません、志木さん……おれ、つい……」

ところが、そこに、彩子がはやし立てるような調子で割り込んだ。

「やーいっ。志木ってば、トシに怒られてやんのー。年上なのに、はっずかしーっ」

「や、やめてくださいっ」

俊彦は彩子の言葉をさえぎったが、彩子は不満げに俊彦に訴える。

「なに言ってるのよ、トシ。遠慮することなんてないのよ。もっとガンガン言ってやりなさいよ。こいつは、あんたの大切な千里を、こともあろうに盾にしようとしてたのよ。あ、なんて卑怯な男なの！　短気で意地悪なおのれを守るために、無邪気でかわいい千里を犠牲にするだなんて！　人間のやることじゃないわよねっ！」

「やめてくださいよぉ！」

「なーに、びびってるのよ。志木なんて、二、三発、ぶん殴ってやりなさいよ。ガツーン、とねっ。すっきりするわよー」

「やめてくださいっ！」

俊彦の声は、限りなく悲鳴に近かった。志木を殴るなど、想像しただけでも背筋が凍る。

「彩子、おまえな……」

いつの間にか、志木の額には青筋が浮きあがっていた。

こうして、俊彦の瞳は恐怖のあまり、ますます潤んだのだった。


庭のエサ台に愛らしいホオジロが来るように――というよりは、ゴミ集積場にカラスが生ゴミをあさりにくるように、しょっちゅう千里は食べ物目当てで志木宅を訪れていた。

ただし、幸いなことに、千里は極楽鳥のように華がありながら、同時に白鷺《しらさぎ》のように清楚な印象もあり、おまけに丹頂《たんちょう》のごとき優美な姿をしている。よって、さすがの志木もついついエサを与えてしまい、ほどなく千里は彼のところに通いつめるようになっていったのである。

そして、セールスマン石野が姿を見せるようになってから、志木は千里の訪問を心より歓迎するようになった。

なにも知らない千里は、最近なぜか優しくなった志木の許に、今でも大喜びで通ってくるというわけだ。

彩子が二人の仲を怪しんで「いい仲になるのも、時間の問題」と予言したが、あれは見事に外れていたのだ。むしろ、最初からホラ話として聞いておくべきだったといえよう。

その日も、夕方近くになると、千里が志木の家に晩ご飯を食べにきた。

そして、俊彦と彩子の見守る中、志木は千里に、彼を盾として利用していたことを告げ、謝罪したのである。

千里は生まれてこのかた二十六年の間、恋をしたことがない。異性にも同性にもだ。つまり、恋愛には免疫がないのだ。

志木の告白を聞いて、千里はどんな反応を示すだろうか？——俊彦は考え、心を痛めた。

(清らかで純粋な千里さんは、きっと、すごくショックを受けるにちがいない)

ところが、彼の予想に反して——。

「またぁ？」

それが、千里の第一声だったのである。

「それ、前にやめろって言ったのに、どうして、同じことするわけ？　信じられないよっ」

彼は怒りのあまり、子供のように目を潤ませている。ショックを受けたというよりは、すねているようだ。

そこに、彩子が口をはさむ。

「なによ。あんた、前にも同じようなこと志木にやられて、怒ってたわけ？」

「四年前にだけどね。あのとき、ぼく、すっごく迷惑したんだから」

憮然として言ってから、彼は志木に迫る。

「おまえ、恋愛となると、なんでそうだらしないこと平気でするんだよっ。志木のそういうところ、嫌いだよっ」

「ごめん」

志木はボソリと謝る。

「ごめんじゃないよぉー。同じことやって、おまえ、すでにぼくに謝ってるんだよっ。ちゃんと覚えてるっ？　忘れたんじゃないだろうねっ？」

「いや。覚えている。……すまなかった」

どうやら、四年前のけんか別れには、このあたりの事情もからんでいるようである。

（あの志木さんが小さくなってる！）

俊彦は衝撃を受けた。

いつもピリピリと千里をしかりつけている志木が、反対に千里に頭が上がらなくなっているのだ。

そこに今度は、彩子が容赦なく攻撃を加える。

「そういえば、あんた、二年前には同様の手でわたしを使ってくれたわよねぇ」

じわりじわりと痛めつけるかのような、世にも恐ろしい猫撫で声だ。

「あの頃は、あんた、しつこい男をどうすることもできなくなっていて、わたしを使ったのよねぇ。あたかも、わたしとあんたがつきあっているかのように見せて」

「だから、おれだって、すまなかったと思ってるんだ」

千里と俊彦の前でやばい過去を蒸し返され、さすがの志木もムッとしたようだ。

ところが、彩子も負けてはいない。

「謝ってすまされるような問題じゃないわよっ。わたしは誇り高い真性レズビアンなのよっ。死んでも男なんかは相手にしないのよっ」

実は、彩子は女性崇拝が極まって、女尊男卑の領域にまで至っているのである。

「それが、あんたなんかといい関係にあるように見られるなんてっ！　とにかく、これは許しがたいことだわっ！　たとえサッフォーが現代に甦って『許しておあげなさい』って言ったとしても、わたしは許さないわよっ！」

——彩子が志木の性生活について常に批判的であるその理由が、今、ここに明らかにされた。

（でも、昼間は彩子先輩、志木さんのパトロンのふりして遊んだくせに……）

俊彦は心でツッコミを入れた。

そして、当の志木は陰鬱な顔で言い返す。

「彩子……それは、おれに対する侮辱のようにも聞こえるが……」

「開き直るんじゃないわよっ！」

ここぞとばかりに、彩子は志木をしかりつける。

一方、千里はいつの間にやら、エグエグと涙をこぼしている。

「最近、志木が優しくしてくれるから、ぼく、うれしかったのにっ。それが、なんだよっ。ただ利用されてただけだったなんてっ」

この台詞は、かなりの威力を見せた。志木の表情に、明らかな悔恨の翳りが表われたのである。

今や志木は、完全に劣勢に立たされていた。

千里はガバッとテーブルに突っ伏すと、嗚咽しながら続ける。

「志木はぼくをさんざん利用しておいて、いらなくなったら棄てるつもりだったんだっ」

「千里、あんた……」

彩子が茫然とした顔で言葉をしぼり出す。

「それって、まるで悪い男にだまされた女の台詞よ」

「いいじゃないかっ。ぼくは志木にだまされてたんだからっ」

完全に千里は開き直っている。

志木はなにも言い返すことができない。

そして、彩子はこのチャンスをフルに活用して、ふたたび柳眉《りゅうび》を逆立て、志木に迫る。

「素直にわたしや千里に助けを求めればいいものを、ひそかに事を解決しようってところが、あんたのせこいところよっ」

「ごめん……」

志木は目をそらし、つぶやくような声で何度目かの謝罪の言葉を口にした。

千里は泣きながら怒っているし、彩子は青筋を立てて怒っているしで、志木にしてみれば立つ瀬がないといった状態だろう。

この状況に、俊彦は動揺した。

（ど、どうしようっ。千里さんは泣いてるし、志木さんは暗くなってるし……）

ただし、彩子が怒っていることに関しては、これといった感想はなかった。このように、時たま彩子は俊彦の眼中から消えるのである。

千里は悲しげに言い放つ。

「志木は、ぼくのこと、好きじゃないんだっ。友達だなんて思っちゃいないんだっ」

「そ、そんなことありませんっ！」

俊彦は思わず言っていた。

「志木さんは、千里さんのこと、好きですっ！　大好きなんですっ！」

千里は疑わしげに、しかし期待を込めた目で俊彦を見つめて尋ねる。

「本当？」

「本当ですっ！」

千里は顔色をうかがうように、志木を見た。

すると、志木は無表情のまま、静かに言った。

「トシちゃん、そこまで強調してしまうと、かえって嘘っぽくなるよ」

「でも、嘘じゃないじゃないですかっ」

俊彦はあわてて言った。

志木としては照れ隠しだったのだろうが、これが千里にかなりのダメージを与えたのは確実だ。

千里の目からは、滝のようにダーッと涙が流れ出したのである。

「なら、もう、いいよっ。ぼくだって、これからは、志木のこと友達だなんて思わないからねっ！」

成人男子のものとは思えない台詞を吐くと、彼は席を立ち、部屋を飛び出した。

「千里さんっ！」

俊彦はあたふたと立ちあがったが、そのとき、玄関のほうで、

「ひゃあっ」

と、かわいくて妙な女の子の悲鳴が聞こえた。志木のアシスタントの美穂《みほ》だ。

俊彦はリビングルームにとどまった。

おそらく、千里は美穂にぶつかってしまったのだろう。しゃくりあげながら謝っているのが聞こえる。

「ごめんっ……ごめんね、美穂ちゃんっ。……大丈夫っ？」

「うん。大丈夫だけど……千里さん、どうしたの？　また、志木先生に泣かされたの？」

それを聞いた彩子はニヤニヤしながら志木に言う。

「あんなこと言われてるわよ。ひょっとしたら、あんた、アシスタントの間ではイメージ

「志木は、ぼくのこと、嫌いなんだっ。ぼくは友達だと思ってたのにっ」

普通、二十六歳の男が十八歳の少女に、こんなことをこんな調子で訴えるものだろうか？

千里は玄関で美穂に訴えている。

志木は苦々しげに突っぱねた。

「うるさい」

悪いんじゃないの？」


しかし、美穂は特に違和感を感じているふうでもなく、明るい声でこたえる。

「そんなことないよぉ。だって、ほら……あたし、先生に言われて、千里さんの好きな甘辛団子を買ってきたんだよ」

「ほ、ほんと？」

千里の声が露骨に明るさを帯びる。

甘辛団子――それは、千里の機嫌を直すには、最終兵器と呼ぶべき威力を発揮するアイテムなのである。

「それにね、このまえ、彩子さんが冷蔵庫にあったカボチャのプリンを食べようとしたら、志木先生があわてて止めたんだよ。千里さんにあげるつもりでとっておいたものだから」

リビングルームでは、彩子が「ええっ？」と声をあげる。

「なによっ。あんた、千里にあげるつもりで、わたしを止めたのっ？」

「ああ」

　志木は肯定してから、わざわざ弁解をつけ加える。

「普通、うまそうに食う奴には、食べ物を与えたくなるものだろう。上野公園のハトとか、井《い》の頭《かしら》公園のカモとか、奈良公園のシカとか」

　玄関では、幼い弟を慰める姉のような口調で、美穂が優しく言っている。

「志木先生はね、千里さんの喜ぶ顔を見るのが好きなんだよ」

「ほんと？」

「うん。本当に」

　そのやりとりに、リビングルームの三人は沈黙する。

（美穂ちゃん、鋭い……）

　彼女の洞察力に、俊彦は感心していた。

「おといだって、あたし、千里さんの分も晩ご飯用意してたでしょ？　あれも、先生に言われてたからだよ」

「そうだったんだ……」

　美穂は週に何日か志木の家に通い、夕食を作っているのである。キッチンの管理や買い物も、彼女にまかされている。

「ねえ、千里さん。一緒にお団子食べようよ。あたし、お茶淹れるから」

「うんっ！」

元気な千里の返事が聞こえた。

これにて、一件落着。

「食べ物で千里を操るとは……美穂ったら、ちゃんとポイント押さえてるじゃないの」

彩子が真顔でつぶやき、志木は千里に関して淡々とコメントする。

「十代の女の子に同化したり甘えたりできるあの才能は、一体、なんなんだ……。しかも相手に違和感を感じさせないときている。……不気味だ」

6

日は傾きかけ、影が長くなりつつある。

俊彦は千里と共に、西武池袋線江古田《えこだ》駅の方角に向かって歩いていた。

さきほどまで、二人は駅から徒歩十分の千里のアパートにいた。千里が襖《ふすま》の張り替えをしたいと言うので、俊彦は助っ人に来ていたのである。

猫の額ほどの庭に襖を出して缶ジュースを飲みながらの共同作業は、俊彦にとっては至福の二文字で表わされるものだった。

不器用な千里が失敗しようとも、飽きっぽい千里が途中でさじを投げようとも、無責任な千里が残りすべての作業を俊彦に押しつけようとも、とにかく彼に必要とされていることとが、俊彦にとっては最高の喜びだったのである。

千里が選んだ襖紙の柄は、イギリス庭園のごとく様々な花をちりばめた「なんだこりゃ?」的代物だったが、それすらも俊彦の目を通せば「ああ、千里さんにぴったりの美しい襖だ」という評価になる。

やがて、俊彦はすべての作業を終えた。

そして、千里は殊勝にも「お礼に晩ご飯おごるよ」と俊彦に申し出て、二人はアパートを後にしたのだった。

千里と二人で楽しく夕食——俊彦にとっては、とてつもなくラッキーな状況だ。

しかし、そんな幸せを前にして、彼は冷や汗をかく羽目になった。上着のポケットに手を突っ込んだとき、やばいブツが入っていることに気づいたのである。

(こ、これは……?)

四角い紙だ。この大きさ・厚さは、きっと名刺だ。しかも、おそらくこの名刺は——。

不安に駆られる俊彦を尻目に、千里は一人で喋っている。

「志木の奴さぁ、すぐ、ぼくをバカにするんだよっ。このまえだって、ぼくが果物の名前が思い出せなくて困っていたら、あいつ『おまえの脳味噌はどうなってるんだ?』なんて言ってさ。ほら、あの、南のほうの果物なんだけど……ええと……なんだっけ? また、思い出せなくなっちゃったな……」

俊彦はこっそりポケットから件《くだん》のブツを取り出してみる。

(やっぱり……!)

見たとたん、めまいを感じた。悪い予感は当たっていたのだ。

それは、新宿二丁目のゲイ・バーのママの名刺だったのである。知らぬ間にポケットに入れられていたのだ。

千里はまだ南国の果物が思い出せず、一人で悩んでいる。

「あの……なんて言ったっけ? ラスプーチンじゃなくて……そんな名前の果物なんだけど……」

グリゴーリイ・ラスプーチン——「怪僧」の異名を持つ帝政ロシア末期の宗教家。様々な奇跡を見せ、皇帝ニコライ二世に取り入ることにも成功し、権力を振るった。結局、暗殺されたが、なかなか死なかったことでも有名。要するに、南国の果物ではない。

「ええと……ほら、あれだよ、あれ……」

はからずもゲイ・バーの名刺を身につけていたことで、俊彦は動揺の極みにあった。が、千里が非常に困っている様子なので、健気にも彼を助けようと試みる。

「マンゴスチンですか?」

「違う、違う。ラスプーチンと韻を踏めばいいってわけじゃなくてさ……確か、最初に『ラ』がついたんだけど……」

「ライチーですか?」

「違う、違う。もっとリズムがラスプーチンっぽい名前の……ああ、なんて言ったっけなぁ？」

マンゴスチンやライチーよりもラスプーチンっぽい名前の南国の果物など、俊彦に心当たりはなかった。

そんなことよりも、やはり気になるのは、この名刺である。

もう一度、俊彦はそれをポケットからこっそり取り出し、確認する。

ピンク色の紙に〈OLD ROSE〉という店名が金文字で刷られている。その下には「東京ローズ」というママの源氏名。

行きつけのゲイ・バー〈ヘルメスの靴〉の主人に紹介された店なのだが、実際に行ってみたところ、このローズさん、俊彦には苦手なタイプだった。

見た目はかわいい目をしたポッチャリ系のオジサマだ。しかし、面倒見がよすぎるのか、ノリがほとんど遣り手ばばあなのだ。

あの日、俊彦がフリーだと知るやいなや、ローズさんは一気にまくし立てたものだった。

「あらぁー。だったら、いい子、紹介するわよぉ。あなたみたいな体育会系の兄貴募集中のかわいい子がいるのよ。身長一六八センチ、十八歳の大学生なの。趣味はスノーボード、出身地は新潟。お目々パッチリ二重まぶたの男の子よ。いかが？」

結構、好みかもしれない。

しかし、俊彦は断った。正直なところ、ローズさんが怖かったのだ。

悪い人ではないのだろう。しかし、あの迫力……とにかく苦手だとしか言いようがない。

「ライチーじゃなくて、マンゴスチンじゃなくて、もっとラスプーチンみたいな……なんだっけなぁ？」

いまだに千里は、他愛もないことで悩んでいる。つくづく幸せな男だ。

（こんな、おのれの欲望を如実に物語っている名刺を、千里さんに見られてはいけない！）

俊彦は焦った。黙っていれば絶対にわかりっこないのだが、それでも不安だった。

（なにかの拍子に落としたりしたら、どうしよう）

しかし、ひとめ見てすぐにゲイ・バーの名刺だとわかるほど、千里は鋭くはないだろう。

これはもはや、杞憂である。

そわそわと、俊彦は無意味にあたりを見まわす。

そのとき、フッと視線を感じ、とっさに俊彦はそちらを見た。

（あ！）

そこで彼はまた新たな脅威を発見してしまったのである。

数十メートル後ろ、電柱の陰に隠れるようにしてこちらをうかがっているのは、石野ではないか！

（つけられてる！）

志木を責める彩子の言葉が甦る。

——千里にもしものことがあったら、あんた、どうするつもりっ？

しかし、千里はまったく気づいてはいない。あいかわらず無邪気に悩んでいる。

「ラスプータン？　違うな……。ラン……？　ああっ！　ランプータンだっ！　ランプータンだよぉっ！　ぼく、ちゃんと思い出せた！　ランプータンだぁっ！」

千里は、まるで宝物を探しあてたように大喜びだったが――。

「千里さん」

俊彦のシリアスな声に、たちまち彼は真顔になった。

「な、なに？」

俊彦は早口で告げる。

「お願いですから、そのまま、振り返らないでください。おれたち、あとをつけられてます。志木さんが言ってた石野さんっていう人に」

「えっ？」

とっさに千里は振り返りそうになったが、かろうじてそれを抑え、小声で俊彦に訊く。

「ほんと？」

「間違いありません。おれ、目はいいんです」

千里は考え込み、それからすぐになにかを決意したようだった。

「トシちゃん、次の角、右に曲がるよ」

「は、はい」

それは目的地に向かう道ではなかった。しかし、千里の決意を秘めた様子を見て、俊彦は素直に従った。二人そろって、高い塀の角を曲がる。

「ストップ」

千里は小声で俊彦に指示し、塀に身を寄せた。俊彦もそれに従う。

やがて、せかせかとした石野の足音が近づいてくるのがわかった。

そして、その足音が、まさに角を曲がらんとしたとき――。

「ワッ！」

なんとも幼稚なことに、千里は彼をおどかしたのだった。

見事に引っかかった石野は「ヒッ！」と情けない声をあげ、凍りつく。アタッシェケースが地面にドサリと落ちた。

そこを、千里がガシッと胸倉をつかむ。彼としては異例の戦闘意欲だ。

「あんたさぁ、なんのつもりだよっ？」

声には非常に不機嫌な響きがある。きれいな形の眉が、きりりとつりあがっている。

千里のほうが背が高いため、石野を見おろす格好だ。

「あんた、ぼくのことが好きなわけ？　嫌いなわけ？」

残酷にも千里はズケズケと訊く。

石野は完全にこわばっていた。表情にはありありと恐怖が表われている。

俊彦は千里の怒りの表情の美しさに感動しつつも、動揺していた。

（ど、どうしようっ。千里さんが不良みたいにすごんでるっ。優しくて清らかな千里さんがっ……）

石野は何度か口をパクパクさせた後、やっと声を出せるようになったようだ。

「い、いえ、わたしはただ、訪問販売をしているだけでして、そんな——」

しかし、千里は石野の弁解を抑えるようにして、まくしたてる。

「なんで、そういう、すぐにばれる嘘つくわけ？　ほんと、あんた、ウジウジしてるよねっ。あんた、志木のことが好きで、ぼくに嫉妬してるんだろ？　だったら、はっきり言っておくけどね、それって無駄な努力だよ。ぼくは志木とはなんでもないもん。ぼくは恋愛はしない主義なんだよっ。だれが志木なんか相手にするかっての。あんな、意地悪小姑みたいな奴！」

そこで千里はなにを思ったか、右手を固めてブンと振りあげた。

俊彦はさらなるショックを受ける。

（ああっ！　千里さんが『子供のけんかのかまえ』をしている！　優しくて清らかな千里さんが……！）

恐怖に身を縮ませた石野に、千里は厳しい口調で問う。

「返事はっ？」

「は、はい」

石野はしぼり出すようなか細い声でこたえる。

単なる絶世の美青年だと認識していた人物にすごまれ、完全にびびっているようだ。

おそらく、彼は知らなかったのだ。絶世の美青年といえども、凄みをきかせたり、怒ったり、アホな弱音を吐いたり、貧乏から抜け出せなかったり、空腹でぶっ倒れたり、売れない少女小説を書いていたりするのだということを。

石野の反応に千里は満足したらしく、右手を振りあげたまま、さらに続ける。

「志木昴は陰険だし意地悪だし、ほんとに性格悪い奴です。——返事は？」

「……はい」

蚊の鳴くような声で、石野はこたえる。

（ど、どうしようっ。千里さんが、すごい意地悪をしてるっ。優しくて清らかな千里さんが……！）

あいかわらず、俊彦にはおろおろすることしかできない。

しかし、いいかげんこのあたりで、千里が「優しくて清らか」だけで言い表わせる人間ではないことに気がついてもよさそうなものなのだが……。

そろそろ千里は疲れてきたらしく、拳を下ろした。

「だいたいねえ、相手のことが好きならなにをやってもいいと思ってるわけ？　迷惑をかけてもいいって思ってるわけ？　志木のことが好きだからって、志木のまわりをフラフラしたり、ぼくに嫉妬して、ぼくのまわりをフラフラしたり！　うっとうしいったらないんだよっ！」

しかし、石野は千里に対しては嫉妬というよりは、惹かれている部分もあったのではなかろうか？

彼の心など知らぬ千里は、きつい口調で続ける。

「志木のことが好きだっていうあんたの気持ちが、どれだけ尊いっていうんだよっ？　ぼくや志木に不愉快な思いをさせた時点で、あんたの気持ちは純粋なものじゃなくなったんだからねっ！」

（千里さん、性格きつい！）

さすがの俊彦も、石野に同情した。この、いつもの千里からは想像もできない攻撃力は、一体どうしたことだろう？

（千里さん、そんなに怒らないでくださいっ。いつもの優しい千里さんに戻ってくださいっ）

心の中で、俊彦は祈る。

一方、石野はとうとうジワッと瞳を潤ませた。

（ど、どうしようっ。千里さんが人を泣かせたっ）

しかし、泣きたくなるのも無理はないと、俊彦は思う。

（おれだって、あんなふうに千里さんに怒られたら、確実に泣くと思う）

しかし、それはさぞかしうっとうしい光景となることであろう。

石野の涙に、千里はやや鼻白んだようだ。それを隠すかのように、彼は強い口調で訊く。

「あんた、反省したのっ？」

「はい」

「それから、どうでもいいけど、うちはセールスマンお断りだからねっ。わかったっ？」

「はい」

石野は素直にこたえる。元々、悪い男ではないのだろう。

千里は石野の胸倉をつかんでいた手をやっと離した。

「今度、ぼくや志木の目の前に現われたら、本当にぶつからねっ！」

まだ表情には怒りが残っていたが、千里はプイと方向転換すると、そこから立ち去る。

もうこれ以上は石野にかかわるまいと決意したのだろう。

俊彦はふと思いついて、ゲイ・バー〈ＯＬＤ　ＲＯＳＥ〉のママの名刺を石野にさし出した。

怪訝《けげん》そうな顔で受け取った石野に、彼はささやく。

「同性の恋人を見つけたくなったら、この人に相談するといいですよ」

それだけ言うと、俊彦も千里のあとを追った。

西の空は染まりつつある。

二人きりになり、しばらくしてから千里は醒めた口調で言った。

「志木のそばにいるとわかるんだけど、ああいう人、時々現われるんだよね」

「石野さんと似てる人が、ですか？」

「そう。だれかに惚れてる自分の姿に酔っちゃって、平気で相手に迷惑かける人。結局は、相手の気持ちより自分の気持ちが大切らしくて、しつこいったらないんだよ。おまけに、志木はあの通りクールだから、その分、情熱的な自分が健気に思えちゃうらしくて、よけいに燃えちゃってさ。馬鹿みたい」

（千里さん、ひょっとしたら、恋愛に関しては結構醒めてるんじゃ……？）

俊彦は愕然とする。

これは、間違いないだろう。

ノンセクシュアルとはいえ、千里は恋愛に弱い「清純派」ではなく、実は擦れている「耳年増派」なのだ。さすがは志木の元親友（そして現在は親友関係を再築しつつある友人）である。

「それにね、ぼくまでとばっちりを受けることとって、よくあったんだ」

千里の瞳は宙を見つめたまま動かない。

なにやら思い出したくない過去を思い出してしまったかのようだ。

（それって、もしや、志木さんにしつこくモーションをかけてた奴があきらめて、千里さんに乗り換えたりするっていうことじゃ……？）

俊彦の頭の中では、動揺の嵐が始まりつつあった。

（そいつ、一体、千里さんになにをしたっ？）

すでに俊彦は、その仮想敵を男性と決めつけていた。ここまでくると、あとはいけない想像へとまっしぐら。

（あああ……千里さんになにをしたっ？　千里さんになにをしたっ？　千里さんに、一体、なにをしたんだーっ？）

想像だけでこれだけ盛りあがることができるのも、兄貴的な情熱ゆえといえよう。

そのときいきなり、千里が吐き捨てるように言った。

「ほんと、頭にくるよっ。昔から、志木のことが好きな奴って、ぼくに意地悪するんだもんっ」

（え？）

いけない想像から著しくかけ離れた告白に、俊彦の懸念はズルッとこけた。

「ぼくと志木が仲よしだからって、嫉妬してさっ」

過去を思い出し、千里は子供のようにプリプリ怒っている。

「そいつが志木に惚れていてもね、ぼくはもっと志木が好きなんだからねっ。べつに、こんなこと、志木には直接言ったりはしないけどさっ。だいたい、志木はこれを聞いたら、きっとつけあがるにちがいないから」

なにやら、すごい告白を聞いてしまったような気がした。しかし、なぜか嫉妬は感じなかった。

ただ、俊彦はストンと納得できたのである。

（この人は、こんなふうに人を愛していたんだ）

恋ではないが、深い愛。

千里は惜し気もなくそれを友人に対して捧げていたのだ。

そして、彼はさらに言ったのである。

「トシちゃんのことも、志木と同じくらい好きだよ。トシちゃんは志木と違ってつけあがらないから、教えてあげるけど」

その告白は子供の愛情表現のような他愛ないものだったが、俊彦にとっては全世界に祝福されたのと同じだけの意味があった。

(おれも、千里さんのこと、愛しています)

心の中で渦巻く熱い思いを抑えて、俊彦は言った。

「おれも、千里さんのこと、すごく好きです」

「でしょぉ？」

千里は無邪気に言って、明るく笑った。

それだけで、俊彦は幸福感にクラクラした。

千里がそばにいる。二人きりで言葉を交わせる。その一瞬一瞬は、宝石のように結晶し、この後も重ねゆく日々の中で美しくきらめいていることだろう。

(おれ、生きていてよかった……)

夕空でカラスが鳴いていた。澄んだ美声の奴と、しわがれた悪声の奴が、二羽で仲よく飛んでゆく。

俊彦は、この優しい色の空を一生忘れられないだろうと思った。

それから、ふと、俊彦は石野のことを思い出した。

彼は遣り手ばばあローズさんの店〈ＯＬＤ　ＲＯＳＥ〉に行くだろうか？

——それは、わからない。

志木から聞いた限りでは、石野は明らかに、自分が同性愛者であることを認めたくない「ホモセクシュアルのホモフォビア（ホモ恐怖症）」だった。自分を認めることができるかどうかは、彼自身の問題だ。

（大丈夫。石野さんは、おれと違って身長が一九〇センチ未満だから、耽美宣言してもみんなが許してくれるはずだ）

——そういう問題ではなかろう。

しかし、俊彦は真剣にそう思ったのである。そして、石野がおのれを肯定的にとらえて幸せになってくれることを、彼はひそかに願ったのであった。

あとがき

「耽美なわしら」は、一九九五年から一九九七年にかけて、少女向けの雑誌「小説あすか」(角川書店)に連載した作品です。

その後、第五話までが、角川ASUKAノベルスの『耽美なわしら』1、2巻に収録されました。

さらに二〇〇四年には、フィールドワイより全話を収録した『耽美なわしら 完全版』上下巻が刊行され、そして今回、文庫版として1、2巻が上梓されることに相成ったわけでございます。

その間に、時代は変わりました。

百合小説を発表するのは、そう難しいことではなくなり、時には歓迎されるようにもなりました。時代が愛原ちさとに追いついたのです(なんちゃって)。

出版業界やゲイ&レズビアン・コミュニティでの専門用語も多少変化しました。仮に今、私が「耽美なわしら」を書いていたら、「ジュヴナイル作家」は「ライトノベル作家」、

「やおい」は「ボーイズラブ」、「レズ」は「ビアン」と表現していたことでしょう。

いや、「ビアン」はすでに定着しているものの、個人的にはちょっと抵抗があります。『レズ』という表現にはポルノ的イメージがあるし、侮蔑のニュアンスが含まれることもあるから、私たちレズビアンのことは『ビアン』と呼びましょう」ということで、レズビアン・コミュニティの中で生まれた言葉なのですが、私はこのような言葉狩り的流れや差別用語の言い換えには、疑問を感じてしまうのです。

レズという言葉のイメージが悪いと思うのなら、その言葉にプラスのイメージが付随するよう、自分たちレズビアン（そしてバイセクシュアル女性）が魅力的なカルチャーを創り、それを発信してゆけばよいではありませんか！　差別用語を被差別者が言い換えるというのは、場合によっては、差別する側に屈したということになりませんか？　当事者として悔しいと思いませんか？

私は正直、差別されること自体に関しては「セクシュアル・マイノリティを差別したい奴らは、勝手に差別して、自身の愚かさを露呈して恥をかくがよい」ぐらいにしか思いませんが、差別に屈することは悔しいのです。

だからこそ、「耽美なわしら」を発表し、少女小説というジャンルからゲイ・カルチャーの面白さを発信してゆこうと思ったのでした。

私は作家デビューして、今年で十九年目になります。

その間、「私は自分の作品に満足してしまったら、そこで作家としての成長が止まるにちがいない。だから、決して自作に満足してはならない。むしろ自作の粗探しをしろ」といった強迫観念に近い思いに取り憑かれてきたのですが、そんな中で「あの作品を越える作品を書かねばならない」と感じていたのが、この「耽美なわしら」だったのです。

まあ、これはあくまでも作者本人の主観ですので、読者の皆さんの中には「えー？　あっちの作品のほうが、『耽美なわしら』よりずっといいよ！」と感じられる方も大勢いらっしゃるとは思いますが。

さらには、私が「ああ、あの時代にあれを書いておいて、本当によかった」と思える作品ナンバー・ワンもまた、「耽美なわしら」なのです。

この場合の「あの時代」の具体例を挙げれば……ベトナム戦争の終結からまだ二十年しか経っていなくて、漫画家はたいてい手描きで、ワープロで執筆している作家もまだまだ大勢いて、百合小説はとことん冷遇され、携帯電話はあまり普及していなくて、インターネットもごく一部の人のものであり、セクシュアル・マイノリティが今よりもかなり露骨に差別されていたという、あの時代です。たった十年ちょっと前のことですが。

しかし、今回、文庫化にあたり、早川書房の担当編集者・塩澤さんにこの作品をお読みいただいた際には、「今でも全然、古くなっていない」とおっしゃっていただきました。それもまた、大変うれしい評価であります。

二〇〇九年二月　　　　森　奈津子

初出一覧

「黒百合お姉様vs.白薔薇兄貴」〈小説あすか〉Vol.4（角川書店）1995年
「同性愛者解放戦線の陰謀」〈小説あすか〉Vol.5（角川書店）1995年
「エビスに死す」〈小説あすか〉Vol.6（角川書店）1996年
「それは詭弁というものだ」〈小説あすか〉1996年6月号（角川書店）

本書は、二〇〇四年二月に株式会社フィールドワイより刊行された『耽美なわしら　完全版〈上〉』を、改題のうえ文庫化したものです。

日本SF大賞受賞作

上弦の月を喰べる獅子上下
夢枕　獏
ベストセラー作家が仏教の宇宙観をもとに進化と宇宙の謎を解き明かした空前絶後の物語。

戦争を演じた神々たち［全］
大原まり子
日本SF大賞受賞作とその続篇を再編成して贈る、今世紀、最も美しい創造と破壊の神話

傀《く》儡《ぐつ》后《こう》
牧野　修
ドラッグや奇病がもたらす意識と世界の変容を醜悪かつ美麗に描いたゴシックSF大作。

マルドゥック・スクランブル（全3巻）
冲方　丁
自らの存在証明を賭けて、少女バロットとネズミ型万能兵器ウフコックの闘いが始まる！

象《かたど》られた力
飛　浩隆
T・チャンの論理とG・イーガンの衝撃——表題作ほか完全改稿の初期作を収めた傑作集

星雲賞受賞作

ハイブリッド・チャイルド
大原まり子
軍を脱走し変形をくりかえしながら逃亡する宇宙戦闘用生体機械を描く幻想的ハードSF

永遠の森　博物館惑星
菅　浩江
地球衛星軌道上に浮ぶ博物館。学芸員たちが鑑定するのは、美術品に残された人々の想い

太陽の簒《さん》奪《だつ》者《しゃ》
野尻抱介
太陽をとりまくリングは人類滅亡の予兆か？星雲賞を受賞した新世紀ハードSFの金字塔

銀河帝国の弘法も筆の誤り
田中啓文
人類数千年の営為が水泡に帰すおぞましくも愉快な遠未来の日常と神話。異色作五篇収録

老ヴォールの惑星
小川一水
SFマガジン読者賞受賞の表題作、星雲賞受賞の「漂った男」など、全四篇収録の作品集

著者略歴　1966年東京都生，作家　著書『西城秀樹のおかげです』『からくりアンモラル』『姫百合たちの放課後』（以上早川書房刊）『電脳娼婦』『ゲイシャ笑奴』『シロツメクサ、アカツメクサ』『踊るギムナジウム』他多数

HM=Hayakawa Mystery
SF=Science Fiction
JA=Japanese Author
NV=Novel
NF=Nonfiction
FT=Fantasy

耽《たん》美《び》なわしら 1

〈JA949〉

二〇〇九年二月二十日　印刷
二〇〇九年二月二十五日　発行
（定価はカバーに表示してあります）

著者　森《もり》奈《な》津《つ》子《こ》
発行者　早川　浩
印刷者　西村正彦
発行所　株式会社　早川書房

郵便番号　一〇一 - 〇〇四六
東京都千代田区神田多町二ノ二
電話　〇三 - 三二五二 - 三一一一（大代表）
振替　〇〇一六〇 - 三 - 四七七九九
http://www.hayakawa-online.co.jp

乱丁・落丁本は小社制作部宛お送り下さい。
送料小社負担にてお取りかえいたします。

印刷・精文堂印刷株式会社　製本・株式会社明光社
JASRAC 出0901717-901

ISBN978-4-15-030949-7 C0193